死にたがりな少女の
自殺を邪魔して、
遊びにつれていく話。

星火燎原

宝島社
文庫

宝島社

目次

死にたがりな少女の自殺を邪魔して、遊びにつれていく話。

星火燎原

Ryogen Seika

He will get in the girl's way,
even if she tries to commit suicide
time and time again.

宝島社

ある少女の自殺を邪魔している。
その少女は、自殺願望がある。
その少女は、いつも一人でいる。
その少女は、どこか僕に似ている。
きっと僕と同じように生きているだけで苦痛なのだろう。
邪魔なんかしない方が彼女のためなのかもしれない。
けれど、僕は彼女が諦《あきら》めるまで邪魔し続ける。
自殺を邪魔するのはそこまで難しくない。
自殺現場に先回りして、少女が来たら遊びにつれていくだけだ。

第一章 死にたがりな少女

1

その日はよく晴れていて、馬鹿《ばか》みたいに能天気な青空が広がっていた。もし自分の命日を決められるとしたら、僕もこういう日を選ぶかもしれない。

四月某日、僕は朝から駅のホームで待ち伏せしていた。上り方面の電車に対して、後ろ寄りのベンチであくびをしながらスマホをいじっている。

駅は新宿駅から西に一時間ほどの場所にあり、都内といっても辺鄙《へんぴ》な場所だ。上りと下りの線路に挟まれた島式のホームが一本あるだけで、改札口も一カ所のみ。特急は止まらないし、電車を乗り降りするときはボタンを押さないと、ドアが開かない。

そんな小さな駅でも通勤通学の時間帯になると、都心に向かう電車を待つサラリーマンや学生が大勢やってくる。僕の目の前では中学生の集団が騒いでいてうっとおしい。その横の列ではやけに濃くて派手なメイクをした女子高生たちが耳に響く声で話している。さらに高校生のカップルが初々《ういうい》しさを見せつけるようにして青春している。

僕は、彼らから視線を逸《そ》らすように俯《うつむ》き、小さくため息をついた。

敷かれた人生のレールを順調に歩いている彼らが眩《まぶ》しく見えた。若さが眩しいだとかそういう意味ではない。彼らに嫉妬《しっと》して見ていられなくなった、が正しい。

『高校生時代の僕』と『目の前にいる彼ら』とは、天と地の差があった。

僕が過ごした学校生活は惨《みじ》めなものだった。恋人なんていなかったし、友達と呼べる存在すらいなかった。別に好き好んで一人ぼっちだったわけではない。ただ、どうやっても誰かと仲良くなれる気はしなかった。

こんな僕でも青春コンプレックスを拗《こじ》らせている程度なら、まだ救いようがあったのかもしれない。けれど、ため息をつくのは、サラリーマンを見ても同じことだった。

近くに立っているサラリーマンは清潔感のある短髪で、シワのないネイビースーツを着こなしているように見える。背中からは社会人としての風格が感じられた。

それに比べて自分はどうだろうか。ぼさぼさに伸びた髪、ヨレヨレの黒いシャツ、膝部分が白くなっている紺《こん》色のジーンズ、高校に入学したときに買ったボロボロの黒いスニーカー。高校を卒業したものの大学に進学せず、職にも就《つ》いていない。

来年で二十歳になる僕の人生はレールから完全に脱線していた。

――どうやったらあんな人生を送れたのか。

学生時代から数えきれないほど考えを巡らせ、首を傾《かし》げてきた。しかし、何百回傾げても、いつも同じ結論に辿《たど》り着く。

『そんな人生を送れる可能性は最初からゼロだった』

きっと選択を間違えたわけではなく、生まれたときから人生のレールとやらが壊れていたんだ。選択を間違えなければ、ハッピーエンドになれるなんてゲームの中だけだ。どの選択を選んでもバッドエンドとか、選択肢そのものがない人生だってある。

そういう人生を、僕は引き当ててしまったのだ。

どうやっても目の前にいる学生やサラリーマンみたいな人生にはならなかった。それに今更《いまさら》こんなことを悩んでも、もう手遅れである。

だから、何度繰り返しても彼女の自殺を止める方法がわからない。

その少女が、どの列からも外れた場所へ歩いていくのを見つけた。

——どうしたら彼女は自殺を諦めてくれるのだろうか?

ホーム上を歩く一人の少女を目で追いかけながら、そう思った。

何故《なぜ》、彼女があんなところを歩いているのか。その理由を僕は知っている。

彼女が立ち止まったのはホームの端、上り電車がやってくる方向だ。

そこは飛び込み自殺をするのなら一番適した場所と言える。とはいえ、「これから彼女が電車に飛び込む」なんて予想する人間はいないだろう。

しかし、僕は知っている。目線の先にいる少女は自殺するためにあそこにいる。

彼女の名前は、一之瀬月美《いちのせつきみ》。

僕がいつも自殺を邪魔している、死にたがりな少女だ。

中学三年生の彼女は、艶《つや》のある黒髪を背中まで伸ばしており、同年代の女子と比べると背が高い。しかし体つきは華奢《きゃしゃ》で、透《す》き通るような白い肌が、触《ふ》れれば壊れてしまいそうな危うさを感じさせる。整《ととの》った顔は一見大人びているが、ところどころ子供っぽさが残っている。外見だけで言えば絵に描いたような美少女で、クラスの人気者になっていても不思議ではない。

一言《ひとこと》でまとめてしまえば、「自殺とは無縁そうな子」だ。

そんな自殺とは無縁そうな彼女は、今日この場で自殺する。

僕はそれを邪魔するために朝からここで見張っている。

一之瀬はいつも私服で、制服姿でいるところを見たことがない。

白いカーディガンとキャミソール、淡いピンク色のロングスカート。

お気に入りのコーデなのか、自殺するときは似たような服を着ていることが多い。そのおかげもあって、彼女を見つけるのは非常に容易《ようい》である。

一之瀬を見張っていると、特急の通過を知らせるアナウンスが流れ始めた。

七時十五分。これだ。彼女はこれから通過する電車に飛び込んで自殺する。

『電車が通過します。ご注意下さい。』と発車標に文字が表示されたところで、ベンチから立ち上がった。一之瀬に気づかれないように背後から近づく。彼女は駅へ向かってくる電車を見ていて、こちらに気づいていないようだ。

僕と一之瀬を除いて、ホーム上にいる人間に変化はない。今さっき流れたアナウンスをしっかり聞いていた人間なんて他にいなかったのかもしれない。

電車が近づくにつれて音が大きくなっていく。

線路側に歩き始めた彼女の後ろを追う。

チャンスは一度きり、失敗は許されない。

歩く足を速めて彼女との距離を縮《ちぢ》める。

電車がホームに入ってくる直前、一之瀬が黄色い線を超えた。

その直後、大きな汽笛《きてき》が鳴り響き、反射的に耳をふさぎたくなる。

汽笛でホーム上の会話が途切れ、電車以外の時間が止まったかのようだった。

轟音を響かせながら電車が猛スピードで、目の前を通過する。

その風圧で、一之瀬の長い黒髪が宙に舞った。

あっという間に電車が通り過ぎ、轟音が遠ざかっていく。

一之瀬はゆっくりと振り返り、自身の腕を掴んでいる手を辿って、僕の顔を見た。

僕の顔を確認した一之瀬の表情は、とても不服そうだった。

轟音が遠ざかっていくと、時間が再び動き出したかのように、ホーム上に会話が戻ってきた。「めっちゃビックリした」「お前ビビりすぎ」と騒いでいる中学生の集団、「なに？　なに？　自殺？」と弾《はず》んだ声で話し合う女子高生達、そんな会話が聞こえてくる。

僕はそれらの声と視線を無視しながら「危機一髪だったな」と鼻で笑った。すると、腕を掴《つか》まれたままの一之瀬が口を開いた。

「あと少しで死ねたのに」

一之瀬は腕を掴まれたまま拗《す》ねるように言った。というか確実に拗ねている。彼女のパッチリした大きな瞳《ひとみ》で睨《にら》まれても迫力はないし、上目遣いが逆効果になっていた。

「いい加減、自殺を諦める気にはならないのか」

僕の言葉に一之瀬は聞き飽きたと言いたげな顔をした。大人びた顔つきをしている割には頬を膨《ふく》らませたり、子供っぽく拗ねてしまう。コミュニケーションを疎《おろそ》かにしていた僕じゃなくても、なかなか手強《てごわ》い相手だろう。

彼女が自殺しようとしたのは、これで十二回目だ。

この四ヵ月間で十二回の自殺を企《くわだ》てており、その度《たび》に僕が邪魔をしてきた。しかし、彼女は自殺を諦めず、こうして僕を困らせている。

「これでお前を救った回数は十二回。何度やっても同じだってわかっただろ」

「救った回数じゃなくて邪魔した回数です」

一之瀬はそっぽを向きながら、小声で「助けなくていいって言っているのに」と付け足した。

毎回こんな感じだ。わざわざ朝早くから来てやっているのに、彼女は自殺を邪魔されたとしか思っていない。もっとも僕自身も邪魔している自覚があり、おかげで邪魔する度に嫌われていっている。

「何度邪魔しても意味ありませんから」

一之瀬は強い口調で掴んでいた僕の手を振り払い、逃げるように歩き始めた。「おい、待てよ」と説得しながら追うが、彼女の足が止まることはない。もう一度、腕を掴んで引き止めることも考えたが、彼女の細い腕は丁重に扱わないと折れてしまいそうだ。伸ばしかけた手を引っ込めて、これまでと同じように無意味な説得を続けた。

「自殺を諦めるまで邪魔し続けるからな」

「思いっきり邪魔するって言っているじゃないですか……」

「あぁ、諦めるまで何度でも邪魔してやるよ」

彼女のため息に近い返事に笑って返すが、空気が和《やわ》らぐことはなかった。

「いつまでも続きませんよ。今日だって邪魔するのが遅かったですし」

「別にギリギリだったわけじゃない。電車が来る前から見ていた」

いつもは一之瀬を見つけた時点で声をかけているが、今日は限界まで声をかけなかった。目の前を通過する電車を見て心変わりしてくれないかと期待していたのだが、結果は御覧の有り様《ありさま》だ。それにいくら彼女の行動を把握できているとはいえ、もう二度とこんな心臓に悪いことはやりたくない。

「見ていたのなら、もっと早く声をかけてくれればいいのに」

「ひょっとして、僕が来るのを待っていたのか」

冗談交じりに言うと、一之瀬は俯きながら視線を逸らした。てっきり「そんなわけないでしょう」みたいな否定的な言葉が返ってくるものだと思っていたから少し意外だった。否定するのも馬鹿らしいということなのだろうか。

「そもそも、どうして私の行動がわかるんですか？」

話を切り替えるようにムッとした表情で、一之瀬が訊《き》いてきた。

今まで何回か同じ質問をしてきたことがあった。

彼女は決まった時間や同じ場所で自殺しようとしているわけではない。今日だって普段とは違う時間帯に自殺を決行しようとした。彼女からすれば、自殺しようとするときに限って、僕に先回りされているから不思議に思っているのだろう。

「またその質問か。そうだな……そろそろ教えてやるか」

顎《あご》に手を当てて真剣な眼差しを向けると、目を合わせようとすらしなかった彼女が立ち止まり、こちらを見た。普段は「自殺をやめたら教えてやるよ」などと返して、真面目に答えを教えていなかったせいか、今回の返事は予想外だったようだ。

僕はもったいぶりながら「それはだな」と口にする。つられるように彼女は「それは？」と言いたげな顔をして見つめてくる。

普段はつれない態度の一之瀬がここまで食いつくのは珍しい。彼女のつぶらな瞳に健《けな》気《げ》さを感じたが、僕の答えは今日も同じだ。

「やっぱり自殺をやめたときに教えるか」

そう口にした瞬間、彼女の瞳から感じられた健気さはどこかへ消え去ってしまった。

冷《さ》めた顔をしながら「もういいです。さようなら」と吐き捨てて、再び逃げるように歩き出す。少しぐらい悩んでくれよ、と僕はため息をつきながら、彼女の後を追う。

「だから自殺をやめたら教えてやるって」

説得を続けても歩くスピードが早くなるだけで返事はない。見失わないように追いかけながら、ポケットから銀色の懐中時計を取り出して時間を確認する。

「そういえば、行きたいところは見つかったのか」

彼女の後ろ姿に問いかけると、「見つかるわけないじゃないですか」と返ってきた。

「次までに行きたいところを考えてくるって約束しただろ」

「約束していませんし、もうすぐ死ぬ人間に行きたいところなんてありません」

「はぁ……どこかあるだろ。せめて最後に行っておきたい場所とか」

澄《す》ました態度の彼女に呆《あき》れていると、逆に「もし行きたいところがあったら、どうするんですか？」と訊かれた。

「これからつれていってやろうと思っていた」

気分転換にはなるはずだと前から提案しているのだが、彼女から答えが返ってきたことはない。

けれど、一之瀬はこちらを振り向いて、こう言った。

「じゃあ、あの世に行きたいです。つれていってください」

笑みが混じった、したり顔の一之瀬は年相応の無邪気な女の子に見えた。しかし、不意を突かれて言葉に詰まっていると、「行きたいところを言ったんですから、なにか返してくださいよ」と不服を漏らして、いつもの不機嫌そうな顔に戻ってしまった。

彼女はたまにこういう表情を見せるから卑怯《ひきょう》だ。人が試行錯誤しながら自殺を邪魔しているというのに、それを蔑《ないがし》ろにして自殺を諦めないと言い張る。その度に自分のやっていることは無意味なんじゃないかと考えてしまう。だけど、あんな無邪気な表情を見せられたら、いつか自殺を諦めてくれるんじゃないかと希望を抱いてしまう。

「僕を殺人犯にさせる気か」

「あの世に行けないのなら帰ります」

ツンとした態度でわざとらしく拗ねる彼女は、やはり子供っぽい。

しかし、このまま一人にするわけには絶対にいかない。彼女には内緒にしているが、この後すぐに自殺されると対処できない。

だからこそ自殺を邪魔した後に、どこか遊びにつれていく必要がある。

「あと二時間は一緒にいてもらわないと困る」

「あの、言っている意味がわからないんですけど」

一之瀬が疑問に思うのも理解できるが、彼女に事情を話しても余計に困惑するだけだろう。僕は彼女の質問を聞かなかったことにして話を進める。

「そっちだって家に帰りたくないんだろ？」

どうやら図星だったらしく、一之瀬は俯いて黙り込んだ。

彼女が家に帰りたくないのは、これまでの行動から察することができた。

一之瀬と出会ったばかりの頃は警戒されて話も聞いてもらえなかった。その頃はひたすら彼女の後ろを追っていたが、公園のブランコに座ったり、川を眺めたりして家に帰ろうとはせず、夕方までつまらなそうに時間を潰していた。金もほとんど持ち歩いていないようで、自動販売機の前で持っている小銭を数える姿を何回か見たことがある。公園の蛇口で水を飲んでいる彼女を見かねて、缶ジュースを奢《おご》ったことをきっかけに会話するようになり、それからはファミレスにつれていったりして、ようやく自殺を邪魔した後にどこかへ行くようになった。

ただし、自殺を邪魔した直後は不機嫌になるので、毎回説得する必要がある。

「今日はどこに行きたい？」

「……だから行きたいところなんてないですって」

不貞腐《ふてくさ》れた言い方だったが、悪くない返事だった。本当に行きたくない場合は強く拒絶するか、無視するかのどちらかだ。それは今までのやり取りで熟知している。

素直についてきたことは一度もないが、僕についてくれば飲食に困らないというメリットもあって、少なくとも本気で嫌がっている様子ではなかった。

「朝ごはんは食べてきたのか？」

「食べてないですけど……」

「なら、なんか食べに行くか」

言葉だけではついてこないだろうから、俯いたままの彼女の手を傷つけてしまわないように優しく握る。少しだけビクッと驚かれ、手を離すべきか悩んだが、嫌がっている様子ではない。自分の手と比べると小さくて柔らかい手だが、とても暖かい。もし、あのまま自殺を邪魔していなかったら、この手は今頃どうなっていたのだろうか。

「ほら、行くぞ」

そう言って彼女の手を引くと小さく肯《うなず》き、後ろをついてきた。

こんなふうに、僕はいつも自殺の邪魔をしている。

しかし、いくら邪魔しても一之瀬は自殺を諦めない。

数週間後、早いときは数日後に再び自殺を決行する。

彼女が自殺を諦めるまで何度でも邪魔をするつもりだが、一つ問題がある。

その問題とは、僕の余命《よめい》が残り僅《わず》かなことだ。

別に不治の病に冒《おか》されているわけではない。

ある時計を手に入れた代償として、寿命を手放した。

とても信じられないと思うが、本当の話だ。

僕は寿命と引き換えに——時間を巻き戻せる時計を手に入れた。

2

「相葉純《あいばじゅん》さん。貴方《あなた》の寿命を譲《ゆず》ってはもらえないでしょうか？」

見知らぬ女に「寿命を譲ってもらえないか」と声をかけられたのは、一昨年の十二月二十五日。高校生活最後のクリスマスだった。

その日は凍《い》てつくような寒さにもかかわらず、地元にある橋の上から景色を眺《なが》めていた。川をまたいで町と町を結ぶ大きな橋だが、人通りが少なく車もあまり通らない。おかげで川のせせらぎがよく聞こえ、魚が跳ねた音や鳥の鳴き声を聞き逃すこともない。

一人でいる時間が好きだった。といっても孤独を望んでいたわけではない。周りにいる人間を好きになれなかったから孤独になったのだ。

クラスメイトも、街を歩く人々も馬鹿みたいに幸せそうだと思った。僕からしたら幸せに思えることが彼らにとっては当たり前で、僕からしたら些細《ささい》なことが彼らにとっては大きな悩み事のようだった。

価値観の違いである。

その違いによって生じる摩擦《まさつ》に僕は耐えられなかった。孤独は寂しいが、人のいる場所にいても惨めな思いをするだけ。だから、彼らから距離を置いて一人になれる時間を作った。そして、いつの間にか生活の要と化していた。

そんな僕にとって、この橋は数少ない憩《いこ》いの場であり、高校時代はよく来ていた。

クリスマスだというのに一人で橋にいるなんて寂しい奴だと思われるかもしれないが、実際に寂しい奴なのだから仕方がない。クリスマスで混雑している町中を歩きたくはなかったし、家で過ごすのも避けたかった。こんな日だからこそ、この場所にいたかった。

この日も昼過ぎから夕方までずっと橋の上にいたが、姿を見ないまま辺りは暗くなっていき、寒さも増していった。

橋に並んだ街灯がオレンジ色の明かりをともしはじめ、欄干《らんかん》から真下を覗くと暗くて地面が見えない。せせらぎが聞こえなければ、川が流れていることもわからないほど真っ暗で、どこまでも落ちていけそうな気がした。

橋の上を見回しても誰もいない。ぼんやりと明かりをともした街灯が一定の間隔で並んでいるだけの光景。僕以外の人間が消えた世界のような、この空間が心地よくて好きだ。

しかし、遠くで走っている車のライトが視界に入ってしまい、すぐに現実へとつれ戻される。冬だというのに星が一つも見えない夜空を見上げながら、白く重いため息をついた。

見知らぬ女に声をかけられたのは、そのときだった。

「相葉純さん。貴方の寿命を譲ってはもらえないでしょうか？」

声をかけてきたのは全身黒い服装で統一した、不気味な女だった。長身で驚くほど痩《や》せている。長い銀色の髪はこの世のものとは思えないほど美しかったが、その感動を塗りつぶすほど気味の悪い笑みを浮かべていた。

そんなクリスマスとハロウィンを間違えたような奴に声をかけられて、ひどく動揺したのを憶えている。頭の中で「この女は僕をからかっているか、単に頭がおかしいかのどちらかだ。とにかくまともな奴ではないだろう」と整理することで、一旦《いったん》落ち着かせようとした。

だが、この女が僕の名前を呼んでいたことに気づいて、収まりかけていた動揺が盛り返した。

過去に出会った人物を整理するが、誰とも一致しない。こうなると誰かが仕掛けたドッキリを疑うしかなかったが、友人も恋人も知り合いもいない僕に仕掛け人として疑うような人物は一人も思い浮かばなかった。そもそも僕を驚かせようとする物好きがいるとは到底考えられない。

「考えるだけ時間の無駄ですよ。私と貴方は初対面ですから」

女は、僕の心を見透《みす》かすように鼻で笑いながら言った。

人をおちょくるような態度に不快感を抱きながらも、どうして名前を知っているのか問いかける。正確には「誰から名前を教えてもらったのか」と訊いたつもりでいたけれど、返ってきたのは予想外の返事だった。

「名前だけではないです。私は貴方の全てを知っています」

加えて「手っ取り早く説明すれば、人の心が読めるのです」とほくそ笑んだ。

それを聞いて思わず「は？」と口から漏れた。この女は何を言っているんだ、と。

「あはは、そんな顔しないでくださいよ」

「いや、普通はなるだろ」

「まぁ～信じられないのも当然でしょう……ねぇ？」

僕は無駄に口角《こうかく》を持ち上げて微笑《ほほえ》む女を睨み続けた。それに怯《ひる》むことなく返事として受け止めた女は「では、これならどうでしょうか」と返す。

女はある男の生い立ちをゆっくり話し始めた。夢見がちな子供が現実を理解していき、周囲への嫉妬から孤独になっていく話で、僕は震える手を握りしめながら聞いた。

誰の生い立ちかはすぐにわかった。

それは紛《まぎ》れもなく、僕の生い立ちであった。

女の話はなにからなにまで僕の人生と一致していて、他人が知りえないことすら言い当てていた。人の口から聞かされると、自分がどれだけ無意味な人生を送ってきたのか改めて思い知らされる。耳を塞《ふさ》ぎたくなるが、そんなことをしたら余計に惨めになる。できたばかりの瘡蓋《かさぶた》を手荒く触られるような痛苦に感じる時間がひたすら続く。

「顔、真っ青ですよ？　大丈夫ですかぁ？」

気がつくと、僕の顔を覗き込むように窺《うかが》う不気味な顔が目の前にあった。数歩、後退《あとずさ》りをしてしまった。

「一体、何者なんだ……？」

戸惑いながら訊くと、女は数秒考えた後、こう名乗った。

「そうですね。死神、とでも名乗っておきましょうか」

死神。子供だましにしか思えなかったが、確かに死神らしい見た目ではあった。

顔立ちは悪くないが、痩せぎみな体型に銀色の長髪。肌は血行不良を心配させるくらいに青白い。さらに服装が黒で統一されているせいで、ひょろりとした体型と不健康そうな色白をより印象強くさせていた。

死神は心を読んでいることを強調するかのように「ピッタリでしょう？」と笑みを浮かべた。あそこまで言い当てられてしまっては否定の言葉が出てこない。

目力《めぢから》の弱まった僕を見ながら、死神は一段と気味の悪い笑みを浮かべる。

「相葉さん。私は貴方のお力になりたくて、お声掛けさせていただきました」

「力？　寿命を譲ってほしいとか言っていたくせに？」

「そう警戒しないでください。私は貴方の味方です。滑稽《こっけい》な人生を歩んできた相葉さんのことを心配してくれる人間なんてこの世にいませんよ？　貴方を理解できるのは私だけです」

死神は口が裂けそうな笑みを浮かべて、その青白い手で僕の頬をさする。全身に鳥肌が立ち、反射的に死神の手を払いのける。

「それに貴方だって、本当は望んでいるのでしょう？」

「なにが言いたい」と訊き返すと、死神は微笑んだ。

「貴方、死にたがっているでしょう？」

背筋が凍った。死神の笑みが不気味なほど自信に満ち溢れていたからだ。心臓を鷲掴みにされたような緊張感が漂《ただよ》う。否定される可能性なんて一切考えていない表情に飲み込まれそうになる。それも当然だ、死神の言ったことは当たっているのだから。

――こんな無意味な人生、さっさと終わらせたかった。

小さい頃まで記憶を遡《さかのぼ》っても、楽しかった思い出なんて片手で数えられるぐらいしかない。むしろ思い出したくない記憶の方が多い。それでもいつか報《むく》われるはずだと耐えるような日々を過ごしてきた。しかし、状況は悪化していく一方だった。

そして、高一の夏。ある出来事がきっかけで、自殺を考えるようになる。

橋へ訪れる度に下を覗き込んでは「飛び降りろ」と何度も自分に言い聞かせた。けれど、あと一歩が踏み出せないまま二年が経ち、高校生活も終わりを迎えようとしていた。大学に進学する気も、働く気もない。春になれば、もっと惨めな思いをするのは目に見えている。だから年が明ける前に飛び降りて、楽になりたかった。

この足さえ動いていれば、死神を名乗る女に話しかけられることもなかったのに。

「ずっと苦しんできたのでしょう？」

痩せ細った顔でにっこり微笑む死神は、とても同情しているようには見えない。

「是非とも私に介錯《かいしゃく》をさせていただきたいのです」

「介錯？」

「ええ、寿命を譲っていただきたいのです」

もちろんタダとは言いません、と付け加えると、袖から懐中時計を取り出した。

「ウロボロスの銀時計と言います」

チェーンが付いた銀色の懐中時計で、見た目は普通の蓋付き懐中時計と変わらなかった。強《し》いて特徴をあげるとすれば、蓋に龍みたいな生き物が刻まれていることぐらい。

「このウロボロスの銀時計は普通の時計ではありません」

この時計は、と死神が続ける。

「時間を巻き戻せる時計です」

確かに死神はそう言った。

「時間を巻き戻せる？」

聞き間違いかと思って訊き返すと、「ええ、そのままの意味です」と返ってきた。

そして、死神は銀時計を差し伸べるように見せながら説明を始めた。

そのときの説明をまとめると、こうなる。

・ウロボロスの銀時計を使用できるのは、寿命を支払った持ち主のみ。
・使い方はウロボロスの銀時計を持って、戻りたい時間を強く思い浮かべるだけ。
・最大二十四時間前まで戻せる。

・一度時間を戻すと、三十六時間後まで使えなくなる。
・巻き戻す前の記憶は持ち主のみ引き継がれる。
・例外として、時間を戻すときに持ち主の肌に触れていた人物も記憶を引き継げる。

要するに好きなだけ時間を戻せるわけではなく、細かいルールが存在する。

「貴方の三年後以降の寿命と、このウロボロスの銀時計を交換しませんか？」

死神はそう訊《たず》ねてきた直後、思い出したかのように「正確には明日から三年後の寿命をいただくので、時間を戻せるようになるのも明日から、ですが」と付け加えた。

余命三年になる代わりに時間を巻き戻せる時計が手に入る。

信じがたい話ではあったが、生い立ちを言い当てられたこともあって、本当でもおかしくないと思えた。時間を戻せるといっても一度使用したら、三十六時間置かないと再度使用することができない。つまり、最短で二十四時間戻しても十二時間は進むことになり、時間を戻し続けて延命することはできない。

当時の僕はそこまで理解しておきながら、交換を承諾《しようだく》することになる。

今まで自殺できなかった僕が何故あっさり承諾できたのか。これといった理由はない。橋から飛び降りるより楽に死ねそうと思えたのが決め手かもしれない。あの日は感傷に浸っていて破滅願望に駆られていたのが決め手かもしれない。死神の話が本当かどうか試したかったのが決め手かもしれない。いずれにしろ、積み重なった本が少し傾けば一瞬で倒れるように、積み重なった要因が僕のバランスを崩したのだろう。

「ありがとうございます。では、早速始めましょう」

僕の胸元に死神の骨が浮き出た手が置かれる。元から寒さで体温を奪われていたが、服の上からでもハッキリわかるほど、死神の手は冷たかった。

「それでは、寿命をいただきます」

その瞬間、全身に悪寒《おかん》が走った。なにかを吸い取られるような今まで経験したことがない不快な寒気。次第に頭がぼんやりし始め、意識を失いかける。ほんの数秒の出来事だったのかもしれないが、跪《ひざまず》かないように意識を保つことで必死だった。

「終わりましたよ。これで貴方の望みは叶《かな》います」

死神の声でハッと意識を取り戻した。足元がふらつき、背中から倒れそうになったが、ギリギリでバランスを保つ。気づいたときには悪寒も消えていたが、心にぽっかりと穴が開いた感じがした。なにか大事なものを失ったかのような……あやふやで言葉にはできないが、確かになにかが変わっていた。

「今日からこの時計は貴方の物です」

不気味に痩せ細った手から、ウロボロスの銀時計を渡される。銀時計は冷たく、見た目より重かった。秒針の刻む音が大きく、蓋を閉じていてもハッキリ聞こえてくる。

「貴方は三年後の十二月二十六日、午前零時に息を引き取ります」

死神は頭を少しだけ下げ、「残りの三年間をどうぞお楽しみください」と微笑む。

それを聞いて、「三年間は長い」と思った。

どうせ死ぬのならもっと早くでいい、と。

そんなことを考えていたから、別れ際の忠告もたいして気にしなかった。

「絶対に寿命を手放したことを後悔しないでください」

死神は別れ際にそう忠告してきた。

3

翌日、ウロボロスの銀時計を試してみた。

結論からいえば、時間を戻せるのは本当だった。

一瞬だ。銀時計を手に持ちながら戻りたい時間を思い浮かべると意識が途切れ、気づいたときには時間が戻っている。テレビのチャンネルを変えるのと大差ない。

最初は魔法陣が現れたり、時計が無数に並ぶ世界に飛ばされたり、そういう漫画みたいなことが起こるんじゃないかと身構えていたから、あっけなさに拍子抜けした。

一度時間を戻すと、三十六時間後まで使用できなくなる。

時間を戻せなくなるだけではなく、電池がなくなったように秒針が止まり、普通の時計としての機能も失われる。三十六時間経つと秒針が再び動き始め、自動的に時刻合わせされる。つまり、秒針が動いている間しか時間を戻せないということである。

実際に時間を巻き戻すまで、死神の話を信じ切っていたわけではなかった。もし時間が戻らず、ビックリと書かれたプラカードを持った死神が出てきたら、銀時計を投げつけてやろうと考えていた。

それに半信半疑だったのは銀時計だけではない。

寿命の話もだ。自分が三年後に死ぬと実感したのも時間を戻してからだった。

「絶対に寿命を手放したことを後悔しないでください……か」

最後に死神が口にした忠告を思い出して、ほくそ笑んだ。

後悔していなかった。

清々《すがすが》しいほどに。

——あと三年で死ぬ。

そう口にするだけで、開放的な気持ちになれた。余命三年になってから「今日はどう過ごすか」と一日一日を考えるようになり、それまでの自殺を考えるだけの日々と比べれば前向きになっていた。

当時はこの心境の変化に驚いた。けれど、今はそんなおかしな話でもないかと思っている。

自殺を考え始めた頃、安楽死について調べたことがあった。

安楽死が認められている国はいくつか存在するが、基本的には末期癌《がん》といった助かる見込みがない病《やまい》を抱えている患者にしか許可が下りない。国によって除痛《じょつう》できないほど耐え難い痛みが出てからしか許可が下りないなどの違いもあるが、ほとんどの国は苦しみからの解放を名目とした最終手段として扱われる。

以前、『末期患者の中には安楽死のおかげで、最期まで生きる意欲を保てた患者もいる』と書かれた記事を読んだことがあった。

安楽死制度のメリットを紹介する記事で、「除痛できずに苦痛な最期を迎えるのなら『苦しまないうちに死にたい』と考える患者もいる。そう考える患者からすれば、自分の意志で最期を決められる安楽死は心強い存在となる」と書かれていた。

安楽死を美化して書いている印象が強かったが、記事の内容には頷けた。

苦しむことになる、とわかりきっている未来を待つのは怖いものだ。目の前にうっすらと行き止まりという名の崖が見えているのに歩き続ける人間なんていない。

僕だってそうだ。他人を好きになれない僕が生き続けたところで針の上を歩き続けるようなものだ。明るい結末が待っているとは到底思えないし、ゴールまで辿り着ける自信もない。だからこれ以上苦しまないために、自分を守るために、自殺を考えた。

余命三年というゴールが見えているのは、僕にとって心強かった。死にたくなっても「どうせ三年後には死んでいる」と言い聞かせることができるし、夢や目標がないまま闇雲《やみくも》に生きているよりもずっと楽に思えたのだ。

当然、ウロボロスの銀時計の存在も大きかった。「せっかく摩訶《まか》不思議な時計を手に入れたのだから死ぬまで酷使してやろう」と時間を戻して様々なことをした。

最初に思いついたのは、誰もが考えるような使い方だった。

好きなだけ散財して、財布の中身が尽きたら時間を戻す。

ゲームセンターで何時間遊ぼうが、映画館で朝から晩まで過ごそうが、好きなものを食べ続けようが、時間を戻せば金が減ることはない。

元々、ゲームセンターや映画館は気分転換できる貴重な存在であったが、高校生の財力では毎日通うことはできなかった。財布の中身を気にせずに思う存分、気分転換できるというのは正直悪くなかった。

しかし、最終的には散財する前に時間を戻すことになる。気分転換はできても暇つぶしにはならない。好きなものを沢山食べたところで空腹状態に戻るだけ。買い物したって手元に残らないし、同じゲームや映画ばかりでは飽きてくる。もっと大きな散財をしたいと刺激を求めても、高校生の所持金では一度に使える額に限度がある。

そこで次は、金を増やすことにした。

二十四時間戻せば、一日先の未来を僕だけが知っている状態になる。

これならギャンブルで、いくらでも金を増やせると考えた。

まず宝くじの当選番号を暗記してから時間を戻し、当選番号が同じかどうか試した。この方法が最も手っ取り早く稼げると期待していたが、結果は時間を戻す前と当選番号が違っていた。競馬も試してみたが、こちらも時間を戻す前と順位が変わることがあり、金を増やせるほど常勝するのは困難だった。

これらの結果から『時間を巻き戻しても同じ未来にはならない』ことがわかった。

要するに、やり直すだけである。

サイコロを振り直しても同じ目が出るとは限らないのと一緒だ。宝くじは再抽選、競馬はレースをやり直しただけで、時間を戻す前と同じ結果になるわけではない。

唯一、結果が変わりにくかったのは株だった。

株でも結果が何度も変わったが、完全にランダムな宝くじとは違って人の思考が関与している分、他より結果が変わりにくい。初心者ながら何度かシミュレーションして常勝できると判断し、株を代理購入してくれる協力者を探した。

本来なら自分で買いたかったが、未成年は親権者の同意が必要となる。親とは仲が悪く、同意を得られるかどうか以前に頼みたくもなかった。

まずは何度も時間を戻して、未来の変動をネット掲示板に書き続けた。次第に「この人の書き込みはいつも的中している」と噂《うわさ》になっていき、注目を集めたところで未来の変動を書き込むのをやめた。代理購入の報酬として分け前を渡すことを餌に協力者を募《つの》ると、あっさり見つかった。

メールでやり取りしながら、地道に的中させていき、利益はどんどん膨れ上がっていった。毎週、働くのが馬鹿らしく思えるほどの額が口座に振り込まれる。三年間で使いきれないほど金が貯まると、増やすことはやめて使い道を考えた。

その稼いだ金を使って、真っ先にマンションの一室を借りた。流石《さすが》にこのときだけは親に頼んで保証人になってもらった。自力で生活費を払えるのか、どうやって大金を手に入れたのか、色々とめんどくさいことを訊かれたが、最終的にはデポジットという名目の手切れ金を渡して、なんとか説得することに成功した。

八階建ての賃貸マンションで、偶然空いていた最上階の一室を選んだ。バルコニー付きの3LDKは一人暮らしするには広いが、通行人の声や車の音が聞こえにくい上層階は魅力的に見えた。高級タワーマンションとは程遠いが、仲が悪かった親と一刻も早く離れたかった僕としては十分満足できる部屋であった。

ちなみに親との関係は「仲が悪い」といった単純な話ではなく、里親であることが原因である。引き取られたときから馴染めずに距離を置き続けた結果、お互いに毛嫌いするようになった。荒っぽい説得でも保証人になってくれたのは、僕を早く家から追い出したかっただけなのかもしれない。家族らしい思い出など一度もなく、常に他人だと思って過ごしてきた。毛嫌いしている人間が住む家なんて居心地が悪い。僕にとって一人暮らしが実現できたのは、とても大きな変化だった。

そして、三月に高校を卒業したことで、晴れて自由の身になれた。どうせ三年後に死ぬのだから高校を卒業する必要もなかったのだが、保証人になる条件としてサボりがちの高校をちゃんと卒業しろと言われてしまい、余計な揉《も》め事を起こさないために卒業するまで我慢した。

ようやく実現した一人暮らしは、まさに理想の生活であった。

働かなくても好きなものを買えて、好きなものを食べられる。どこかで時間を潰さなくても一人きりになれる家がある。誰とも会わなくても生きていける。

この時期ばかりは「寿命を手放したことを後悔して、もっと生きていたいと考え直すんじゃないか」と不安になるほど、浮かれていた。

だが、浮かれていたのは最初の数ヵ月だけだった。

いくら理想の生活だろうと、同じような日々を繰り返していくうちにマンネリ化してくる。ゲームは長続きせず、毎日頼んでいたピザや寿司も食べ飽きてきた。気分転換に外出したところで他人嫌いが治っているわけでもなく、すぐに部屋へ引き返す。新しく始められるようなことを探すが、なにも興味が湧かない。

理想の生活から退屈な生活になるまで、半年もかからなかった。

寿命を手放さずに普通の人生を送っていたらどうなっていたのか、と想像する。

何十年働いても今の生活には遠く及ばないだろう。それどころかもっと早くに自殺していてもおかしくない。奇跡的に今の生活に辿り着けたとしてもこの有り様だ。

これが最善の人生に違いない。

寿命を手放して後悔する、しないどころの話ではない。

どうやったらここから後悔できる？

後悔できるものなら教えてほしいぐらいだ。

――寿命を手放して正解だった。

僕はそう確信していた。

とはいっても退屈な日々を過ごしていたことには変わりない。ただ時間が過ぎるのを待つしかない日々に悶々としていた。

だが、死神と取引してからちょうど一年後のクリスマス。

退屈な日常を変える出来事が起こる。

この年も一人でクリスマスを過ごしていた。去年と違うのは橋の上ではなく、自分の部屋にいること。日付も変わろうかとする頃、ふと夕方から降り始めた雪がいつまで降り続けるのか気になり、天気予報を見るためにテレビをつけた。天気予報までの間、夜のニュースを見ていたが、翌日から余命二年を切る僕からすれば、どうでもいい情報ばかりだった。

その中で一つだけ気になる報道があった。

「中学生の少女が橋の下で死亡しているのが見つかった」という報道だった。

遺体が見つかったのは、その日の夕方。事件と自殺の両面で捜査しているとのことだったが、「飛び降り自殺で間違いないでしょう」と言いたげな報道に思えた。

いくら余命僅かで世間にたいして無関心になろうと、自殺と聞けば耳に留《と》まる。

しかし、気になったのはそこではない。

少女が転落した橋は――死神と取引をした橋だった。

僕が通っていたあの橋がテレビに映し出される。

同じ橋で自殺を企てた人間が他にもいて、しかも実行した。そう解釈した瞬間、あろうことか歓喜に近い感情が込み上げた。他人の自殺を喜ぶなんてどうかしていると自分でも思う。それでも同類の人間がいたことを知り、抑えきれない胸の高鳴りを感じた。

自殺した少女はどんな人物で、どんな気持ちで飛び降りたのだろうか。天気予報を見ることも忘れ、一晩中頭から離れることはなかった。

翌日になっても頭から離れなかった僕は気晴らしもかねて橋へ行くことにした。深夜まで降り続いた雪が除雪されておらず、辿り着くまでに時間がかかってしまった。

橋には何ヵ月も行っていない。元々一人になりたい日にしか行かない場所だったから、一人暮らしを始めてからは行く必要がなかった。

久々に訪れる橋は記憶より殺風景に思えた。

少女は橋のちょうど真ん中辺りから飛び降りたらしく、真下の中洲《なかす》には規制テープが張られていた。

橋の上から規制テープが張られている落下地点を覗き込む。

下にはごつごつとした岩や石が無数に広がっている。夜は真っ暗で底なし穴のようだが、実際は頭から落下しないと即死するのは難しそうな微妙な高さ。飛び降りてからしばらくの間、意識があったとしたら、ゾッとする。

ここから年下の女の子が飛び降りた。

僕が飛び降りられなかったこの橋から。

しばらく見下ろしていると、反対側から中学生ぐらいの少女四人組がこちらへ歩いてきた。最初は自殺した少女のクラスメイトが、なにか供えにきたのだろうと思っていた。ところが、その四人は嬉々とした表情でスマホを手に持ち、自殺現場を撮り始める。会話を盗み聞きすると「やっといなくなってくれた」や「もう二度とあいつの顔を見なくて済むね」と話していて、少女の自殺を歓喜しているのがわかった。

僕は欄干を掴む手の力を徐々に強めながら、彼女達の会話を聞いた。

自殺した原因はなんとなく予想していたが、わざわざ自殺現場にまで加害者が来るとは予想していなかった。四人の会話を横で聞いている間、僕の中でドス黒い感情が渦巻いていたが、少女の自殺を同類だと喜んでいた自分が心の中で非難したところで罪悪感しか残らない。

四人はしばらく自殺現場で笑談した後、遊園地に行った帰り道のような満足げな顔をして帰っていった。

一人きりになった橋の上は以前と変わらず静寂だった。

聞こえるのはせせらぎと風の音だけ。自殺現場を見下ろすと規制テープが風に煽《あお》られてピシピシと音を立てていたが、せせらぎを遮《さえぎ》るほどではない。

通っていた頃と変わらない空間、僕以外の人間が消えた世界。

自殺した少女のことを考えると、本当に一人だけ世界に取り残された気分になった。喪失感に近い。滅多に人と関わらない僕でも過去に何度か喪失感に苛《さいな》まれた経験がある。それに近い心境だった。

家族も友人もいない僕からすれば他人は「いてもいなくても変わらない人間」か、「不愉快にさせる人間」のどちらかしかいない。

一度も会ったことがなくても、顔を知らなくても、この橋を死に場所に選んだというだけで親近感を抱くには十分だった。

だから余計な情が移ってしまい、

『時間を巻き戻して、少女の自殺を邪魔する』

そんな馬鹿げたことを思いついてしまったのだろう。

4

本気で自殺を止めるつもりはなかった。

自殺を止めただけではハッピーエンドにならない。ゲームオーバーからコンティニューして、いじめという名のステージに戻るだけである。クソゲーから降りたくて自殺した彼女からすれば、ありがた迷惑にしかならないのではないか。

そもそも自殺の原因がいじめだけだったのかも怪しい。

元から人付き合いが苦手だったとか、容姿にコンプレックスがあったとか、それらが自殺に直接繋がった可能性も考えられる。僕と同じようにこれ以上傷つきたくなくて、自殺を選んだのなら却《かえ》って苦しませることになるだろう。

とはいえ、綺麗さっぱり忘れるのも難しい。

あの四人の会話を聞いてしまったのが、なによりの原因だ。僕の中で自殺した少女の人物像が「いじめで自殺した可哀想な女の子」として根強く残ってしまった。

僕の勝手な解釈なのはわかっている。しかし、このままなにもしないのはいじめを見て見ぬフリをするのとなんら変わらない。時間を戻せる人間なんて他にいない。後味が悪い、罪悪感が湧いてくる。死ぬまでに何度も思い出すのは明確だ。

残りの二年間を罪悪感に苛まれながら過ごすのは、どうしても避けたかった。

——つまりだ。

自殺を邪魔する理由は、言い訳作りである。

このまま見過ごせば必ず後悔するだろう。

だから、一度だけ少女の自殺を止める。

自殺をやめてくれれば理想的だし、それでも自殺をするのなら「仕方ない」できっぱり諦められる。「やれることはやった」みたいな言い訳さえ作れればいい。

彼女が自殺するか、しないかより、自分が罪悪感に苛まれないかどうかが重要だった。

少女を救うためではなく、自分のため。

「自殺を止める」ではなく、「自殺を邪魔する」が正しい。

ウロボロスの銀時計で二十四時間戻した後、すぐに橋へ向かった。時刻は午後三時過ぎで、雪が降りだす前。走りながら少女がまだ飛び降りていないことを祈った。次に戻せるのは三十六時間後、すでに飛び降りた後だったら手の施《ほどこ》しようがない。

冷気が肌を突き刺し、千切れそうなほど痛む耳を我慢しながら走り続けた。

橋が視界に入り、真っ先に中洲を確認するも岩があって遠くからではよく見えない。視力もどちらかといえば悪い方で、橋の上から見下ろして確認するしかなかった。

時間を戻す前の記憶を頼りに少女が飛び降りた付近の真上に辿り着く。

息が上がって視界も足もぐらぐらしながら冷たい欄干に両手をついた。乱れた呼吸を無理やり整える。

下に少女が倒れていないことを祈りながら、真下を覗き込む。

血まみれで倒れている少女を一瞬想像したが、岩や石が転がっているだけだった。

安堵《あんど》すると全身の力が抜けて、欄干に凭《もた》れかかりながら座り込んだ。

「なに必死になっているんだ」

澄んだ青空を見上げながら口にした。すでに死んでいるのなら諦めがついた。言い訳を作りに来ただけなのだから、それでも構わないはずだったのに。

しばらく座り込んで休んだ後、川を眺めながら少女が来るのを待った。

欄干に腰を預けてスマホをいじりながら待っていたが、寒さに耐えられず、スマホをしまってポケットに手を入れた。右ポケットに入れていたウロボロスの銀時計が、氷のように冷たい。

人も車も通らないまま午後五時を過ぎると、ひらひらと雪が降ってきた。空は夕闇が広がり、オレンジ色の街灯が橋をともす。傘を忘れたことに気づいたのは雪が降り始めてからだったが、小降りだったおかげで困るほどでもなかった。

手のひらに白い息を吐きかけていると、反対側から人が歩いてくるのが見えた。

目を細めて確認すると、一人の少女だった。

こんな時間に一人で来るなんて妙だ。背丈は中学生にしては高かったが、着ていた白いコートからは子供っぽさを感じられた。

自殺した少女で間違いない、と確信する。

歩いてくる少女も傘を差しておらず、暗くても顔を確認することができた……のだが、少女の顔を確認した瞬間、確信は疑問へと変わった。

——とても綺麗な女の子だった。

長い黒髪と対照的な白い肌。遠目から見てもわかるほど顔が整っている。中学生にしては大人びた顔つきをしていて、どこか幸薄そうな雰囲気もあったが、それをメリットに変えてしまうほどの儚《はかな》げな美しさを持っている。

あんな子が自殺なんてするのだろうか。

こちらへ歩いてくる少女に目を奪われながら、そう思った。

自殺した少女かどうかは一目《ひとめ》でわかるものだと考えていた。表情が暗かったり、身体的なコンプレックスを持っていたり、外見でわかるはずだと。

しかし、歩いてきた少女にはそういったマイナス要素が見受けられない。髪についた雪を手で払う仕草すら気品を纏《まと》っている。裕福な家庭で育てられた箱入り娘のような彼女が自殺をするとは到底考えられない。

——自殺とは無縁そうな子。

それが彼女の第一印象だった。

少女は僕の少し手前で立ち止まり、しばらく景色を眺めた後、歩いてきた方へ帰っていった。雪が降る中、長い黒髪を揺らす彼女の後ろ姿はなかなか絵になっていた。

それから数人通ったが、他に自殺した少女らしき人物は通らなかった。午後八時を過ぎた頃から雪が強くなっていき、寒さを我慢するのにも限界がきていた。手足の感覚はなくなり、重ね着した服も濡れて防寒着としての役割を果たせなくなっている。

このまま凍死してもおかしくない。いくら自殺志願者の僕でも他人の自殺を邪魔しようとして、逆に凍死するなんて馬鹿みたいな死に方はしたくない。

それに頭の中では、あの自殺とは無縁そうな子のことばかり考えていた。

景色を眺めていた彼女は泣いているようにも見えた。頬についた雪が溶けて、そう見えたのかもしれないが、彼女の横顔からは寂しさを感じられたのだ。

もし本当に彼女が自殺した少女だったのなら、待ち続けていても意味がない。

下を覗いても真っ暗でなにも見えない。通行人が少女の遺体を見つけるなんて奇跡に近い。これから少女が自殺して、それを通行人が発見して、数時間後のニュース番組で報道されるのは無理がある。

自殺した少女が彼女でないにしても、未来は確実に変わっている。

宝くじの抽選番号が変わったように、少女が自殺しない未来に変わったのだろう。

実際、その推測は的中していた。

寒さに耐えられず帰宅すると、ニュース番組の内容が時間を戻す前と異なっていた。自殺の報道が流れないまま天気予報が始まり、そのまま番組が終わった。

なにが原因かはわからないが、未来が変わったことは間違いない。

翌日、本当に少女が自殺していないか調べた。あの橋で自殺しなかっただけで、他の場所で自殺を決行していた可能性もあるからだ。

ニュースやネットを入念に調べてみたが、結局少女に関する報道は見つからなかった。原因はなんであれ、未来が変わったことに安堵する。

しかし、その後も少女が自殺していないか調べる日々が続いた。

自殺した少女は普通の中学生。芸能人ならともかく一般人の自殺は基本的に報道されない。おそらく少女の自殺が報道されたのは、事件や事故の可能性があったからだと考えられる。

プライバシーの問題もあるが、そもそも年間二万人以上が自殺する日本で全て報道するのは無理がある。「中学生がいじめを原因に自殺していたことが判明しました」と後日になって報道されることもあるが、それも全体の極一部しか報道されていないのだろう。あの少女もどこか別の場所で自殺したけど、まだ報道されていないだけで、そのうちニュースで流れるんじゃないかと不安もあった。

他にも調べ続けた理由はある。

『あの少女は再び自殺を決行する』

そう予想していたからだ。

強い意思があれば未来は変わらない。

例えば、僕は服装にこだわりがない。いつも出掛けるときは一番最初に目に留まった服を着ていく。「この服を着ていく」という意思はなく、『偶然』選ばれた服を着ていくわけで、時間を戻した後も同じ服を選ぶとは限らない。

これは宝くじの抽選番号が変わるのと同様、再抽選したようなものだ。

逆に言えば、もし僕が服装にこだわりを持っていて、前日から着ていく服を考えておくタイプなら時間を戻した後も同じ服を選ぶだろう。

当たり前のことだ。時間を戻したことが原因でなにかが変わらない限り、サラリーマンは会社に行くし、子供は学校に行く。

未来が変わるのは偶然といった運が絡むことだけだ。

それなら少女が自殺しなかったのも『偶然』かもしれない。

少女は普段から自殺するかどうか悩んでいた、と仮定しよう。僕が何年も自殺できなかったように、少女もいつ自殺してもおかしくない状態が続いていた。そしてクリスマスに『気まぐれで』自殺して、時間を戻した後は『気まぐれで』自殺しなかった、というのは十分あり得る。もしそうだとすれば問題が解決しない限り、いつかまた『偶然』自殺する日が訪れるはずだ。

それにこのまま終わるわけにはいかなかった。

少女と会えていたら声をかける予定だった。気休め程度の言葉だけではなく、いじめの解決策も用意していた。言い訳作りのために最低限サポートはするつもりでいた。

だが、会えなかった。

今回の結果は運よく死ななかっただけで、いじめを解決したわけではない。

少女が救われたわけでもなく、「やれることはやった」と言い張れる結末でもない。僕にとっても、自殺した少女にとっても、最悪な結末だ。このまま終わるぐらいなら時間を戻さなかった方がマシだった。自殺を『止める』のではなく、『邪魔』しないと意味がない。意地になった僕は、その後もひたすら報道関連を調べ続けた。

それから年明けた一週間後。予想は的中し、再び自殺の報道が流れた。「橋から」「中学生の少女が」「転落して死亡」という使いまわしたような報道内容から、同一人物である可能性が高かった。

今度は情報を集めてから時間を戻すことにした。近くの交番で「前日、橋の近くで中学生ぐらいの女の子を見かけた気がする。何時だったかは憶えていないが、服装など特徴がわかれば、なにか思い出すかもしれない」と情報提供者を偽《いつわ》り、遺体が見つかった時間や服装を聞き出すことに成功した。

それから時間を巻き戻し、昼過ぎから橋の上で少女が通るのを待った。

第一発見者が通報してきたのは午後五時頃。それまでに少女が来るかどうかで未来が変わったか判断できる。情報収集しておいたこともあって、前回より気が楽だった。

午後四時過ぎ。辺りが暗くなってきた頃、一人の少女がこちらへ歩いてきた。

暗くて遠くからでは顔を確認しづらかったが、情報と同じ服装なのは確認できた。

――自殺した少女で間違いない。

歩いてきたのは、クリスマスに見かけた自殺とは無縁そうな少女だった。

少女はこの間と同じように僕の少し手前で立ち止まり、景色を眺めている。以前見かけた彼女の服装が情報と一致していたから、驚きはしなかった。

むしろ、彼女に会いたくて、僕は何日も調べ続けていたのかもしれない。

あのとき見かけた彼女の横顔が、ずっと頭から離れないでいた。あんな時間に傘も差さずに一人で出歩くなんて、なにかあったのかもしれない。彼女が自殺した少女でなかったとしても、声をかけるべきだったんじゃないかと後悔していた。

景色を眺めている少女の横顔を見ながら疑問に思う。

——何故、あんな子が自殺するのだろうか。

整った顔立ち、長くて綺麗な黒髪、白い肌、華奢な体つき、外見からはマイナス要素が見当たらない。だったら性格が悪いといった内面の問題を考えるが、あの落ち着きを感じさせる大人びた雰囲気からは想像がつかない。

しかし、どんなに人生がうまくいっていそうな人間でも悩みはあるものだ。

あの容姿だからこそ妬《ねた》みを買ってしまったのなら、納得もできる。

あんな子がクラスにいたら黙っていても目立つだろう。間違いなく浮いている存在になっていただろうし、男子達にも人気があるはずだ。他の女子から嫉妬のターゲットになってもおかしくはない。実際に彼女の死を喜んでいたのは品のない四人組だった。彼女自身に問題がないのなら、まだなんとかなるかもしれない。

それにいじめられている原因はなんであれ、彼女に話しかけなければ先に進まない。

僕は話しかけようと、少女の方へ歩き出す。

近づくにつれて遠目ではわからなかった彼女の細部がくっきり見えてくる。ストレートに伸びた黒髪は艶があり、光を反射している。コートの袖から見える手首は細く、脚も細長い。きめ細かい白い肌にほんのりピンク色の唇。そして、パッチリとしたつぶらな瞳と長いまつ毛。近くで見ると、年相応の子供っぽさが残っている。

睨《にら》まれたわけでもないのに体が固まる。元々、他人と会話するのは苦手だし、一人暮らしを始めてから会話する機会がなかったから上手《うま》く喋れるか不安だ。

いや、年下の女の子に緊張してどうする、と拳を握りしめて、無理やり口を動かす。

「浮かない顔をして、なにか嫌なことでもあったのか？」

そう声をかけると、少女は辺りを見回した後に自身を指差した。彼女も突然声をかけられて緊張している様子だった。

「他にいないだろ」と笑うと、遅れて「大丈夫です」と小さな声が返ってきた。

「いや、大丈夫って返事が一番大丈夫じゃないと思うんだが」

「…………」

少女は黙り込んでしまい、怯えたように数歩後ずさりした。どうやら警戒しているようだ。いきなり年上の男に話しかけられたのだから、当然の反応ではある。

「こんな寒い日にここへ来るなんて珍しいな」

「…………」

警戒心を解こうと慣れない笑みを浮かべながら話題を振るが、無言で頷くだけで会話にならない。それどころか少しずつ離れていこうとする。

このままでは埒《らち》が明かないので、思い切って本題をぶつけることにした。

「よし、今からお前の悩み事を当ててみせよう」

少女はこちらを見向きもせず、遠くの景色を眺めていたが、僅かながら体が揺れたように見えた。一瞬動揺したがすぐに平然を装《よそお》った、といったところか。

「ここから飛び降りるかどうかで悩んでいるんじゃないのか」

その一言で、ようやく少女の顔がこちらを向いた。

平然を装っていた面影《おもかげ》はもうどこにもない。彼女の顔からは、驚き、困惑、疑問、戸惑いと様々な感情が渦巻いているのが窺えた。

「違うか？」と確認すると、彼女は小さく頷いた。

「自殺を考えている原因はいじめ。これも当たっているだろ？」

そう訊ねると、困惑しながら少女は口を開いた。

「な、なんでわかるんですか？」

その質問に「それは言えない」と誤魔化した。時間を戻せると話したって信じないだろうし、頭のおかしい奴だと思われて余計に警戒されてしまう。

逆に「誰か相談できる相手はいなかったのか。親とか先生とか」と訊くと、首を横に振った。

「誰も……味方になってくれる人がいなくて……」

少女は欄干を掴みながら、泣き出しそうな声で口にした。

「そうか、誰にも相談できず一人で耐えてきたんだな」

僕からすれば警戒心を解くための一言に過ぎなかった。

けれど、予想以上に効果があった。

少女の瞳に涙が溢れかけているのはすぐにわかった。大きな瞳がキラキラと輝く様を見て確信する。少女は誰かに助けてもらいたかったんじゃないか、と。

ホッとした。彼女の中に助けてほしい気持ちがあるのなら、いくらでも救いようがある。僕の自己満足で終わることはなく、円満に解決できそうに思えた。

この流れならいけると判断して、作戦は最終段階へ移行した。

「そんなお前にアドバイスをやろう」

理想通りに上手く進んでいる。順調だと思っていたからこそ、なにも考えずにあんな悪手をしてしまい、地雷を踏んでしまったのだろう。

「ま、アドバイスと言っても、お前が強くなる必要はない」

そう言って、少女に分厚い封筒を差し出した。

「それは……？」

少女に訊かれ、こう答えた。

「百万円だ」

「え……？」

なにを言っているのかわからないといった表情の彼女に使い道を説明する。

「いいか、クラスの中心的人物にこの金を握らせて仲良くなるんだ。そうすれば、いじめられたときに助けてくれるかもしれない。それにクラスの空気だって変わるはずだ。ただし、お前をいじめてくる奴らには絶対に渡すな。金づるになってしまうのがオチだからな」

金をばら撒《ま》いて味方を増やす。いじめをなくすにはこれしかないと本気で思っていた。先生や親に怒られたってあの四人組が改心するとは思えない。向こうが攻めてこられないような状況を作るのが先決だ。

ところが少女は俯いてしまい、封筒を受け取ろうとしない。

「遠慮するなよ。お前は貰うに値《あたい》するぐらい嫌な思いをしてきたんだ。余ったら欲しいものに使ってもいい。そして、いじめられたことを綺麗さっぱり忘れるんだ。いつか笑い話に……」

励ますように話し続ける。それが彼女の地雷を踏みつけることになるとは知らずに。

「……ません」

聞き逃しそうになるほど小さな声がした。

「ん？」

喋るのをやめると、少女は大きく口を開いた。

「いりません！」

耳に響くような大きな声だった。

彼女の様子から怒らせてしまったことはすぐにわかったが、動揺して原因を察するまでには至らなかった。にもかかわらず、僕は地雷原を踏み続ける。

「いりませんじゃなくて、この金を使ってクラスの連中を……」

再び差し出された封筒を見て、少女の目から涙がぽろぽろと溢れ始めた。

「お金を貰ったからって！　なかったことにできるわけないじゃないですか！」

少女の手が封筒をはじき、僕の手から落ちた。

落ちた衝撃で封筒から札束がはみ出る。

そこへ風が吹き、はみ出た札束が宙に舞う。

「お、おい！」

宙に舞う無数の一万円札を慌てて回収する僕をよそに、少女は手の甲で涙を拭《ぬぐ》いながら逃げるように走っていった。欄干から身を乗り出して掴み取りしている間も風が吹き続けて、もの凄い勢いで封筒から札が消えていく。

本来なら少女が飛び降りていた中洲に一万円札がひらひらと落ちていき、小さくなっていく少女の後ろ姿を見ながら橋の上で呟いた。

「もったいねぇ……」

結局、自殺の報道は流れず、代わりに「橋の下に数十万円散らばっていた」といった心当たりしかない報道が流れたが、無事に少女の自殺を邪魔することに成功した。

これでめでたし……になるわけがない。十八年間（当時）生きてきて初めて女の子を泣かせた。それがここまで精神的にくるとは思わなかった。しかも年下だ、この罪悪感はなんなんだ。

今になって思い返せば、彼女が怒ったのも当然だ。散々嫌な思いをしてきた彼女に「金で帳消しにしろ」と言ったようなものだ。ようやく差し伸べられた手が、これでは絶望もするだろう。

彼女が自殺をしたら、僕がトドメを刺したようなものじゃないか。

おいおい、それだけは勘弁してくれ。時間を戻す前よりも、一回目の自殺を邪魔したときよりも状況は悪化している。彼女に自殺されるのはまずい。非常にまずい。残り二年間を穏やかに過ごすにはなんとしても罪悪感を払拭《ふっしょく》しなければならない。そのためにも彼女には生きていてもらわないと駄目なんだ。

『彼女が諦めるまで自殺を邪魔し続けるしかない』

こうして死にたがりな少女、一之瀬月美の自殺を邪魔する日々が始まった。

第二章――シャボン玉のように

1

「奢《おご》りだ。好きなだけ頼んでいいぞ」

僕はファミレスのメニュー表を見ながら言った。

「いりません。このまま食べずに餓死《がし》します」

一之瀬《いちのせ》はふてくされた顔をして断る。腹を鳴らしながら。

「決めないのならお子様ランチを頼むぞ」

「やめてください」

寿命を手放してから二回目の四月二十三日。木曜日。晴れ。

この日、一之瀬が十五回目の自殺を決行した。

駅のホームから飛び込み自殺を続けていた一之瀬が、初めて踏切から飛び込み自殺をした。悪い意味で記念すべき日である……最初で最後にしてほしい。

時間を戻して、踏切の前にいた一之瀬を説得するも、「嫌です。ここで自殺します。さようなら」と言って聞く耳を持たない。仕方なく彼女の腕を掴んで踏切から離れようとしたが、動物病院に行きたくない飼い犬みたいに踏切から離れようとしない。当然、一之瀬を力ずくで引っ張れば、踏切から遠ざけることなんて容易《ようい》だ。しかし、飴細工のように脆《もろ》そうな彼女の細い腕を引っ張る気にはなれない。

仕方ないから最終手段として、一之瀬をお姫様だっこして猛ダッシュした。運んでいる最中に「降ろしてください」と二十八回ぐらい悲願されたが、降ろした瞬間に線路へリターンしそうだったから無視した。

予想していたよりも彼女は軽く、予想していたよりも手足をジタバタさせて抵抗された。彼女のジタバタさせた手が顔にヒットして、地味に大変だった。

踏切からだいぶ離れたところで、下校途中の小学生に指を差されながら笑われ、顔を真っ赤にしながら「今日は自殺しません。本当ですから降ろしてください」と観念したので降ろした。

そして目の前にあったファミレスに入り、奥のテーブル席に座ったところである。

「あのですね、相葉《あいば》さん。自殺を邪魔するのはいい……いや、よくないですけど、今日みたいなことはもう二度としないでください」

彼女にしては珍しく必死な言い方に「注目の的だったな」と笑って返した。

「笑いごとじゃないです！　恥ずかしかったんですよ！」

「貴重な体験ができてよかったじゃないか。小学生もビックリしていたし」

「そうです、小学生にも見られて……忘れようとしていたのに」

真っ赤になった顔を隠すようにテーブルに伏せた。耳も赤くなっている。

「こっちだって恥ずかしかったんだ。お互い様だろ」

「恥ずかしかったって……私を降ろすとき、笑っていましたよね？」

平日の昼間から女子中学生を抱えて走ったんだ。笑わなきゃやってられない。

本当になんでこんなことになってしまったのだろう。

「とにかくまたお姫様だっこされたくなかったら、自殺を諦《あきら》めるんだな」

顔を伏せたままの彼女から「諦めません」と弱々しい声が返ってくる。

一之瀬と出会ってから約四ヵ月。彼女との会話は増えているものの、自殺を諦める気配は未だにない。自殺を邪魔しているだけで、手詰まりな状況だった。

まぁ、こうして会話が増えただけでも前進した方ではある。彼女と出会った頃は話を振っても「お金ならいりませんから」の一言で会話が終了していた。どうにかして彼女の信頼を得ようと思考錯誤したが、その度に墓穴を掘ったのは苦い思い出だ。

例えば、彼女は自殺するとき同じ服を着ていることが多い。今日も白いキャミソールの上に白いカーディガンを羽織って、淡いピンク色のスカートを穿《は》いている。出会ったばかりの寒かった頃は決まって白いコートを着ていた。おそらく白を基調としたコーデが好きなのだろう。実際、彼女の長くて綺麗な黒髪を際立たせているように見えるし、似合っていると思う。

一之瀬はお気に入りの服を着て、自殺する。服にこだわりがない僕からすれば女の子らしい気もするが、死装束《しにしょうぞく》を自分で選ぶような女子力は独特すぎる。

だから、そのことに気づくことができず、「服でも買ってやろうか？　いつも同じ服ばかりじゃ飽きるだろ。たまには違う服を着てみるのもいいんじゃないか？」と言ってしまい、彼女の機嫌を損なわせてしまったこともある。百万円にしても、こういう部分は慎重にならないといけないな、と猛省した。

あの頃と比べたら一緒にファミレスに入れるようになっただけでも大きく前進しているはず。目の前のいじけている彼女を見ながら、そう自分に言い聞かせた。

店に入ってから十分が経ち、「そろそろ注文したいから早く決めてくれ」と促《うなが》すが、一之瀬は相変わらず「なにもいりません」と腹を鳴らしながら拒否を続ける。

しかし、先に自分の分だけでも注文しようと店員を呼んだら、慌てて顔を上げた。メニュー表で顔を隠している辺り、だらしないところをウェイトレスに見られたくなかったのだろう。

なので、ハヤシライスを頼んだ後に「まだ決まらないのか？」と訊くと、気まずそうに「まだ決まりません」と答えた。ウェイトレスの前では「なにも食べません」なんて駄々をこねる子供みたいなことは言えないのだろう。

若い女性のウェイトレスが「ゆっくりで大丈夫ですよ」と微笑《ほほえ》みかけると、「同じのでお願いします」と渋々注文した。

ウェイトレスが離れていくと、彼女はムッとした表情で「これが最後の食事ですから」と言った。僕は「はいはい」とメニュー表を片付けながら彼女の発言を流す。

一緒に行動する機会が増えてから気づいたことだが、彼女は周りの視線を気にする。視線を気にすると言っても様々な種類があるが、彼女のは恐怖心や警戒心といったものだ。目の前から彼女と同年代の集団が歩いてくると、僕の後ろに隠れることが多い。クラスメイトやいじめっ子と遭遇するのを恐れているのだろう。他にも平日の朝から出歩いていることを気にしているのか、警官や店員など大人の視線にも敏感になっているようだった。

警戒しながら歩いている彼女の姿は厳しい自然界で生きる動物みたいで、人間としては生きづらそうに見える。もっとも、人目を惹きつけるような容姿をしている彼女から連想する動物はどれも目立つものばかりで、どちらにしても生きづらそうだ。

最近は視線にびくびくしている一之瀬があまりに痛々しく見えて、彼女を延命させているこの状況が新たな罪悪感を湧《わ》かせた。

本末転倒である。どの選択を選んでも罪悪感からは逃れられないのかもしれない。

どうやったら彼女を救えるのだろうか。

窓の外を眺めている一之瀬をジッと見ながら考えた。窓から入ってくる日差しが彼女の白い肌に反射して少し眩《まぶ》しい。しばらくしてから彼女に気づかれた。

「私の顔になにかついていますか？」

「どうすれば自殺を諦めてくれるのか考えていた」

一之瀬はため息をついて、「だから自殺は諦めませんって言っているでしょう」とテンプレートな返事をする。

「もし、お前をいじめている奴らがいじめをやめたり、謝ってきたら自殺をやめてくれるか？」

一之瀬は考える間もなく、首を横に振った。

「今更《いまさら》謝られても困るだけです」

自殺志願者らしい諦観《ていかん》した口調だった。

「向こうが謝ってくるとは思えませんけど、もし『ごめんなさい』の一言で、今までのことが帳消しになってしまうのなら謝ってほしくないです。このまま被害者でいた方が気持ちが楽ですし、もう彼女達に会うのも、顔を思い出すのも嫌なんですよ」

僕は黙り込んだ。いじめが解決することで自殺をやめるのなら、いじめている奴らに金を渡して形だけでも謝らせたり、あらゆる手段を駆使して無理やり謝らせるといった反則的な手段もあった。

だが、一之瀬本人はいじめの解決を望んでいない。

それもそうだ。

謝られたところで、なんにもならない。「ごめんなさい」の一言で解決する段階はとっくに過ぎている。手遅れとしか言いようがない。もう円満に解決する方法が残されていないのなら、謝ってもらうより会いたくない気持ちの方が勝るのは当然である。

「お待たせしました」

テーブルにハヤシライスが二つ置かれ、彼女がチラッと見てくる。先に僕が口にして

「早く食べないと冷めるぞ」と促すとスプーンを取って食べ始めた。

思っていたより熱かったのか涙目になりながら水を口に含み、二口目からは何回も息を吹きかけて冷ましながら食べていた。どうやら猫舌らしい。

「なにかやり残していることはないのか？」

ハヤシライスを食べながら質問する。

「それはやり残したことがなければ、自殺を認めてくれるということですか？」

「なんでそうなる。やり残していることをやったら自殺を考え直してくれないかと期待しているんだ。なんかないのか」

「あるわけないじゃないですか」

平然と言ってのける彼女。せめて考える素振りぐらいは見せてほしい。

「逆に相葉さんはなんで私の邪魔をするんですか？」

スプーンに息を吹きかけながらジト目で見てくる。

「そりゃ自殺するとわかっている人間を放っておくわけにはいかないだろ」

「私自身が死にたがっているのだからいいじゃないですか」と不満げな顔のまま、「普通は誰が自殺するかなんてわかりませんけどね」と付け足す。

「いいわけないだろ。それに自殺するかどうかなんて顔を見ればわかるもんだ」

僕は近くの席で笑談しているおばさん集団を指差して「あのおばさん達は自殺しないだろうな」と適当に予想した。

「それくらい私にもわかりますよ」と呆れ顔で返される。

「というか周りに察してくれる人間はいないのか？」

「そんな人いませんよ。家族だって冗談だと思っていますし」

「冗談だと思っている？」と口にすると、一之瀬は慌てながら「今のは聞かなかったことにしてください」と手を小さく振って誤魔化そうとする。

「家族に自殺願望を打ち明けたことがあるのか？」

お構いなしに踏み込むと、彼女は小さく頷いた。

「打ち明けたと言っても、ただ『死にたい』と呟いただけですけどね」

「それで家族の反応はどうだったんだ？」

一之瀬は俯《うつむ》き、首を左右に振る。

「私、家族に嫌われているので」

「嫌われている？」

一之瀬は言葉を詰まらせながら家族の話をしてくれた。

彼女の話によると、中学に入学してすぐに実父が癌《がん》で亡くなり、その一年後に母親が再婚。現在は母親と再婚相手、その連れ子である姉二人と五人で暮らしている。

家族全員、一之瀬が学校でいじめられていることを知っているが、継父《けいふ》はとても厳しく、なにがあっても学校を休ませない主義の持ち主だった。

当然、学校へ行きたくない一之瀬とは毎日のように言い争いになる。暴言を吐かれたり、頭を叩かれたり、物を投げられたり、力ずくで学校へつれていこうとする父親から逃げるために朝から家を出て、夕方まで外で時間を潰す生活になった。

父親に反抗的な一之瀬を快く思わない姉達からは嫌味《いやみ》を浴びせられ、酷《ひど》いときには暴力まで振るわれている。最初は味方だった母親も次第に父親の肩を持つようになり、今では一人だけ蚊帳《かや》の外に置かれているようだ。

その状況に疲弊《ひへい》した一之瀬が、家族の前で思わず発した言葉が『死にたい』であった。しかし誰も同情はしてくれず、父親には「そんなこと言うなら今すぐ死ね」と怒鳴られ、姉達には「悲劇のヒロインぶって」と罵《ののし》られ、母親は見て見ぬフリをするだけだった。

僕は家族との関係を話し終えて俯いたままの一之瀬に問う。

「自殺しようとしているのは、家族に『自殺する勇気があった』と思い知らせるためなのか？　もしそうなら、そんな奴らのために自殺するなんて勿体《もったい》ない」

一之瀬は「それもあるかもしれませんが」と前置きをしつつ答えた。

「もう疲れました。学校に友達はいませんし、家では父親に怒鳴られて、姉達には馬鹿にされて、母親は私のことなんてどうなってもいいと思っている。学校にいても家にいても嫌なことしか起きない。もうこんな人生早く終わらせたいんです」

そして、「だから、相葉さん」と彼女は続ける。

「私の死を喜ぶ人はいても悲しむ人はいないんです。私自身も死ぬことを望んでいる。困る人なんて誰もいないんですから、もう終わりにしてもいいじゃないですか」

返す言葉が思い浮かばない。なにを言っても気休めにしかならない。

彼女の自殺願望を覆《くつがえ》す言葉が出てこないのは当たり前だ。僕は寿命を手放した人間なのだから。

けれど、それでも一之瀬の自殺を認めるわけにはいかず……

「駄目だ」

たった三文字。彼女の自殺願望に立ち向かうにはあまりに弱々しい。一之瀬からすれば聞こえていても、聞こえていなくても同じようなものだろう。自分でも情けなく思う。普通の人だったら、こういうときにどんな言葉をかけるのだろうか。

——そもそも僕はどうして彼女にこだわり続けるんだ。

これまで何度も自問自答を繰り返してきた。罪悪感を抱いてしまったとはいえ、ここまでする必要はあるのか。どうせ二年後には死んでいるんだ。今更、他人のことを気にするなんてどうかしている。

けれど、それでも想像してしまう。

もし彼女の自殺を邪魔していなかったら、と。

お姫様だっこしてここまで運んでこなければ、目の前の彼女はどうなっていたのだろう。電車にぶつかった衝撃で白い肌は剥《は》ぎ取られ、今スプーンを持っている手は車輪に腕ごと轢断《れきだん》され、お気に入りの服は真っ赤に染まり、彼女はその瞬間を見ながら苦痛の中、死んでいたかもしれない。

よく交通事故などで「即死」という言葉が使われるが、実際は一瞬で死んでいるわけではない。あくまで短時間で死んだことを「即死」と呼んでいる。

電車への飛び込み自殺だってそうだ。吹っ飛ばされたからって一瞬で死んだり、気絶できるとは限らない。車輪によって自分の体が轢断される光景を見届けながら死ぬ可能性だってありえるのだ。

自殺を邪魔しないということは、それを見過ごすということだ。

そう考えてしまうと、「他人のことなんて気にするな」と言い聞かせるのは難しい。中途半端に彼女と話せるようになってしまった今となっては尚更《なおさら》だ。

彼女に飛び込み自殺では即死できないことを話せば考え直してくれるかもしれない。けれど、そんな脅しのようなやり方で自殺を止めても意味がない。

結局、彼女の自殺を止める方法を考え続けるしかなかった。

僕が考え続けている間、一之瀬はいつもの不満げな顔をして黙り込み、目が合う度《たび》に頬を膨らませていた。それから食べ終わるまで会話はなかった。

会計を済ませようと、レジで財布を取りだしたところで、ふと思い出す。

「そうだ、これ」

子犬が描かれたテレホンカードを渡した。

以前、一之瀬に電話番号を書いた紙を渡したことがあった。なかなか受け取ろうとせず、一回目は受け取りを拒否され、二回目は破かれ、三回目でようやく受け取った。

「死にたくなったり、なにかあったときに電話しろ」と言っておいたが、そもそも彼女はスマホを持っていなかった。持っている小銭も少ない。

いつでも公衆電話からかけられるように、と用意していたテレホンカードを数日前から財布の中に入れていた。

「かわいい……じゃなくて、なんですかこれ?」

テレホンカードに描かれた子犬をまじまじと見ながら訊《き》いてくる。

「ひょっとしてテレホンカードを知らないのか?」

こくりと頷く一之瀬にジェネレーションギャップを感じてしまう。

「駅とかに公衆電話があるだろ?　これを入れれば電話をかけることができるから、なにかあったら以前教えた番号に電話しろ」

「あの紙なら捨てちゃいました。電話する手段がなかったので」

「お前なぁ……」と呆れながら、レシートの裏に電話番号を書いて差し出す。

「早朝でも夜中でもいつでもいい。死にたくなったり、困ったときにかけろ」

「電話する前に死にますよ」

「いいから受け取れ」

受け取ろうとしない彼女に無理やり握らせ、その日は解散した。

「さようなら、もう二度と会うことはないと思いますけど」

「また今度な。気をつけて帰れよ」

「気をつけないで帰ります」

小さくなっていく彼女の後ろ姿を見届けながら、不安に思った。

いじめを解決しても意味がない。

家庭内でも問題が起きている。

なにをどうすればいいのかわからない。綺麗に解決する方法なんてあるのだろうか。

人生から逃げ出した僕が考えたところでヒントすら出てこなかった。

けれど、まったく進展がないわけでもない。一之瀬があっさり家族の話をしたのは意外だった。出会った頃の彼女からは考えられないことだ。

少しずつだが、彼女の警戒心が解けてきている。

このまま邪魔し続けていれば、また進展があるかもしれない。

2

寿命を手放してから二回目の五月五日。火曜日。晴れ。

この日、一之瀬が十六回目の自殺を決行した。

今回は『いつもの橋』からの飛び降り自殺だった。

いつもの橋とは、高校時代に通っていた橋であり、死神と出会った場所でもあり、彼女が最初に自殺をした場所でもある、あの橋のことだ。大きな橋のわりに名前がついておらず、いつもの橋としか呼びようがない。

一之瀬の自殺はいつもの橋から飛び降りるか、電車に飛び込むかのどちらかだ。回数で言えば橋から飛び降りる方が多く、彼女がどこから来るのかは熟知している。

橋の手前で会う約束をしていたかのように手を振ると、一之瀬は露骨に嫌な顔をしながら「こんにちは」と挨拶した。

「今日は生きていることの素晴らしさを教えてやろう」

「そうですか、さようなら」

「待て待て」

逃げようとする一之瀬の華奢《きゃしゃ》な腕を掴んで止める。

「今日だって家に帰りたくないんだろ」

「……まぁ、そうですけど」

「なら暇つぶしだと思ってついてこい。ついてこない場合は……」

「またお姫様だっこするとか言うんでしょう?」

一之瀬は諦めたように言う。以心伝心とはこのことか、多分違う。

橋から歩いて最寄り駅へ向かう。一之瀬は僕の少し後ろをついて歩く。歩くスピードが早いのかと思ったが、ただ後ろに隠れていたいだけのようだった。

最寄り駅に辿《たど》り着き、電車に乗って数個先の駅で下車。駅前のバス停からシャトルバスに乗り込んで約三十分後、大型ショッピングモールに到着した。

あっさりショッピングモールに着いたように見えるが、実際は切符を買っている間に一之瀬が逃げ出したり、駅のホームで「電車に飛び込んだりしないですから、腕を掴まないでください」と怒られたり、様々なことがあって疲れた。

建物に入り、案内図を確認してから目的地に向かう。ここには何度か来たことがあるが、広い駐車場はいつも車で埋め尽くされていて、施設内も人で混雑している。

ここら辺は僕が住んでいる地域よりもさらに田舎《いなか》で、他に商業施設がない。そのため、様々な店が入ったこのショッピングモールは地元住民の生活の要《かなめ》となっている。

「着いた。今日はここだ」

「着いたってここ映画館じゃないですか」

今日はショッピングモール内に併設された映画館で暇つぶしすることに決めた。

「人が死ぬ映画を見れば、生きていることの素晴らしさがわかるかもしれない」

などと意味不明な供述をしたが、いつも通り適当なことを言っただけである。

中学、高校と孤立した学生生活を送ってきた僕は会話のバリエーションが少ない。共通の話題を簡単に作れる映画館を選んだのは、そういうことだ。

「なるほど。絶対にありえませんね」

真っ向から否定する彼女の手を掴んで映画館に入る。

「私、お金持っていませんよ」

「今日も奢りだから心配するな」

「もうすぐ死ぬ人間に奢ったってチケット代が無駄になるだけですよ」

「もうすぐ死ぬ人間なら遠慮する必要もないだろ」

映画館に入ると、薄暗いロビーにチケット売り場、グッズ売り場、フード売店が並んでおり、上に設置されている大きなスクリーンには映画の予告が流れていた。

ショッピングモールに併設されているといっても、映画館独特の薄暗い空間にはなっている。普段は映画を見るならここではなく、もっと近場にある大きな映画館に行くのだが、今日は一之瀬をつれている。地元の映画館ではクラスメイトと遭遇する危険性が高いし、彼女からしたらあまり好ましくない場所に違いない。だから今日は地元から少し離れている、この映画館を選んだ。

しかし、今日はやけに家族連れや若い学生が多い。隣を歩く一之瀬も周りを気にしているようだった。

「平日なのになぜこんなに学生が多いんだ」と困惑したが、すぐに解決した。

今日は子供の日だった。

銀時計を手に入れてから曜日感覚を保つだけの生活をしてきたせいで、ゴールデンウィークに突入していたことに気づかなかった。

元々、このショッピングモールは地元住民のたまり場になっているから、それがゴールデンウィークとなれば、この混み具合も納得だ。人混みが嫌いな僕、同年代の視線を気にする一之瀬からすれば、好ましくない状況である。

それにしても子供の日に自殺するとは。

横にいる一見純粋そうな一之瀬を見ながら思った。

視線に気づいた一之瀬が「なにか?」と言いたげに首を傾《かし》げる。そんな人の心配をまったく気にしていない彼女にため息をつくと、「言いたいことがあるなら言ってください!」と軽く怒ってきた。察しろ。

「人が死ぬ映画を見るなんて言ったが、見たい映画があるならそれでもいい」

「そう言われても、どんな映画が上映されているのか知りません」

「……自殺以外のことも興味持ってほしいんだけどな」

僕が苦笑いすると、「無理難題を言わないでください」と残念すぎる返事を貰った。

上映スケジュールが書かれているポスターの前には人だかりができている。ポスターを小さくしたチラシを手に取り、人混みから逃げるように一度外へ出た。

一之瀬にチラシの中から見たい映画を選んでもらう。

最初に提案したのは、テレビでしつこいほど宣伝されていた恋愛映画。

主演はイケメン俳優で、一之瀬のような女の子なら恋愛映画とか好きそうという軽薄な考えで提案した。人が死ぬ映画にこだわるつもりはなかったが、どうやら難病物らしく、あらすじから恋人が死ぬのは目に見えていた。評判的にもこれで決まりかと思ったが、一之瀬の反応は微妙だった。

「うーん……恋とかそういうのよくわからないので、どうなんでしょう」

学校に通っていたら彼氏がいてもおかしくない一之瀬が言うと、少し違和感があるが彼女らしいとも思えた。

次に提案したのは、リアルな戦争を描いた映画。

人が死ぬを通り過ぎて、人が死にまくる映画だ。これを見て「私達は戦争がない時代に生まれたことを感謝しなければなりませんね。自殺するのはやめます」と考えを改める一之瀬を脳内で想像する。無理だ、想像できない。

彼女は腕を組んで難しそうな顔をして言う。

「血が流れる映画は苦手です……」

「いつも自殺している人間が言うことか！」とツッコミかけたが、なんとか抑えた。

三番目に提案したのは少し変わった映画で、飼い主の女の子とクリスマスを過ごしたいカブトムシの話。

夏の生き物であるカブトムシがクリスマスまで生きるのは難しい。どうやら命の儚《はかな》さをテーマとした映画のようだ。これなら少しぐらい考えを……。

「虫は苦手なので無理です。他のにしてください」

カブトムシの映画は瞬殺だった。儚い。

その次に提案したのは、幽霊が出てくるホラー映画である。

人が死ぬというよりは既に死んでいる映画。単純に一之瀬が驚くところを見たかったのは内緒だ。

「なんだか怖そうな映画ですね……」

「幽霊とか苦手なのか？」

「作り物だとわかっていれば怖くないですし、大丈夫ですけど」

「大丈夫ならいいじゃないか」

「でも、もし本物のお化けが映っていたら見分けるのが……」

「それは大丈夫とは言わない。重症だ」

その後も小さい子供が見るような魔法少女のアニメを提案して、「子供扱いしないでください！」と怒られたりしたが、どれもイマイチな反応だった。

最終的に「無難そう」という理由で、最初に提案した難病物の恋愛映画を見ることにした。

二人分のチケットを購入して、ロビー中央で待っている一之瀬の元へ戻る途中、高校生ぐらいの男子達が一之瀬を指差して「あの子かわいくね？」「お前声かけてみろよ」と話し合っているのが聞こえた。当の本人は予告が流れているスクリーンを見ていて、気づいていないようだった。

上映開始時間まで待っていると、フード売店から甘い匂いが漂ってくる。キャラメル味のポップコーンの匂いだろうか。一之瀬も匂いにつられたのか同じ方へ視線を向けていた。

「なにか食べたいものあるか？」と訊くと、一之瀬は遠慮するように「大丈夫です」と答えた。しかし、小さな子供が持っていたチュロスに羨望《せんぼう》の眼差しを向けている彼女を見て、列に並ぶことにした。

チュロスの他にもポップコーンを購入し、彼女に手渡す。最初は「いりません」と強がっていたが、「会員だから貰っただけで、僕はいらない」と嘘をついたら「仕方ないですね」と頬を緩めながら受け取った。

両手でチュロスを持ちながら食べる一之瀬はリスのような小動物を連想させる。本人に言ったら怒られそうだから口には出さなかったが。

チュロスを食べ終えた頃にはちょうどいい時間になっており、スクリーンへ移動して自分達の座席に座った。他の座席もほとんど埋まっていて、話し声があちらこちらから聞こえてくる。

照明が消えて予告が流れ始めると、ホラー映画の予告が流れた。横に座っている一之瀬を横目でチラ見すると、必死に目を瞑《つむ》っていた。全然大丈夫じゃない。

肝心の映画は難病物のテンプレといった内容だった。

女子高校生の主人公と余命半年と宣告された幼馴染の彼氏が、様々な恋のハプニングを乗り越えていく。主人公が他の男に告白されたり、余命僅《わず》かな彼氏が迷惑をかけないために別れを告げたりするものの、最後は彼氏を選び、その死を看取り、残された主人公が彼の分まで生きていくと強く決心するところで終わる。

正直、最初から最後まで予想通りの展開で泣けなかった。映画よりもポップコーンの塩味とキャラメル味を交互に食べたときの相乗効果に感動していたほどだ。

しかし、中盤を過ぎた頃からすすり泣きしている声が聞こえてきて、他の観客はどっぷりハマっているようだった。若い女性が多かったし、場違いだったようだ。

実際に「恋とかよくわからない」などと言っていた一之瀬も最後はぽろぽろと涙を流していた。ちなみにキスシーンではソワソワしながら手で顔を隠していた。

「生きているのは素晴らしいと思えたか?」

映画が終わり、まだ鼻をすすっている一之瀬に訊いた。

「……少しだけ」

ハンカチで涙を拭《ぬぐ》いながら答えた。

「それは良かった。ならば、もう自殺するのは……」

「やめません」

即答だった。

「映画を見ても変わらないか」

「当たり前です」

「映画のように、とは言わないがもう少し生にしがみついてほしいんだけどな」

残念そうに言うと、一之瀬は「現実と映画は違います。さっきの映画はあそこで終わっているから良い話で済んでいるんですよ」と拗《す》ねながら言った。

てっきり「ありえません」とか、軽く返されるとばかり思っていたから発言の意図をすぐに読めなかった。

「それに私には『生きてほしい』と応援してくれる人もいませんしね」

「いや、目の前にいるだろ。お前には生きてほしいし、死んだら悲しむ」

一之瀬は「返事に困るようなこと言わないでくださいよ」と困惑しながら言った。

僕は「困るなよ。泣いて喜べ」と返す。

「嘘で喜べるほど、私は純粋ではありません」

「さっきまで泣いていた純粋さはどこへ消えた」

その後、帰りのバスや電車で映画の感想を語り合い、「今度はホラー映画を見るか」と提案したら「絶対に嫌です」と猛反対された。

「気をつけて帰れよ」

「気をつけないで帰ります」

いつものやり取りをして別れた後、ようやく一之瀬が口にしていたことの意図を理解した。

おそらく病気で父親を亡くした自分と彼氏を失った主人公を重ねたのだ。

父親を亡くし、再婚して居場所がなくなった自分のように、大切な恋人を亡くした主人公の未来も暗いものになる。それが本当の結末だと一之瀬は考えているのだろう。

確かに、あの主人公に明るい未来が待っているとは思えない。

あれだけ一途《いちず》な恋をしておいて、新しい恋を探すのだろうか。

亡くなった恋人以上に大切な人ができるのだろうか。

恋人を亡くしたことがない順風満帆な人間を見て、嫉妬《しっと》しないのだろうか。

生きづらそうに過ごす姿しか頭に浮かばない。

人から好かれたくても好かれない僕と大切な恋人に会えない主人公。

はたして、どちらが不幸なのだろうか。

僕が泣けなかったのは、彼らの不幸が茶番としか思えなかったからだ。

作り物だから、とかそういう話ではない。

彼らは幸せ者だった。先が短い彼氏を見捨てず、主人公は最期まで愛し続けた。他の男からアプローチされても死にかけの彼を選んだ。それだけの価値がある人と出会うことができた。

彼氏も恋人に見守られながら逝《い》けたのだから幸せな方だ。この世には別れの言葉を伝えられずに死ぬ人間がいる。大切な人と出会う前に死ぬ人間だっている。

少なくとも僕の最期は悲惨なものになるだろう。一人、誰にも知られずに死ぬのだから。それに比べたら、彼の最期なんて幸せなものだ。

僕は彼らが不幸だとは思えなかった。薄っぺらい不幸を然《さ》も価値のある美しいものに仕立て上げようとする彼らに苛立《いらだ》ちさえ覚えた。

大切な人と呼べる存在がいなかった僕には、大切な人を失う悲しみを完全に理解できない。不幸の張り合いなんて馬鹿げている。だけど、あれを不幸とは呼びたくない。

彼らより不幸でないのなら、僕は寿命を手放した言い訳すら許されなくなる。

でも、一之瀬の悩みは彼らに通じるものがある。

それを解決してやらない限り、自殺を止められないのかもしれない。

真っ赤な夕焼け空を見上げながら、深くため息をついた。

3

「今日はどこに行くか」

「あの世に逝きたいです」

「そうか、ゲームセンターに行きたいか」

「一文字も合っていません」

寿命を手放してから二回目の五月十八日。月曜日。晴れ。

この日、一之瀬が十七回目の自殺を決行した。

今日もいつもの橋から飛び降りた。前回も今回も彼女から電話はなかった。以前渡したテレホンカードは観賞用になってしまっているようだ。

普段と同じように橋の手前で一之瀬を捕まえて、彼女の意思を僕なりに解釈した結果、ゲームセンターに行くことになった。

「ゲームセンターに行っても、なにもできませんよ」

そよ風が吹き、一之瀬の長い黒髪が涼しげに揺れる。

「普段はゲームセンターとか行かないのか？」

「小学生の頃に何度か行ったことありますけど、もう何年も行っていないですね」

暇つぶしには最適な場所なんだけどな、と言いかけたが、金を持っていない一之瀬に言ったところでアドバイスにはならないだろう。

彼女が親から小遣いを貰えているとは到底思えない。

いつだったか。駅のホームで自殺を止めた後、少し離れた町へ観光しに行こうとしたら「お金が足りなくて降りれません。なので自殺します」と言い出し、「運賃が足りなくて自殺する人間がいてたまるか」と説得して、代わりに支払った。

金がないと、行動できる範囲にも限りがある。僕も家にいたくない人間だったからわかるが、学生の財力では暇《ひま》をつぶすのも一苦労だ。

今は春だからいいが、夏や冬の時期は工夫が必要である。そういえば、一之瀬が自殺を始めたのはクリスマスだ。冬の間はどこにいたのだろうか。

「家にいたくないときは、いつもどこにいるんだ?」

一之瀬は数秒考え込んでから答えた。

「公園やホームセンターにいますね」

「ホームセンター?　駅の近くにあるあそこか?」

入ったことはないが、最寄り駅の近くに大きなホームセンターがある。彼女の行動可能範囲だと、そこしか思いつかない。

「そうです。あそこのホームセンターに熱帯魚屋さんが入っているんですよ」

「なるほどな。そこの魚を眺めて暇をつぶしているわけか」

魚が好きなのか問うと、「はい、大好きです」と笑顔で答えた。

「魚も好きですけど、すごく可愛いウーパールーパーがいるんですよ」

「ウーパールーパー?」

僕が訊ねると、嬉しそうにウーパールーパーの良さを語りだした。

なにを考えているのかわからない顔、フサフサでピンクなエラ、前足は指が四本なのに後ろ足は五本、こちらへ向かってきて水槽の壁に頭をぶつける鈍感さ。

熱心にウーパールーパーを語る一之瀬は頬を赤くして興奮気味だった。珍しい。

「他にもフトアゴヒゲトカゲというトカゲもいるんですよ」

「ウーパールーパーとか変な生き物が好きなんだな」

両生類や爬虫類の良さがわからない僕はそれしか言うことがなかった。

一之瀬は「変な生き物じゃないです」と口を膨らませながら反論する。

「相葉さんだってヘビが好きじゃないですか」

「ヘビ？　なんでヘビなんだ？」

「いつも持っている懐中時計の蓋に刻まれているのってヘビですよね？」

ああ、と納得した。ただのヘビではないが。

「あれはヘビじゃなくて、ウロボロスっていうギリシャ神話に出てくる生き物だ」

一之瀬は「うろぼろす？」と首を傾げる。

死神から銀時計を受け取った後、ウロボロスについて調べたことがあった。

ウロボロスとは自分の尾を噛《か》んで飲み込み、円環状になっているヘビ、または竜のことだ。銀時計には一匹しか刻まれていないが、二匹が相食《あいは》んでいる絵も調べているときに見かけた。

ウロボロスは不老不死や永遠などの象徴とされているらしい。

だとすれば、ウロボロスの銀時計は名前負けしていることになる。最大二十四時間しか戻せず、一度使うと三十六時間後まで使えない。どうやっても十二時間進んでいく。

この銀時計が永遠の象徴であるウロボロスを名乗るには程遠い。

まあ、もし永遠に時間を戻し続けられるとしたら、大抵の人間が寿命と引き換えにして手に入れるだろう。取引の意味がなくなってしまうから仕方のないことである。

一之瀬にはウロボロスのことだけ話したが、あまり興味がなさそうだった。

ちなみに自殺を邪魔した後、一之瀬を遊びにつれていくのは時間稼ぎが目的だ。

例えば、時間を戻してから十時間経過した段階で自殺を邪魔したとする。あと二十六時間経たないと時間を戻せない状態だ。

その状況で二時間以内に再び自殺を決行されたらどうなるか。

銀時計の力が復活したときには自殺から二十四時間以上経過していることになり、彼女が自殺した時刻まで戻せなくなる。

この戻せない時間帯が過ぎるまで、僕は彼女を見張っていないといけない。

だから、遊びにつれていく。

電車で少し遠くの駅まで行き、そこから歩いてゲームセンターへ向かった。

店の前に着くと、一之瀬が立ち止まった。どうしたのか訊ねると、「平日の朝からゲームセンターにいたら、その……変じゃないです?」と答えた。どうやら補導されるのを恐れているようだ。

「平然としていれば大丈夫だ。びくびくしている方が怪しまれるぞ」

「大丈夫だ、って相葉さんは学校を休んで来たことあるんですか?」

ある、と答えてゲームセンターに入ると、「不良だったんですね」と呆れながら後ろをついてきた。

昔からゲームセンターや映画館にはよく行っていた。別にやりたいゲームや見たい映画があったわけではない。時間を潰せて、最低限集中できる場所ならどこでもよかった。

簡単に言ってしまえば、現実逃避ってやつだ。

なにかに集中して現実から目を背けられる時間が僕には必要だった。学校をサボって平日の朝から人が少ないゲームセンターや映画館で時間を潰す。一之瀬同様、僕も親と仲が悪く、小遣いを貰えていなかった。ただ愛想を尽かされていて放任状態だったから、食事代は貰えていた。その余った金をやり繰りしながら現実逃避していた。

だから現実逃避する日は学生時代の僕にとって特別な日であり、唯一の楽しみでもあった。気軽に行けるようになったのはウロボロスの銀時計のおかげだ。名前負けしているといっても、この銀時計には助けられている。

僕達が入ったゲームセンターは三階建ての昔からある店。

一階と二階にはクレーンゲーム、格闘ゲーム、メダルゲームなどの様々な筐体《きょうたい》が置いてある。そこだけ見れば普通のゲームセンターなのだが、三階がバッティングセンターになっていて独特の雰囲気がある店だ。平日の昼間で客が少なく、僕達にとっては好都合だった。

「なにかやりたいのあるか？」

「ありません」

こうなるだろうとは思っていた。一之瀬はゲームなんてやらなそうだし、僕とプリクラを撮っても楽しくないだろう。とはいえ、僕が案内できる場所なんて、ここと映画館ぐらいしかない。予《あらかじ》め考えておいたプランで乗り切るしかない。

「クレーンゲームとかどうだ？　なにか欲しい景品があれば、取れるまで……」

「いらないです」

即答。せめて最後まで言わせてくれ。

「まだ見てもいないだろ。欲しいと思える物があるかもしれないし」

「欲しい物があっても、捨てられるだけなのでいいです」

「捨てられる？　どういうことだ」

一之瀬はそっぽを向いたまま、あまり言いたくなさそうに話す。

「義理の父親に捨てられるんです。学校に通わない人間にこんなものは必要ないって、私の持っていたぬいぐるみや、おもちゃを全部捨てられました」

彼女の表情が段々と暗くなっていく。

どうやら僕はまたやらかしてしまったようだ。義理の父親を毛嫌いしていることは知っていたが、そこまで察することはできなかった。数年前まで他人だった人物が、勝手に所持品を処分するんだ。一之瀬からすれば、理不尽でしかないだろう。

「クレーンゲームはやめて、なにかゲームをするか」

僕は俯いている一之瀬の手を引いた。本当はクレーンゲームで二時間ぐらい持たせるつもりだったけど、こうなってしまっては仕方ない。

一之瀬も楽しめるような二人で遊べるゲームを探す。

目に留まったのは、ガンシューティングゲーム。襲ってくるゾンビを銃で撃退する定番のゲームで、選んだのは協力プレイできるやつだ。

「見ていますから」と距離をとる一之瀬の前で二人分の硬貨を入れた。コードで筐体と繋がっている銃を二丁取り出して、「ほら、手伝え」と片方を彼女に押し付ける。

「渡されてもやったことないですし……」

一之瀬は困惑しながら、受け取った銃をいろんな角度から眺めた。

そんな彼女をよそにゲームは開始される。

「え？　え？　どうすればいいんですか！」

ゲームが始まっていることに気づいて、慌てて銃を構える一之瀬。

「初めてやるから知らない。やりながら覚えろ」

アドバイスとは呼べないアドバイスを送った。正直、僕も最初に操作方法の説明があるだろう、と思っていたから慌てている。

最初の方はゾンビも弱く、初心者の僕達でも簡単に倒せた。次第に二人とも操作方法を把握していき、途中まではスムーズに進んでいた、と思う。

僕がゲームオーバーになるまでは。

「すまん、死んだ。あとは頑張ってくれ」

「ちょ、ちょっと！　一人じゃ無理です！」

一人では手数が足りなくて、どんどんゾンビが近づいてくる。

左のゾンビを倒したら右のゾンビを撃つ。けれど、次第に距離が縮まっていく。

慌ただしくゾンビに銃口を向ける一之瀬を見て、僕は横で笑っていた。

「笑っていないで助けてください！」

必死な声で助けを求めてくるので、コンティニューしようとするが百円玉がもうない。

両替してくることを告げて一度離れたが、千円札を両替機に入れたところで「来ないでー」と悲鳴が聞こえてきて、間に合わないことを察した。

「相葉さんが遅いから死んだ！」

両替から戻った後、肩をぽこぽこ叩かれた。結構悔しかったらしい。

次は何度もやった経験があるダーツを投げることにした。

一之瀬はやったことがないようで、最初に練習で投げさせた。

ぎこちないフォームで「えい！」と勢いよく投げたダーツが的を外して壁に当たり、芸術的な跳ね返り方をして僕の頭を直撃した。大人げなく「いてっ！」と声を出してしまい、一之瀬が慌てながら「だ、大丈夫ですか」と心配してくる。

これは勝負以前の問題なのでは、と僕も心配になる。

対戦ルールは初心者でもわかりやすいカウントアップを選んだ。ルールはとても簡単で、ダーツを三本投げたら交代、これを八回繰り返して終了時にポイントが高いプレイヤーが勝ち。単純にポイントの高い箇所を狙って、点数を競うだけだ。

僕が本気を出したら勝負にならないだろうから、あえて低い点数を狙った。経験があるといっても百発百中狙ったところに刺さるほど上手《うま》くはない。狙いを定める練習になって、これはこれで楽しい。

一之瀬はブルズアイと呼ばれる中央の高得点ゾーンを狙っているようだが、何度投げても別のところに刺さってしまう。

しかし、刺さった箇所がトリプルリングと呼ばれるポイントが三倍になる箇所ばかりで、どんどんポイントが増えていく。

あっという間に追い越されてしまい、このままだと大差で負ける。

本気を出して一之瀬に追いつこうとするが、焦って投げたダーツが右にブレる。僕の投げたダーツはことごとく低い点数の箇所に吸い込まれるように刺さり、一之瀬のビギナーズラックとも呼べる刺さり方は止まる気配がしない。

結局追いつけないままゲームが終わり、完敗した。普通にやって、普通に負けて、普通に悔しい。

その一方で「やったー」と両手を上げて喜ぶ一之瀬。

よほど嬉しかったのか、いつもよりテンションが高いように見える。これが素《す》の彼女なのかもしれない。喜ぶ彼女を見ていたら勝敗なんてどうでもよく思えてきた。

けれど、次第に「私、ダーツの才能あるかもしれません」とか「ちゃんと狙って投げました?」などと調子に乗り始めたから、「調子に乗るな」と言い返してしまった。対人戦で負けるのが、ここまで悔しいものだとは思わなかった。

「もうすぐ死ぬので、今のうちに調子に乗っておきます!」

一之瀬はピースしながら笑顔で勝ち誇った。誰がどう見ても僕の完敗である。

リベンジする気力もなくなり、バッティングコーナーがある三階へ移動した。

バッティングに自信があるわけではないが、ダーツで負けた鬱憤《うっぷん》を晴らしたい。

一之瀬も誘ってみたがボールが飛んでくるのが怖いらしく、後ろで見ていると言う。

背中に感じるのは、彼女の視線。年下の女の子の前で、かっこ悪いところを見せたくない。妙なプレッシャーを感じて、普段よりもバットを強く握った。

飛んできたボールを打つ。久しぶりにやるから少し不安だったが、なんだかんだで空振りは少なく、バットにボールが当たって安堵した。でも、当たるだけでなかなか前に飛ばせず、かっこいいところを見せることはできなかった。

「本当にやらなくていいのか?」

「あんな速いの打てませんし……あっ、あれならできそうです」

一之瀬は隣にあるストラックアウトを指差した。

ボールを投げて一から九の番号が書かれたボードを射抜くゲーム。確かにあれなら一之瀬でもできそうだ。百円玉を渡して、今度は僕が見ている側に。

しかし、一之瀬の小さな手から放たれたボールは、ボードに届かず落ちてしまう。

何度投げてもボードの手前でコロコロと転がり、その度に恥ずかしがりながら、僕の方を見てくる。助けを求められたので、途中から彼女の代わりに投げた。結果的に一列射抜くことに成功し、バッティングでの汚名を少しだけ返上することができた。

その後も一之瀬が遊べるようなゲームを探して遊んだ。エアホッケーやレースゲームなど、二人で遊べる対戦ゲームをやるのは新鮮に感じた。一之瀬は純粋に楽しんでいる様子で、いつの間にか僕も熱中していた。ほとんどのゲームで負けたが。

しばらく遊んだ後、対戦ゲームから逃げるようにメダルゲームがある階へ移動する。

左右に一つずつある投入口にメダルを入れて筐体内のメダルを落とす、どこにでも置いてあるようなメダルゲームに座った。

落ちてきたメダルが中央の排出口にたまっていき、そこから拾っては入れて、またメダルを落とす作業を黙々と繰り返す。何回かメダルを取ろうとした一之瀬の手が間違えて僕の手を掴み、その度に彼女は手を引っ込めて照れ笑いしていた。手持ちのメダルが少なくなり、「落ちろ」と二人で神頼みしているうちに時間が過ぎていく。

残り数枚から予想以上に粘れて、メダルが尽きた頃には夕方になっていた。流石《さすが》にこれ以上いると本当に補導されかねないので、この辺で帰ることにした。

駅までの帰り道、一之瀬がなにか見ていると思ったらクレープ屋だった。ポップなデザインをした看板には様々なメニューが載っている。

なにも食べずに遊び続けて空腹状態だったこともあり、吸い寄せられるように入ったが、クレープなんて滅多に食べない。なにを頼むか悩んでしまい、一之瀬におススメを訊こうとしたが、逆に「おススメありますか?」と訊かれてしまった。

僕達が悩んでいると派手な女子高生の集団が来て、一之瀬が僕の後ろに隠れた。

女子高生達の方が早く決まり、イチゴやブルーベリー、キャラメル、タピオカなど好きなものを各自注文していた。

悩んだ挙句、僕達が頼んだのは普通のチョコ生クリームだった。なんとなくだが、さっきの女子高生達と比べると、こういう店に慣れていない僕達らしい注文に思えた。

店の前には女子高生やカップルが笑談していて、一之瀬は後ろに隠れたまま。僕も居心地がよいとは思えず、食べ歩いて帰ることになった。

「なにが一番楽しかった?」

クレープを頬張りながら食べている一之瀬に訊いた。

「んー、どれも楽しかったですよ」

「そりゃお前、ほとんど勝っていたからな」

そう言うと、「相葉さんが下手《へた》なだけです」としたり顔で返された。

「絶対にリベンジするからな。覚えておけよ」

「それは無理ですよ。私、死にますから」

口に生クリームをつけた死にたがりな少女は、今日も平常運転である。

「お前に勝つまでは死なせない」

ついでに生クリームが口についていることを教えると、一之瀬は口を拭きながら「そんな理由で邪魔されるのは嫌です」と拗ねた。

「どんな理由ならいいんだよ」

「どんな理由でも嫌です」

一之瀬は悪戯《いたずら》っぽく笑った。口にはまだ生クリームがついている。

こういうところは普通の女の子なのにな、と残念に思う。

「気をつけて帰れよ」

「気をつけないで帰ります」

食べ終えたクレープの紙をゴミ箱に捨てて、この日は解散した。

今日の彼女はいつもよりテンションが高くて笑顔が多かった気がする。この調子で彼女が自殺なんか考えずにただ純粋に笑える日がくれば、どれだけいいか。

彼女と別れた後、近所の本屋に寄ってから帰宅した。購入したのはレジャー関連のガイドブックだ。今度はどこにつれていくか、どこなら喜んでくれるか。

次に彼女と会ったときのプランを考えながら、夜遅くまで読み続けた。

「今日は違う駅にしたのに……」

腕を掴まれながら、いじける一之瀬。

「いい加減、電車に飛び込もうとするのはやめろって」

彼女の腕を掴みながら叱る僕。

「じゃあ、どんな自殺ならいいんですか？」

死にたがりな少女は、今日も反省の素振りを見せない。

「そうだな、八十年くらい経ったら安らかに死んでいいぞ」

「それ、自殺とは言わないです」

4

寿命を手放してから二回目の六月一日。月曜日。晴れ。

この日、一之瀬が十八回目の自殺を決行した。

普段飛び込んでいる駅とは違う駅で飛び込みを図《はか》ったが、いつものように捕まえた。

「電車に飛び込もうだなんて、せっかくのかわいい顔が台無しになるぞ」

一之瀬は慌てて、「かわいくなんかないです」と否定する。

そんな彼女の反応を見て、「自殺なんてやめて、アイドルでも目指したらどうだ」と薦《すす》めるが、「からかわないでください」と普通に怒られた。

「今日は遠くに行ってみるか」

平日の朝、駅のホーム、捕まえた一之瀬。遠出する絶好の機会だ。ガイドブックを読んでいたおかげで、行き先も決まっている。

「お金ないですよ」「今日も全部払う」「もうすぐ死ぬ人間になんでそこまでしてくれるんですか」「もうすぐ死ぬ人間なら気にする必要ないだろ」

恒例のやり取りをしてから、東京駅行きの電車に乗り込んだ。

通勤の時間帯で電車内は酷《ひど》く混んでいて、隙間がほとんどない。つり革は全てサラリーマン達に占領されていて、バランスを保つのも精一杯だった。電車が揺れる度に一之瀬が僕の腕を掴む。サラリーマンだらけの中、彼女の手足は心細く見えた。

駅に停車する度に奥へ押し込まれる。押された一之瀬と密着状態になると甘いシャンプーの香りがした。間違いなく彼女の髪からだ。横のいかついサラリーマンから漂っているのなら割と怖い。

東京駅に着いたときには、二人とも登山帰りのようにヘトヘトだった。

電車から降りて、すぐベンチへ座り込んだ。自動販売機で飲み物を買って、一之瀬に手渡すとあっさり受け取って飲んだ。普段なら「どうせ死ぬのでいりません」とか言って断る彼女が素直に飲むということは、それだけ疲れていたのだろう。

次に乗る電車はゆったり座りたい。スマホで座席指定券の買い方を調べていると、

「今日はどこに行くんですか？」と訊かれた。「秘密」と意地悪く答えた。

券売機で座席指定券を購入し、常磐《じょうばん》線に乗り換える。

僕達が乗った車両は新幹線のように席が前向きに並んでいて、他に誰も乗っていなかった。窓側の席に一之瀬を座らせてから通路側の席に座る。

シートを倒して仮眠を取ろうとしたが、なかなか寝付けない。横に座る一之瀬はずっと外の景色を眺めていた。窓に映る彼女の顔は普段より幼く見える。

「寝ていなかったんですか？」

視線に気づいた一之瀬は、僕が景色を見ていたと勘違いしているようで、「席替わりましょうか？」と訊いてきた。

「眠れなかっただけだ。それに起きていると酔う」

「相葉さん、酔いやすいんですか？」

「あぁ、小さい頃からずっと悩まされてきた」

物心ついた頃から乗り物に弱く、すぐ気持ち悪くなる。特に新幹線や観光バスのような前向きに並ぶシートは苦手だ。

「意外ですね。悩みなんてないのかと思っていました」

少し驚いている一之瀬に「ないわけないだろ」と不服を申し立てる。

「修学旅行のバスとか酷かった。ずっと酔っていた記憶しかない」

「あー、私のクラスにもいましたね。バスで酔っちゃった子」

「まともに観光できなかったのに作文を書けとか言われて、仕方ないから酔っていた感想を細かく書いて提出してやった」

　苦笑いしながら話すと、思い出して吐き気がしてきた。一之瀬は「その作文読んでみたいかも」と笑いながら傷をえぐることを言い出す。「あんな黒歴史は捨てた」と教えると、「えー読みたかったのに」と嘆《なげ》いた。

　捨てたのは作文だけではない。生活に必要ない物は実家を出るときにほとんど捨てた。部屋にだって必要最低限の物しか置いていない。僕が死んだら、相葉純《じゅん》という人間が生きていた痕跡《こんせき》なんて同級生の卒業アルバムにしか残らないだろう。

「気持ち悪くなったら我慢せずに言ってくださいね。その間に自殺するので」

「それだけはマジでやめろ」

　しばらく会話をしていると外の景色がガラリと変わり、海が見えてくる。一之瀬は「相葉さん、海ですよ、海」と小さな子供みたいなリアクションをした。

　それから十数分後、目的の駅に降りて、壁に貼ってあるポスターを指差した。

「今日はここに行くぞ」

「水族館ですか？」

　イルカなどの写真が載った水族館のポスターは、ガイドブックでも紹介されていた茨《いばら》城《き》県にある有名な水族館のものだ。

「魚が好きって言っていただろ。水族館とか行きたいんじゃないかって」

一之瀬にとって熱帯魚屋は小さな水族館みたいなものなんだろう。だったら本物の水族館につれていけば喜ぶんじゃないか、とガイドブックを読んでいたときに思った。

駅からバスに乗り、水族館へ向かう。水族館に着くまで、一之瀬は足をぶらぶらさせながら、窓に広がる海を眺めていた。

太平洋を一望できる海岸沿いに建てられた水族館は写真で見たよりも大きく見える。建物の入口付近に置かれたイルカのオブジェの前では写真を撮っている人もいた。

「相葉さん、早く行きましょうよ」

バスから降りると、一之瀬は目を輝かせながら、「早く早く」と手招きしてくる。僕の後ろに隠れることが多い彼女が前を歩くのは珍しい。水族館につれてきて正解だった、と早くも実感した。

館内には小さな子供をつれた家族やカップルもいたが、平日だったおかげで空いていた。チケットと一緒に購入したスタンプラリーブックのスタンプを集めながら、館内を見て回ることにした。

最初のエリアは、水族館近くの海に生息する魚を集めたエリア。

視界いっぱいの巨大な水槽には青い海の世界が広がっていた。イワシの大群、サメやエイ、カメなどの様々な海の生き物が泳いでいる。

一之瀬は、水槽に両手をつけながら泳いでいる魚に熱い視線を送っていた。その後ろ姿を見て、彼女が自殺志願者だと疑う人間はいないだろう。

「相葉さん、相葉さん。あそこ、甲羅の上に魚が乗っています」

彼女の言う通り、視線の先を泳ぐカメの甲羅に魚がピッタリくっついていた。近くにいた親子も気づいたのか「カメさんの上におさかなさんいるねぇ」と会話している。

顔を見上げながら一之瀬が「きれい」と声を漏らした。

今度は上の方を泳いでいるイワシの大群を見ているようだ。何百……いや、何千匹いるのだろうか。上からライトで照らされ、銀色に光り輝くイワシの大群は幻想的だった。

「魚の群れを見ていたら、小学校の学芸会を思い出しました」と見上げたまま一之瀬が口にした。「学芸会?」と訊ねる。

「学芸会で魚が主人公の演劇をやったんですよ。たしか……小さな魚の群れが大きい魚に食べられそうになるんですけど、小さな魚同士が集まって、大きい魚よりも大きな魚のフリをして追い返す、そんな感じの話だったと思います」

子供の頃に似たような話を絵本で読んだ覚えがあった。

「あったな、そういう絵本。一之瀬は何の役をやったんだ?」

「小さな魚の一匹ですよ。台詞《せりふ》が少ないモブです」

「モブでもかわいいから目立っていただろ」

「お世辞はいいです」

イワシの大群を見ながら、ふと思った。

あれだけ沢山いるのなら仲間外れになるイワシもいるんじゃないのか。

もし嫉妬することも、いじめられることもないのなら、僕も一之瀬も人間なんかよりイワシに生まれた方が幸せだったのかもしれない。

ちょうど水槽の前で飼育員の女性が小さな子供の疑問に答えていたが、流石に「仲間外れになるイワシがいるのか」なんて質問はできなかった。

巨大水槽の近くにあったスタンプを押して、次のエリアへ移動した。

案内図によると、次は深海の生物を中心としたエリアだそうだ。

薄暗いフロアにグロテスクな深海魚が展示されている。反応に困るような深海魚も多く、一之瀬も他の客も不思議そうに見ていた。リュウグウノツカイの剥製《はくせい》が展示されている前では「長い」「こんなのがいるんだ」といった会話がチラホラ聞こえた。

暗くて水槽に顔を近づけていた一之瀬が突然、「きゃっ」と小さな悲鳴をあげて飛び跳ねた。ダイオウグソクムシを見て驚いたらしい。虫が苦手な彼女からすれば巨大なダンゴムシにしか見えないだろう。恥ずかしそうに逃げる一之瀬の後を追った。

このエリアにはクラゲも展示されていてフワフワと泳いでいる。電球が入った作り物なんじゃないかと思うほど、光を点滅するクラゲもいて驚いた。

一之瀬はクラゲを見ながら、「飼ってみたいなぁ」と呟いていた。

クラゲは飼育が大変で死にやすいと聞いたことがある。飼うのは大変だぞ、と言いかけたとき、彼女は再び呟く。

「でも私、もうすぐ死ぬから飼えないなぁ」

クラゲより先に死ぬな。

深海エリアを一通り見た後は、大型の魚が展示されているエリアへ。館内を先導して歩く一之瀬のスカートは普段よりも大きく踊っていた。

サメとしか言いようのないシルエットをした大きなサメが悠々《ゆうゆう》と泳いでいる。元からそういう種類なのか、飼育下にいるからなのかは知らないが、まるまると太っているように見えた。

「この水槽が割れたら大変だな」

誰もが考えそうなことを口にすると、一之瀬は「サメに食べられるのは嫌ですね」と笑った。サメに食べられるのが嫌なら橋から飛び降りたり、電車に飛び込むのもやめてほしい。

近くの水槽にマンボウも展示されていて、一之瀬は興味津々な顔で眺めていた。マンボウにはかわいいイメージを抱いていたが、よく見てみるとなかなか不気味な顔をしている。ウーパールーパーといい、一之瀬はなにを考えているのかわからない生き物が好きなのかもしれない。後から来た客が次の水槽へ移動しても、一之瀬はマンボウから目を離さなかった。

三つ目のスタンプを押した頃には昼を過ぎていた。一旦、フードコートがある入場口付近まで戻り、昼食をとることにした。

メニューには海鮮丼や寿司などの魚介類が多い。僕は赤身やトロが乗ったまぐろ丼とカニ汁を、一之瀬はアジと白子《しらこ》が乗った前浜丼《まえはまどん》とタコの形をしたタコ焼きを頼んだ。

室内の席も空いていたが、人が少ないテラス席に座った。テラス席からは太平洋が一望でき、さざ波の音が聞こえてくる。風で一之瀬の髪がなびき、何度もかきあげていた。海が近場にあることもあって魚介が新鮮だ。普段口にする海鮮丼とは全然違って美味《おい》しい。

「こんな美味しいアジ、初めて食べました」

目を丸くして驚く一之瀬に「そりゃそうだ、展示しているのをすぐさばけるからな」と嘘をついた。その嘘に「展示されていた魚なんですね……」とショックを受けていた。そんなわけないだろ……多分。

食休みしていると、一之瀬の視線が家族連れの方へ向けられていることに気づいた。父親と母親と小さな女の子の三人家族がテラス席で食事をしている。一之瀬はどうやら、女の子が持っているイルカのぬいぐるみを見ているようだった。

ずっと見続けている彼女に「ぬいぐるみが欲しいのなら買ってやるぞ」と冗談半分で言った。

「小さい頃に大事にしていたぬいぐるみとそっくりだったので見ていただけですよ」

そう言いながら、彼女は欲しいわけではありません、と言いたげな笑みを浮かべた。

「一之瀬もぬいぐるみを大事にしたりするんだな」

「お父さんに買ってもらったぬいぐるみでしたから」

イルカのぬいぐるみを見つめながら一之瀬は話す。

「幼稚園に通っていた頃、家族三人で水族館に行ったんですよ。その帰りにあの子が持っているようなイルカのぬいぐるみをお父さんに買ってもらったんです。いつも持ち歩いていましたし、私が大きくなった後も部屋に飾っていました」

ぬいぐるみのことを話す彼女は買ってもらった当時を思い出しているようだった。

「ひょっとして、そのぬいぐるみも義理の父親に捨てられたのか？」

そう訊ねると、彼女はゆっくりと頷いた。

「学校に行かないことを理由に義理の父親に捨てられました。ぬいぐるみだけじゃなく、私の部屋にあった物全てです。もちろん抗議しましたが、『学校に通うまでお前の物は全て捨てる』の一点張りで聞いてもらえませんでした」

俯きながら自嘲気味に話す彼女になにも声をかけられなかった。

女の子の笑い声が聞こえてくると、一之瀬は再び親子連れの方を見た。

父親が大袈裟なリアクションをして、女の子が笑う。その二人を見て母親も微笑んでいる。幸せを絵に描いたような家族というのはああいう家族のことを言うんだろう。

そんな光景を眺めている一之瀬の姿は、昔の自分を見ているようだった。

幼少期の僕はずっと児童養護施設にいた。生まれてすぐに捨てられたのだ。

捨て子である僕は親の顔を知らない。同級生の家に遊びに行ったり、仲睦《むつ》まじい家族を見る度に羨ましく思った。

僕がどれだけ願っても手に入らないものは、本来なら無条件で手に入るものだ。願わずに手に入れ、それが当たり前だと思っている彼らを見て嫉妬した。

その現実が許せなかった。

呪いみたいなものだ。見知らぬ家族を見るだけで嫉妬して、劣等感に苛《さいな》まれる。

一之瀬だって同じはずだ。目の前にいる親子連れと彼女の家庭じゃ天と地の差がある。自殺を諦めたとしても呪いが消えることはない。

せめて、呪いを和《やわ》らげられるような気の利いた言葉をかけることができれば。

どんな言葉なら、と考えるがなにも思いつかず、先に一之瀬の口が開いた。

「もうこんな時間ですね。次はペンギンを見に行きませんか」

食べ終えた器《うつわ》を持って、一之瀬が立ち上がる。気の利いた言葉が思いつかないまま、案内図を見ながら歩く彼女の後ろをついていく。

ペンギンの前には人だかりができていた。陸上をよちよちと歩く姿は見ていて癒《いや》される。一之瀬も「かわいい」と声を弾《はず》ませて喜んでいた。

階段を下りると水槽内を観察することができ、水の中をすいすい泳ぐペンギンの姿が見える。その姿はまるで水中を飛んでいるようだった。

近くに展示されていたラッコやアザラシを見て回り、タッチエリアでヒトデを触ったりしながら、スタンプを埋めているうちに館内を一周していた。

「他に見たいところはあるか？」

「イルカとアシカのショーを見たいんですけど、行きませんか？」

ちょうどショーが始まる時間だったから、僕達は急いで会場へ向かった。既に行列ができていたが、なんとか後ろの席に座れた。

会場内に音楽が流れ、ショーが始まる。主役のイルカが登場すると、スピンジャンプをしたり、トレーナーを背に乗せて泳いだり、様々なパフォーマンスを披露する。

ダイナミックなジャンプをすると水しぶきがあがり、前の方から「キャーキャー」と歓喜の悲鳴が聞こえてくる。飛び跳ねたイルカが高い位置にあるボールを叩いたり、アシカがボールを器用に顔へ乗せたり、なにか芸をする度に拍手が鳴り響いた。

「わあ、すごい！」

僕の横には楽しそうに拍手する一之瀬がいた。普段見せないような笑顔を見せる一之瀬が気になり、ついついショーよりも彼女の方を見てしまう。

イルカとアシカがキスをしてショーが終わると、会場は拍手に包まれた。

帰りにスタンプラリーを制覇した記念品として、イルカのイラストが描かれた大きめの缶バッジを貰い、一之瀬に渡した。この大きさなら父親に見つからないはずだ。

水族館を出た後はバスの時間まで海岸沿いを散歩することにした。

「イワシの群れ、何匹いたんだろう」「マンボウが可愛かった」「光るクラゲが綺麗だった」「イルカとアシカのショーが凄かった」などなど、海岸沿いを歩きながら話す一之瀬は興奮気味で、何故《なぜ》か僕まで嬉しくなる。

「実はずっと前からイルカのショーを見たかったんです」

「前に来たときは見なかったのか?」

「最後まで見れなかったんですよね。近くで見ようと前の方に座ったんですけど、その頃はまだ小さかったので、飛んできた水しぶきに驚いてしまって……」

一之瀬は恥ずかしがりながらも、楽しかった思い出のように話す。

「大きな声で泣いちゃって、周りに迷惑をかけないように途中で会場から出ました。それでショーを最後まで見れなかった私のために、お父さんがイルカのぬいぐるみを買ってくれたんです。それからずっと『いつか見に行きたい』と思っていました」

もし彼女の自殺を邪魔していなかったら、その「いつか」は永遠に訪れなかった。行きたい場所があったのなら、最初から言えばいいのに、と思ってしまう。

「そうか。遠くまで来た甲斐があったな」

僕がそう言うと、一之瀬は満面の笑みを見せた。

「相葉さん、今日はありがとうございました」

幸せそうに笑う彼女は、今まで見てきた中で一番輝いて見えた。白い歯を見せて無邪気に笑う年相応の女の子にしか見えず、その瞬間だけ僕の中から彼女が死にたがりな少女であることを忘れさせた。すぐに振り向いてしまって、一瞬しか見ることができなかったのが残念に思ったほどだ。

「楽しんでくれたのならよかった」

僕は前を歩く彼女に気づかれないように頬を緩めた。

帰りも座席指定券を購入し、座って帰った。僕は真っ先にシートを倒して横になったが、一之瀬はヨレヨレになった水族館の案内図やスタンプラリーブックを読んだり、イルカの缶バッジを手に取って見ていた。

しばらく戦利品を眺めている彼女を見ていたが、いつの間にか寝てしまったらしい。彼女も疲れていたようで、目が覚めたときには横で眠っていた。

目を閉じている彼女のまつ毛は影ができていて、その寝顔は綺麗で美しく、無防備に思えた。どんな生き物だって寝ているときは無防備だが、周りの視線を気にしている普段の彼女とはギャップを感じられ、不思議といつまでも見ていられる気がした。

すやすや寝ている彼女を起こさないように、着ていたカーディガンを慎重に被せた。


「気をつけて帰れよ」

「今日だけ気をつけて帰ります」

「今日だけじゃなくて、ずっと気をつけろ」

最寄り駅で解散し、一之瀬の後ろ姿を見届けてから帰宅した。

帰りにマンションのエレベーターで、別の階に住む家族連れと一緒になってしまった。

父親は大きな買い物袋を持って、母親はにこにこと笑う女の子の手を握っている。

いつもなら幸せそうな家族連れに黒い感情が湧いてくるはずだった。

しかし、家族連れがエレベーターから下りた後も黒い感情は湧いてこなかった。

『相葉さん、今日はありがとうございました』

女の子の笑みを見て、最後に一之瀬が見せた笑顔を思い返していた。

誰かに礼を言われることなんて、もう二度とないと思っていた。

無意味だと思っていた僕の人生にも、少しぐらい意味はあるのかもしれない。

5

寿命を手放してから二回目の六月二十五日。木曜日。晴れ。

この日、一之瀬が十九回目の自殺を決行した。

前回の自殺から三週間以上が経っていた。

一之瀬がこれだけ長い期間、自殺しなかったのは初めてだった。少し前までなら「自殺の頻度《ひんど》が減った」と前向きに考えていただろう。

けれど、素直に喜ぶことはできなかった。

正直に言えば、ショックの方が大きかった。水族館の帰り道に見せた、あの無邪気な笑顔。あんなに喜んでくれていた彼女が再び自殺した。

今までなにも感じなかったわけではない。でも、今回は普段よりも落胆が大きかった。

最近は一之瀬と上手く接することができていると手応えを感じていた分、助けを求められなかったことに、自分の無力さに、憤《いきどお》りを感じていた。

それに疲れも溜まっていた。ここ一週間、ほとんど眠れていない。ずっとニュースやネットを調べ続けていたのが原因だ。自殺していないことを期待していた反面、あの一之瀬が自殺しないまま三週間過ぎるなんてありえるのか、と疑わずにはいられなかった。

普段から三時間おきにネットニュースや鉄道情報を調べている。こまめに調べているのは、彼女が自殺したことを一秒でも早く知って時間を戻さないといけないからだ。

彼女が自殺してから二十四時間以内に時間を戻せなければ手遅れになる。僕が自殺現場に先回りする時間、自殺現場の情報を集める時間なども考慮に入れる必要があるし、余裕をもって戻せば一之瀬を監視する時間も短くできる。

そのため、一之瀬と出会ってから僕の生活リズムは大きく変わった。

正直、この生活はなかなかしんどい。念入りにチェックしても「見逃しているんじゃないか」と疑心暗鬼《ぎしんあんき》になり、いつまでも調べ続けてしまう。三時間おきに起きなければならないから安眠もできない。

それに僕がいくら気をつけようと、報道が遅れたり、報道自体されなかったら一発で終わりだ。もし一之瀬が自宅で自殺したら報道はされるのだろうか。おそらくされないだろう。今まで奇跡的に噛み合っていただけなのだ。

一之瀬の人生が終わる日、それが気づかないうちに過ぎ去ってしまうかもしれない。だからこそ、今回の間《ま》は怖かった。

水族館に行ってから二週間を過ぎても報道が流れてこないと、「見落としていないか」「ニュースにならないだけで、すでに自殺しているんじゃないか」と不安が押し寄せてきた。

そして、いつの間にか二時間おきに調べるようになった。というよりも眠れなかったのだ。ベッドで横になっていても「数分後に報道が流れるんじゃないのか」「アラームをかけ忘れていないか」と気になり、スマホが手から離れることはなかった。次第にウトウトしはじめて気づかないうちに眠ってしまうのだが、夢の中でも調べ続けているせいで疲れが取れることはなかった。

このような生活を一週間以上続けて、ようやく自殺の報道が流れた。

女子中学生が駅のホームから電車に投身自殺。いつも一之瀬が飛び込み自殺に利用している駅だったから、名前が出なくても彼女だとわかった。

自殺の報道を見つけたとき、時間を戻せばまだ間に合うことに安堵したし、彼女が自殺したことに落胆もした。今回で十九回目だというのに慣れることはなく、逆に彼女の死が怖くなっている。

彼女の自殺を邪魔するのは言い訳作り、罪悪感を払拭《ふっしょく》するため。やれることはやっている。それでも駄目なら仕方ないじゃないか。どうせ彼女の自殺を止めたところで、僕の人生はなにも変わらない。罪悪感なんか気にしなければいい。

いつでも彼女の死を受け入れられるように言い聞かせてきた。これは僕が死ぬまでの暇つぶしでもあって、本気で彼女の自殺を邪魔しているわけではない。

だから、彼女の自殺を邪魔できなくても、僕はショックを受けたりしない。

——そのはずなのに。

僕は時間を戻して、ホームのベンチに腰を掛けていた。

普段はスマホをいじりながら彼女を待つが、今日はそういう気分ではなかった。

どういう顔で一之瀬に声をかけて、どう接すればいいのかを考えていた。今のままでは駄目だ。いつか必ず限界がくる。その前になにか手を打たなければ。

考える。けれど、周りにいる人間の弾《はず》んだ会話がノイズとなって、僕の思考を掻《か》き乱す。これから一人の少女が飛び込み自殺するなんて、誰も考えていない。一人で必死になって考えているのが、かっこ悪く思えた。

そうしているうちに、彼女が飛び込んだと思われる電車が発車標に表示された。

しかし、一之瀬の姿が見えない。

普段なら情報提供者を偽《いつわ》るなどして、飛び込んだホームと位置を確認してから時間を戻す。だが今回、疲弊していたこともあって、飛び込んだ位置を調べずに時間を戻した。

今までずっとホームの一番後ろで飛び込んでいたから今回も同じだろう、と思っていた。

一つ前の電車がホームから出ていった後も一之瀬は現れない。ポケットからスマホを取り出して、時間を確認する。いつもなら既に来ている時間だ。

万が一、飛び込んだ位置がホームの後ろでないのなら、探さなければいけない。

血の気が引くように焦り始めた僕はベンチから立ち上がった。

すれ違わないように一人一人確認しながら、ホーム上を見て回る。

内心焦っているものの、足は悠長に早歩きのままだった。しかし、発車標に『電車がまいります。ご注意下さい。』と表示されたのを確認すると、歩幅が広がった。

周りの視線が集まっても、僕は走り続けた。なにがなんでも電車がホームに入ってくる前に彼女を見つけなければいけない。

焦りがピークに達した瞬間だった。

一之瀬が横切った。

僕はすぐに後ろを振り向いて、彼女の顔を確認する間もなく、腕を掴んだ。

「お前なぁ……心配させやがって」

大きなため息をつくように言うと、一之瀬が振り返った。

振り返った彼女の顔を見て、僕は言葉を失った。

一之瀬が――泣いていた。

赤くなった目に濡れた頬。唇を震わせながら、彼女は僕の手を払った。

無言で立ち去ろうとする彼女の腕をもう一度掴む。

「大丈夫か？　なにがあった？」

彼女は顔を隠すように俯き、「大丈夫ですから」と震えた声で答えた。

ホームに入ってきた電車の風圧で、彼女が目を瞑《つむ》ると涙が零《こぼ》れた。長い黒髪がひらひらと後ろになびき、真っ赤な耳が見えた。

「……離してください」

手の力を少しずつ緩《ゆる》めていくと、するりと僕の手から彼女の腕が離れていった。

彼女は唇を噛みしめて、無言で歩き出す。

僕はかける言葉が見つからず、ひくひくと体を震わせる彼女の後ろを追った。

改札を出た後も時折、後ろを振り向いて僕がついてきているのを確認していたが、彼女はなにも言わなかった。だから、僕も見守るように少し距離を置いて彼女の後ろを歩き続けた。

一之瀬が向かったのは、団地に隣接された公園だった。

近くにもう一つ公園があり、子供達がサッカーボールを蹴ったり、遊具で遊んでいたり、楽しそうな声がこちらの公園にまで聞こえてくる。

けれど、僕達が今いる公園には他に誰もいない。

伸びきった雑草が生い茂る公園には、塗装の剥《は》げた滑《すべ》り台、錆《さ》びついたブランコがポツンと寂しげに置かれていた。外壁が鼠色になってしまっている男女共用トイレは、入口から見える位置に小便器が設置されている。

わざわざこっちの公園を利用する人間なんていない、と思った。

だからこそ、一之瀬はこの公園を選んだのだろう。

一之瀬は一つしかないトイレの個室に入り、僕は離れたところから彼女が出てくるのを待った。しかし、三十分経っても出てくることはなかった。

安否を確かめるためにトイレの前まで行くと、彼女のすすり泣く声が聞こえてきた。

出てくるまで時間がかかりそうだ、と雑草に覆いつくされたベンチを見ながら思った。トイレを背にして、彼女のすすり泣く声を聞き続けた。向こうの公園からは子供達の弾んだ声が聞こえてくる。不協和音に心を掻き乱されながら、ポケットに入っている遊園地のチケットをひたすら握り潰した。

駅のホームで一之瀬の腕を掴んだとき、彼女の腕に痣《あざ》があるのが見えた。おそらく家族と喧嘩して、暴力を振るわれたのだろう。

余計なことをするな、と公園のど真ん中で叫びたかった。

最近の一之瀬は以前よりも明るい表情を見せるようになっていた。自殺する頻度《ひんど》も減っていた。あの彼女が三週間も自殺しなかった。

それなのに本来なら味方であるべき存在の家族のせいで、再び自殺を決行した。

許せなかった。お前達が彼女を追いつめてどうする。お前達がちゃんと彼女のことを理解して支えてあげれば、自殺だって考え直すかもしれないのに。

悪いのは、一之瀬をいじめる連中と理解してやらない家族だ。

そう自分に言い聞かせる。

けれど、この状況を作ったのは僕にも原因がある。

彼女の自殺を邪魔しなければ、暴力を振るわれることも、こんな薄汚いトイレにこもって泣くこともなかった。

彼女を追い詰めているのは、僕なんじゃないのか。

公園の隅っこを歩くカラスを見ながら、子供の頃を思い出す。

小学校に入学して間もない頃、下校中にカラスの雛《ひな》を拾ったことがあった。

地面にうずくまっていた雛を見て、親鳥とはぐれてしまったのだと思った。車や自転車が通る道端《みちばた》に放置するよりも家につれて帰った方が安全だと判断した僕は雛を持って帰り、家にあった籠《かご》に入れてあげた。

翌日、雛を入れた籠を庭に置いてから学校へ行った。庭に置いておけば、いずれ雛を探している親鳥が見つけてくれるだろう、と思っていた。

学校から帰ってくると、雛を入れた籠がひっくり返っていた。雛の姿を確認するもどこにもいない。ひっくり返った籠を見ながら、「もしかしたら、親鳥が見つけて一緒に巣へ帰っていったのかもしれない」と当時の僕は解釈した。

しかし、今となっては親鳥の元に帰れたとは思っていない。

カラスは成長の見込みがない雛を見捨てる習性がある。要するにあの雛は親鳥に捨てられた可能性が高かった。捨て子である僕と同じように。

それに人間のニオイがついた雛を親鳥が巣へつれて帰るとも思えない。ひっくり返った籠からして、他の鳥や野良猫に襲われて食べられてしまったのだろう。

なのに、当時の僕は雛を親鳥の元へ返してあげたと信じ込んで喜んだ。助けても、助けなくても結果は同じだったというのに、無意味なことをして喜んでいたのだ。

今、一之瀬の自殺を邪魔しているのも同じようなものだ。

彼女が笑顔を見せるようになって、少しは力になれているんじゃないかと自惚《うぬぼ》れていた。肝心なときに助けを求められないのに、とんだ勘違いをしていた。

自殺を邪魔し続けても結果は変わらないかもしれない。だとしたら、神経をすり減らしてまで彼女の邪魔をすることに意味なんてあるのか。自己満足に付き合わせて、彼女を苦しめているだけなんじゃないのか。

怖い。一之瀬を見殺しにすることも、自分の選択に責任を持つことも。

彼女がどうなろうと、僕の人生はなにも変わらないのに。

それから二時間近く待ち続けていると、後ろからガチャッと音がした。

「……まだいたんですか」

一之瀬は腫《は》れた目を隠すように視線を逸《そ》らした。

「腹空いているだろ？　なんか食べに行くか？」

平静を装って、いつもの口調で訊ねる。

けれど、彼女は首を大きく横に振って、「今日は帰ります」と小さな声で答えた。僕も「そうか」と短く声にした。それ以上、言葉が出てこなかった。

橋の近くで彼女と別れた後、一人で近くのファミレスに入った。

カップラーメンを作る気力すらなかった。隅っこにある二人用テーブルのソファに座り、ハヤシライスを注文する。いつもはペロリと食べきれるハヤシライスが、今日はやけに多く見えた。

少し食休みをしてから帰ろうと、コップの水を飲んでいたときだった。

「お久しぶりです」

そう声をかけてきた人物を見て、驚き、むせた。

目の前にいたのは、死神だった。

全身黒ずくめの服装、不健康そうな白い肌、白い髪。手にコーヒーを持っていることを除けば、外見も服装も出会ったときとまったく同じに見える。

僕がむせている間に、死神は目の前の椅子に座った。

「またアンタと会うことになるとは思わなかった」

銀時計を受け取ったあの日から死神とは一度も会っていなかった。連絡先を交換せず、もう二度と会わないものだと思っていたから驚いた。当然、驚いただけで会いたかったわけではない。

「今日は忠告しにきました」

死神はそう言って、音を立てながらコーヒーを飲んだ。

忠告とはなんのことだろうか、と考える。今日は死神と取引してから二回目の六月二十五日。余命三年の折り返し地点でもある。わざわざ余命一年半になったことを伝えに来たのだろうか。

そんなことを考えていると、「違いますよ」と否定してきた。勝手に人の心を読むな、と心の中で抗議しておく。

僕の目を見ながら、死神は言った。

「貴方《あなた》、このままだと後悔しますよ」

「後悔？　どういう意味だ」

「あの少女、一之瀬月美《つきみ》とこのまま関わり続けたら、貴方は必ず寿命を手放したことを後悔する。そういう話です」

確信している口調だった。僕のことを自殺志願者だと見抜いたときと同じように。

一之瀬の自殺を邪魔し続けたら寿命を手放したことを後悔する？

言っている意味がわからない。

しかし、死神の表情は冗談を言ったときのそれではなかった。心を読むだけで未来を予測できるというのだろうか。人の心を読めて時間を戻せる時計を渡してくるぐらいだ。未来予知ができてもおかしくはないか？

いいや、どちらにしてもわからない。

寿命を手放したことを後悔するなんて、絶対にありえないのだから。

「お下げしてもよろしいですか？」

ウェイトレスが食べ終えた皿を回収している間も僕と死神は視線を交わし続ける。ウェイトレスが離れてすぐに、死神は「理解していないようですね」とわざとらしくため息をつき、めんどくさそうに言う。

「貴方は自殺したようなものなんですよ？　そんな貴方が他人の自殺を邪魔するなんておかしい話じゃないですか。死ぬより生きていた方がいいって言っているようなものです。貴方は悩んだ末、自殺を選んだ。その選択を蒸し返すつもりですか？」

「要するに、一之瀬を説得し続けていたら、僕も生きたくなって後悔する、と？」

死神は「ええ」と肯《うなず》き、僕は「ありえないな」と鼻で笑った。

「他人の自殺を邪魔するなんておかしい話なんて言っていたが、別におかしくないだろ。心を読めるのなら言わなくてもわかるはずだが、僕みたいに最後くらい誰かの役に立ってから死にたいと考える人間も沢山いるはずだ」

銀時計を手にする前に『死ぬなら意味のある死に方をしたい』と考えていた。

転がったボールを拾おうとして道路に出た子供が車に轢《ひ》かれそうになり、その子を庇《かば》って死ぬとか、火事で取り残された子供を助けにいって子供だけ助かるとか、漫画やドラマなどであるような死に方に少しだけ憧れがあった。

自己犠牲と言えば格好がつくかもしれないが、実際は違う。

誰かの犠牲になれば、それだけで自分に価値が生まれると思った。現実に立ち向かえず、自分を磨《みが》こうともせずにいた僕でも簡単に価値が生まれる方法――

それが自己犠牲。

人助けをしたいわけじゃなく、最後くらい自分の人生に箔《はく》をつけてから死にたかっただけに過ぎない。一之瀬の自殺を邪魔しているのと同じで自己中心的な偽善だ。

　こういう考えをする人間がどれだけいるのかはわからない。でも、「死ぬなら誰かの役に立つように」と考える人間は大勢いるはずだ。死んだら臓器を提供するドナー登録だってこういう人間がいるから成り立つのではないだろうか。

「だったら相葉さん」と死神は口を開く。

「何故、貴方は一之瀬月美に執着《しゅうちゃく》し続けるのでしょうか？」

　死神はしたり顔で続ける。

「わざわざ死にたがっている人間を救う必要はないでしょう？　一之瀬月美ではなく、不慮の事故などで亡くなった方を救えばいい。その時計なら大勢の人間を救うことができるんですよ」

「自殺を考える人間でも誰かを救いたいと思うのはおかしくないってだけで、一之瀬の自殺を邪魔する理由はそれだけじゃない。僕は心の靄《もや》を晴らしたい。だから彼女が一番適任なんだ」

「それは一之瀬月美に同情したということですよね」

　飲み干したコーヒーカップを置いて、僕に問いかける。

「では何故、彼女に同情したのです？」

「それは……」

　言葉に詰まった。

「彼女が自分と似ていたから、でしょう?」

死神は勝ち誇ったように、にんまりと笑う。

「自殺の原因は違っても、貴方達は似ているんです」

確かに一之瀬と昔の自分が重なるときが何度もある。いつも一人でいるところ、橋から景色を眺めているところ、水族館で親子連れを見ていたところ。

だが、それがなんだという話だ。

「似ているからどうした。彼女が自殺をやめたら、僕まで考え直すとでも?」

僕の人生のレールは最初から壊れている。なにをどうやっても修復不可能なのだから生きたいと思うことはありえない。

「さあ? それはどうでしょうね? 貴方が一之瀬月美を救えるとも限りませんし」

人を挑発するような口ぶりの死神に苛立ちを覚える。

「もし本当に後悔するとしてもアンタには関係のない話だろ」

そう言い返してやると、死神は顔をしかめてから、ボソッと呟いた。

「つまらないんですよ」

「つまらない?」

死神は憂鬱そうな顔をしながら、指で机を叩く。

「相葉さん、なぜ私が寿命と引き換えに銀時計を渡したのか、わかりますか?」

「そんなのわかるわけないだろ。アンタみたいに心を読めるのならともかく」

「では、銀時計を渡す理由からお教えします」

なぜ死神は寿命と引き換えに銀時計を渡すのだろうか。気にはなったが、今まで深く考えたことはなかった。

「私は小さい頃から」

死神がゆっくり話し出す。

「虫を殺すのが大好きでした」

「は？」

「いいから最後まで聞いてください」

ろくでもない話なんだろうな、と予想したが黙って聞くことにした。

「すぐ殺すのではなく、最初にその虫が持つ長所を奪うんです。蝶《ちょう》やトンボなら羽をひきちぎって、バッタなら足をもぐ。そうすると見た目も動きも別の生き物になるんですよ。羽のない蝶を見て、それが蝶だと気づく人は少ないでしょう。私はそんな姿になってまでも必死に逃げようとする彼らが動かなくなるまで観察するのが大好きなんです」

「ほら、ろくでもない話だった」と僕は思った。

その後も「ポイントは少しでも長く観察するために餌《えさ》を与えたりして助けてあげるんです。たまに助けすぎて逃げられることもあるんですけどね」と新しいおもちゃを買ってもらえた子供のような顔で語り続ける。

そんな死神に「悪趣味だな」と言ってやった。どうせ心を読まれたらバレるのだから遠慮はいらない。

「悪趣味だから、貴方達みたいな人間に銀時計を渡すのです」

うす気味の悪い笑みを浮かべながら問いかけてくる。

「相葉さん、人間の長所ってなんだと思いますか？」

「人間の長所？」

「私はコミュニケーションだと考えています。人間社会で生きていくには必要不可欠だからです。自殺志願者ならわかるでしょうけど、大半の自殺志願者は孤立しているんですよ。貴方が一之瀬月美を見て、生きづらそうに見えるのも人間としての長所が彼女に欠けているから」

「つまり、アンタから見れば僕達は羽のない蝶に見えるということか」

死神は平然と「はい。見えます」と肯く。

「私、人間の心は読めても虫の心は読めないんですよ。それである日、死ぬ間際の虫を観察していて思ったのです。『今、この虫は一体どんなことを考えているんだろう。これが人間だったらわかるのに』と。それから自殺志願者を観察し始めたのです」

死神は窓の外を見ながら続ける。

「でも、死にかけの人間を観察するのは面白くありません。生に執着がなさすぎるんです。虫のように最期までもがき続ける人間を観察したかったのに、彼らは呆気《あっけ》なく命を絶ってしまう」

「だから」と強調するように死神は言った。

「餌を渡すことにしたのです。すぐ死なないように」

僕が「そういうことか」と口にすると、死神は「えぇ、その通りです」と微笑んだ。

「寿命を手放した人間が後悔していく様を観察したいから銀時計を渡すのです」

それを聞いた瞬間、「ふざけた理由だな」と口から漏れた。

「今まで沢山の方が後悔しながら死んでいきました」

楽しげに語る死神に「他にも寿命を手放した奴がいたのか」と訊くと、「えぇ、心を読んで交換してくれる人にだけ交渉してきましたから」と返ってきた。

「貴方はゴールが見えていた方が生きる意欲が湧いてくるとお考えのようですね。その通りです。最初は皆さん、一緒なんですよ。残りの三年間で楽しい思い出を作ろうとしたり、時間を戻してなにかを成し遂げようとしたり、一時的に前向きになるんです。そうして前向きになっている間に自分の本質に気づくのです」

「本質に？」

「えぇ、時間を戻せば失敗をなかったことにできますからね。気が弱くてひっこみがちだった人間が失敗を恐れなくなって、勢いで何事もうまくいくようになることもあるんです。自信がつき、周りの人間も今までとは違う接し方をしてくる。そして気づくのです。『少し違うだけで生きていけたんだな』と後悔しながら」

そういう人間がいてもおかしくはない、と思う。

「わからないな。後悔することを望んでいるのなら忠告する必要なんてないだろ」

「貴方の使い方はつまらないんですよ」

心の底からつまらなそうな顔をして言った。

「使い方に面白いもつまらないもないだろ」

「人それぞれですよ」

死神は「いいですか」と言い聞かせる。

「ウロボロスの銀時計を手にした大半の人間は、最初にお金を増やして豪遊しますが次第に飽きてきます。貴方もここまでは同じでしたね。でも普通は死にたがりな少女の自殺を邪魔したりしません。刺激を求めるようになるのです。時間を戻せることを盾に犯罪に手を染めて攻撃性をむき出しにする人間もいれば、未来予知ができると見せかけることで注目を得て自己顕示欲を満たそうとする人間。使い方はそれぞれ違いますが、欲望を満たすために時計の力を使い、やりたい放題やるものです」

そして、「なのに……」と人を見下すような目で僕を見る。

「貴方の使い方はつまらないどころか、自ら後悔しようとしている」

「そうは思えないな。僕だって好きなように使っているだろ」

「その割にはだいぶ疲労が溜まっているようですねぇ」

返す言葉はなかった。ただ、僕は自分のために銀時計で彼女の自殺を邪魔しているつもりだ。死神がなんと言おうと、自分のためだ。

「もっと自分の欲望のために使ってくださいよ。その時計に頼れば頼るほど、貴方の最期は滑稽《こっけい》なものになるので」

死神は散々言った後に、「もっと私を楽しませてくださいね」と付け足した。

僕はこいつを楽しませるために寿命を手放したわけではない。

後悔するために一之瀬の自殺を邪魔しているわけではない。

「アンタの自由研究に付き合ってられるか」

伝票を取って立ち上がり、死神に言い張る。

「僕は今まで通りに彼女の自殺を邪魔するし、後悔する気もない」

残り一年半しか生きられないんだ。自分が望むことを自分のためにやる。

それにこいつは未来予知ができるわけではないようだ。

さっきの発言でわかった。予知できるのならつまらない使い道をする人間に銀時計を渡したりしない。後悔するなどと言っているが、ただの予想に過ぎない。

心を読むだけでなんでもわかると思ったら大間違いだ。

「相葉さん」

席から離れようとした瞬間、死神に呼び止められ、足を止めた。

「ウロボロスの銀時計を手にして後悔しなかった人間は誰一人いません」

席に座ったたままこちらを振り向かずに言う。

「何故だかわかります？」

答えなかった。

「後悔する人間にしか渡していないからです」

死神は振り返り、僕の顔を見て微笑む。

「心を読めばわかるものなのです」

それを聞いて、僕は微笑みを投げ返した。

よかったな――後悔しない最初の一人に出会えて。

6

寿命を手放してから二回目の七月一日。水曜日。晴れ。

この日、スマホから音が鳴り響いた。

寝ていたところを着信音で起こされ、最初はアラームかと思った。今までネット閲覧、アラーム、カレンダーとして使ってきたスマホが初めて本来の役目を果たす。

寝ぼけながら電話に出ると、一之瀬だった。

というか僕の電話番号を知っているのは彼女しかいない。

寝起きのガラガラ声で「どうした？」と訊く。

「死にたいです」

ストレートに一言。

現在地を訊いたが寝起きの頭ではわからず、いつもの橋で待ち合わせすることにした。電話を終えて時刻を確認しようとするが、視界がぼんやりして画面が見えない。意識と体がバラバラのまま洗面所へ向かい、冷水を思いっきり顔にぶつけた。

急いで支度して、いつもの橋へ向かった。

時刻はまだ午前十時。寝起きの体を無理やり動かして走る。

いつもの橋に辿り着くと、既に一之瀬がいた。

「電話をかけてくるなんて……まさか自殺を諦める気に……」

「違います。今日は行きたいところがあるんです」

電話をかけてきて、さらに一之瀬の方から行きたい場所があると言い出す。

こんなことは初めてだ。夢でも見ているんじゃないかと疑って頬をつねるが、一之瀬に「なにしているんですか」と冷ややかな視線を向けられるだけだった。

手招きする一之瀬にどこへ向かっているのか尋ねたが、「秘密です」と言って教えてくれない。普段とは真逆である。彼女の後ろをついていきながら疑問に思う。念のために頬をもう一度つねったが、一之瀬に蔑《さげす》むような目で見られるだけだった。

「今日の相葉さん……なんか変ですよ」

変なのはそっちだろ、と言い返す。

「あれだけ行きたい場所なんてないと言っていたのにいきなりどうした」

たまにはいいじゃないですか、と一之瀬は答えたが、うやむやにされた気がしてならない。詮索《せんさく》するつもりはないが、今日の彼女は確実にいつもと違う。

ただ、ほとんど会話することができなかった前回とは違って、ちゃんと会話のやり取りができているのはよかった。流石に泣いていたあのときよりは明るく見える。

二十分くらい歩いて辿り着いたのは、地元にある国営公園だった。

一日じゃ回りきれないほど大きな公園で、遠くから訪れる人も多い。地元唯一の観光スポットであり、僕も小さい頃に何度か来たことがある。

入口で入園料を払う必要があるのだが、一之瀬が僕の分まで払おうとして止めた。

しかし、「今日は私が払います」と小銭を握りしめながら譲《ゆず》ろうとしない。流石に中学生に奢ってもらうわけにはいかず、数分間もめた。

最終的にじゃんけんで勝った方が支払うことになり、勝者である僕が払った。

入園ゲートを通ると、川のような大きな水路が視界の先までまっすぐに伸びていた。

水路には一定の間隔で水が噴出していて、水しぶきの音が聞こえてくる。その水路を挟むように二本の並木道がまっすぐ伸びていて、そこを歩いていく。僕達の他にも小さな子供連れや老夫婦が並木道を歩いていた。

七月に入って少し暑くなってきた分、水しぶきの音が涼しげに聞こえた。風が吹くと木の葉擦《はず》れの音が、足元では木の枝が折れる音が、まるで森の中にいるようだ。

「私、こういう静かなところが好きなんです」

警戒しながら歩く普段の彼女とは違い、穏やかな表情を見せる一之瀬。景色を眺める彼女は優しい目つきだった。「なんとなくわかる気がする」と口にすると、「それは良かったです」とにっこり微笑んだ。

水路沿いの並木道を通り抜けて、道なりに歩いていると大きな池が見えてきた。スワンボートや手漕ぎボートが数台浮かんでいて、水面には青空がくっきり映っている。近くにあった売店でラムネ瓶を二本購入し、片方を一之瀬に渡す。ラムネ瓶を見ているとノスタルジックな気持ちが湧いてくる。なにか思い出があるわけでもないが。

ビー玉が瓶の中に落ち、細かい泡が立つ。一之瀬はラムネ瓶の開け方がわからないようで苦戦していた。彼女の代わりに開けてやると、小さく拍手した。

からからだった口の中で炭酸が弾《はじ》けて一気に潤う。一之瀬は炭酸が苦手なのか、中に入っているビー玉を眺めながら少しずつ飲んでいた。

飲み終えると、一之瀬が池の欄干《らんかん》から水面に手を振っていた。水面には無数の鯉が集まっている。餌を貰えると勘違いして集まってきたのだろう。

そういえば、ラムネ瓶を買ったときに鯉の餌も売っていた気がする。売店に戻り、鯉の餌を買って彼女に渡すと目を輝かせた。

ボートハウスが近くにあり、スワンボートに乗りながら鯉に餌をやることにした。

観光地などでよく見かける二人乗りのスワンボート。何十年も前から使われているのか乗った瞬間に軋《きし》み、塗装が所々剥がれ落ちていてハンドルも錆《さ》びついている。乗る前は酔わないか心配していたが、今は沈没しないか不安である。

二人でペダルを漕《こ》ぐが思ったより遅い。進まないわりにペダルは重く、一之瀬の細い脚を見ていると折れないか不安になってくる。

「相葉さんは右を見ていてください。私は左を見ます」

一之瀬は真剣になって鯉を探していたが、すぐに向こうから近寄ってきた。

というより気づいたときには鯉の大群に囲まれていた。数えきれないほど多く、一之瀬も「少し怖いですね……」と引いていた。

餌をあげるとバシャバシャと飛び跳ねて水しぶきが飛んでくる。ボートがひっくり返るんじゃないかと焦った。一之瀬はそんな状況にもかかわらず、餌やりに夢中になってボートから身を乗り出す。落ちないように後ろから彼女の服を掴んでいたが、本人は気づいていないようだった。

餌をあげ終えても鯉がボートから離れることはなく、一之瀬は「ごめんね、もう餌がないんだよ」と鯉と会話を始める。泣いている彼女の顔が忘れられず、ずっと気がかりだったから、以前と変わらない彼女を見られて少しだけ安心した。

スワンボートから降りた後も公園内を見て回り、フードコートで少し遅めの昼食をとった。僕達が頼んだのは使い捨て容器に入った普通のうどんだったが、こういう場所で食べると美味しいから不思議である。一之瀬はうどんを食べた後にソフトクリームも食べていた。

売店にはボールやフリスビーといった様々な遊具が売られていた。あまりハードな動きはしたくなかったからシャボン玉とレジャーシートを購入して、園内中央にある原っぱへ向かった。

緑色の芝生が視界いっぱいに広がっている。レジャーシートが無数に敷かれていて、持参した弁当を食べている老夫婦がいれば、子供とボール遊びをしている父親、フリスビーを飛ばして飼い犬と遊んでいるカップルなど、各自満喫しているようだった。

原っぱ中央には一本の大きな木がそびえ立っている。この公園のシンボルみたいなものなのだが、ここからだと遠くて小さく見える。そこを目指して芝生の上を歩いていく。

大きな木の日陰に辿り着き、カラフルなレジャーシートを敷いて、その上に座る。下がごつごつしていたが、一之瀬は平気な顔をして正座で座っている。痛くないのだろうか。

風が吹くと木洩れ日が揺れ、葉擦れの音が静かに鳴り響く。

日陰の外からは弾んだ声が聞こえきて、つい目がいってしまう。目線の先には若いカップルがバドミントンをしていた。風のせいで彼女がシャトルを打つと彼氏を通り越すほど飛び、彼氏が打つと前に飛ばない。それはもうバドミントンとは呼べない別の遊びになっていたが、二人とも笑っていて楽しそうだった。

こうして眺めていると、日陰の中と日陰の外は違う世界で、僕は日陰の世界から羨ましそうに外の世界を見ているような傍観者の気分になる。

実際、隣に一之瀬がいなければ浮いている存在になっていたと思う。

見渡す限り、一人で来ている来園者は少ない。いたとしても景色をスケッチしていたり、レジャーシートの上で昼寝をしていたり、溶け込んでいるように見える。

もし僕が一人でここに来ていたのなら溶け込めていなかったと断言できる。うまく言葉にできないが、日陰の外にいる人間達とはなにからなにまで違う気がする。

その違いが僕を孤立させた。

この違いがなくならない限り、僕は生きたいと思わない。死神は一之瀬といたら後悔するなんて言っていたが、ありえない話だ。仮に一之瀬が自殺を諦めたら、一緒に公園へ来ることもないだろう。結局、元の生活に戻るだけだ。

なにがあろうと、寿命を手放したことを後悔する日は訪れない。

そんなことを考えていると、急に一之瀬が飛び跳ねた。

「虫！　虫です！」

僕の服を引っ張りながらレジャーシートの端っこを指差す。

小さなアリが歩いていた。

「驚くほどじゃないだろ」

アリを捕まえて木の幹に逃がしたが、一之瀬はその後もレジャーシートの上を何度も確認していた。

落ち着かない一之瀬の気を紛《まぎ》らわすため、袋からシャボン玉を取り出して渡す。

緑色のストローが二本、シャボン液が入っているピンク色の容器が四本。二人で分けてシャボン玉を飛ばした。ストローから無数の泡がふわふわと飛んでいく。日陰の外まで飛んでいき、すぐに見失った。

「相葉さんがシャボン玉って似合わないですね」

日陰の外でシャボン玉を飛ばす一之瀬がクスッと笑う。

「そんなことは自分でもわかっている」

逆にシャボン玉を吹く一之瀬は絵になっていた。触れるだけで簡単に割れてしまうシャボン玉のように彼女も儚げに見えて、とてもマッチしている。

その様を日陰からずっと眺めていた。

「なあ、勝負しないか?」

日陰に戻ってきた一之瀬に訊いた。

「勝負?」と首を傾げる彼女。

「シャボン玉を遠くへ飛ばした方が勝ち。負けた方は勝者の言うことに従う」

一之瀬は数秒考える素振りを見せた後、「相葉さんが勝ったら、自殺を諦めろって言うんでしょう」とジト目で言ってきた。「それはどうかな」と返したが、「ふーん」と信用していない様子だった。

「わかった。『自殺を諦めろ』はナシだ。それならどうだ」

そう提案すると、勘繰《かんぐ》るような表情を浮かべつつも勝負に乗ってきた。

同じ位置から一回吹いて、遠くへシャボン玉を飛ばした方が勝ち。細かいルールを決めた後、一之瀬が最初に飛ばすことになった。

一之瀬は頬を膨らませて思いっきり飛ばそうとしたらしいが、大きなシャボン玉ができてしまい、日陰を出ることなく割れた。

これなら勝てる、と確信した。

僕が吹いたシャボン玉は順調に飛んでいった。あと少しで日陰を超えるし、何個も残っている。余裕で僕の勝ちだろう、とシャボン玉に視線が釘付けになっていた。

その時だった。

パンっと小さな手によってシャボン玉が割られてしまった。

さっきから木の周りを走っていた小さな男の子と女の子がシャボン玉を割ったのだ。

幼稚園生くらいだろうか。二人とも顔立ちが似ているから、きっと兄弟だろう。

僕が困惑している横で、一之瀬が笑いをこらえる。

「今のはナシだ。もう一度飛ばす」

再びシャボン玉を飛ばすが、それもちびっ子二人に割られた。しかも二人とも面白がって飛び跳ねている。

「もっと飛ばしてほしいみたいですね」

微笑みながら一之瀬が言った。

ちびっ子達に「そこを退《ど》いてくれ」と頼むが、退く気配がない。

その後も説得したり、シャボン玉を飛ばし続けたが全滅。完全にちびっ子達の遊び相手と化していた。それでも飛ばし続けていると、今度は一之瀬が横から指で突いて割ってきた。そのまま靴を履いて、ちびっ子達の方へ走っていく。

「誰が一番多く割れるか勝負しようか」

一之瀬は膝《ひざ》に手をついて優しい声で、ちびっ子達に話しかけていた。どうやら彼らの遊び相手をするつもりらしい。普段とは違う明るい彼女に動揺していると、「相葉さん、早く早く！」と手を叩いてシャボン玉を要求してきた。

思いっきりシャボン玉を吹くと、ちびっ子達がはしゃぎながらシャボン玉を追いかけた。一之瀬は手加減しているようで、割ろうとする素振りを見せつつもちびっ子に譲っていた。

シャボン玉と戯《たわむ》れる一之瀬は明るく、無邪気な少女だった。

水族館の帰り道に見せた満面の笑みに近い。誰よりも幸せそうに笑う彼女には慈《いつく》しみたくなるような魔法がある。

いつも無表情な彼女から笑みを引き出すのは容易なことではない。自殺志願者ではなく、普通の女の子だったら日常的に見ることができるはずなのに、と勿体なく思う。

しばらく遊んだ後、ちびっ子達を探していた親が僕達を見つけ、礼を言って二人をつれて去っていった。別れ際に二人が「また遊ぼうね」と大きく手を振り、一之瀬も「またね」と笑顔で手を振った。僕も弱々しく手を振る。

「行っちゃいましたね」

一之瀬が振り返ったところにシャボン玉を飛ばしてやった。

「きゃっ！　もういいですって！」

「なにが『誰が一番多く割れるか勝負しようか』だ。くらえ」

「相葉さんっ！　髪についちゃうからっ！」

シャボン玉を吹きつつ、笑いながら逃げる一之瀬を追いかけまわした。

彼女の周りを光り輝くシャボン玉が無数に飛び交う。

「お返しっ！」と一之瀬もシャボン玉を取り出して、二人とも小学生みたいなテンションでシャボン玉を吹きあった。

無邪気にシャボン玉を飛ばしてくる彼女をいつまでも見続けていたかったが、僕も一之瀬も体力がなく、すぐに息が上がって日陰へ戻った。

尻もちをつくようにシートの上に倒れこむ。その横で座る一之瀬も後ろに両手をついて木を見上げながら呼吸を整えていた。

仰向《あおむ》けになりながら、ゆらゆらと降り注ぐ木洩れ日を見ていると不思議な気持ちになってくる。

今ここにいることが不思議なのだ。余命三年間を一人で過ごすつもりだったのに、馬鹿みたいにはしゃいでシートの上で仰向けになっている。

自分が『普通の人間』のように原っぱに溶け込んでいるこの状況が信じられず、不思議で不思議でたまらない。

『一之瀬は何故死ななければいけないのだろう』

横にいる一之瀬を見ながら、もう一つ不思議に思った。

当然、彼女が自殺する理由はわかっている。家族とも仲が悪く、友達もいない。八方塞がりなのは理解している。

僕が不思議に思ったのは、何故彼女が自殺しなければならないのか、だ。

普通の少女ではないか。なにも悪いことをしていなければ、彼女が望むだけで死なずに生きていける。彼女は生きていて当たり前の存在。

なのに一之瀬は自殺をして、僕は邪魔をしている。

彼女を自殺へ導く運命だとか、世界だとかそういうものが不思議なのだ。

この世は理不尽なことばかりだ。だから、こんなクソゲーの電源なんてさっさと切りたいと考え、僕は寿命を手放した。

でも彼女の自殺だけはどうしても認めたくない。

「本当に自殺をやめる気はないのか」

仰向けのまま一之瀬に問いかける。

「自殺をやめるのならなんだってする。いじめてきた奴らに復讐したければ手伝うし、義理の父親が捨てるのを諦めるまで毎日ぬいぐるみを買い続けてやることだってできる。本当になんだっていいんだ。お前が自殺をやめてくれるのなら」

本心をそのまま言葉にした。

自殺をやめてほしい。それだけだ。罪悪感を払拭したいとか、言い訳を作りたいとかではなく、ただ純粋に一之瀬月美の自殺を止めたい。そのとき、初めて実感した。

しかし、一之瀬の返事は「ごめんなさい」だった。

「今日、ここに来たのは最後にお礼を言いたかったからなんです」

反射的に体を起こして、「最後ってなんだよ」と訊いた。

こちらを向かずに一之瀬は遠くの空を見ながら言った。

「明日、橋から飛び降りて自殺します」

その瞬間、彼女の横顔が満ち足りているように見えて、諦観《ていかん》しているようにも見えた。

静かで、力強くて、迷いがない。僕の本心を一切受け付けようとしない表情。

「死ぬ前にせめて、お礼を言いたかったんです」

「いや、待てよ。なんでそうなる。大体、礼を言われる筋合いなんて……」

僕が慌《あわ》てて説得しようとすると、「そんなことないですよ」と微笑みながら言った。

「ずっと怖かったんです。誰も味方になってくれないまま一人で死ぬんじゃないかって。実際、相葉さんがいなかったら一人ぼっちのまま死んでいたと思うんです」

穏やかな表情、落ち着いた声のまま彼女は続ける。

「相葉さんに自殺を止められたとき、正直ホッとしました。私にも心配してくれる人がいたんだな、って思うとなんだか救われた気がして。いつも卑屈で反抗的なことばかり口にしていたけど……本当は嬉しかったんですよ」

一之瀬は照れ隠しするようにもう一度微笑んだ。

自己満足のために自殺を邪魔してきた。礼を言われるのは複雑であったが、それでも嬉しかった。だからこそ自殺をやめてほしい気持ちが強くなる。

一之瀬の肩を掴んだ。

「だったら自殺しないで、これからも生き続ければいいだろ」

だが、彼女は首を横に振る。

「この半年間、相葉さんと過ごした時間だけが救いでした。でも一時的な痛み止めみたいなものなんです。学校に行かなきゃ、といくら自分に言い聞かせても制服を見ただけで不安に押し潰されて逃げ出したくなるんです。学校に戻る勇気も、家族と暮らしていく自信もありません……。生きていても悩み続けるだけで疲れました。だから、もういいんです」

彼女の肩を掴んでいた手をそっと離す。

「相葉さんだけが私の味方でした。でも、これ以上迷惑をかけたくないんです。いろんな場所につれていってもらったり、お金を出してもらったのに……ごめんなさい」

そして一之瀬はこちらを向いて、あのときのように満面の笑みを見せる。

「こんな私を心配してくれて、ありがとうございました」

風が吹いた。

一之瀬の髪が揺れる。

葉擦れの音も、日陰の外から聞こえる声もノイズでしかなかった。

これが一番綺麗な終わり方なのかもしれない。

僕がこれ以上、彼女にしてあげられることはあるのだろうか。いじめの解決を望んでいなければ、家庭の問題も手詰まりな状況。自殺を邪魔することしかできない。

今まで奇跡的に邪魔できていただけで、そのうち突然の別れになるかもしれない。

自殺を決行した一之瀬は最期になにを考えていたのだろうか。あれだけ自殺を邪魔すると言い続けたんだ。来なかったら裏切られた気分になってもおかしくない。

そんな終わり方より今ここで一之瀬と別れの挨拶を交わして、せめて最後まで彼女の味方でいた方がいいのではないか。

やれることはやった。

それでも一之瀬は自殺を選ぶ。

自己満足で終わらなかっただけマシだ。

彼女は終わらせたいんだ。

死なせてやればいい。

だというのに――

「ふざけるな」

僕はなにを言っているんだろうか。

「え……？」

困惑する一之瀬に容赦《ようしゃ》なく言い放つ。

「いいか！　お前を救うために自殺を止めているんじゃない。死なれたら後味が悪いんだよ！　そのために自殺を邪魔して、金だって沢山使った！　礼だけ言われて死なれたら大損でしかない！　死ぬならせめて今まで払った金と川にばら撒《ま》かれた百万円を返してからにしろ！」

自分でもめちゃくちゃなことを言ったと思っている。

エゴでもなんでもいい。理由なんて必要ない。

僕は、彼女の自殺を止めたいのだ。

「は、払えるわけないじゃないですか！　もうすぐ死ぬ人間なんだから気にせず奢られろとか言っていたの相葉さんですよ。それに封筒のお金だって……きゃっ！」

必死に言い返す一之瀬の頭を乱暴に撫でた。

「お前が諦めるまで絶対に邪魔し続けるからな」

一之瀬はくしゃくしゃになった髪を直しながら、いつもの不満げな顔をした。

「……やっぱり相葉さんは私の味方じゃなくて敵です」

「敵で結構だ」

そう言い切って、シャボン玉を飛ばした。

飛んでいったシャボン玉は日陰を出ることもなく、パッと一瞬で消えた。

「……後味が悪いからって百万円も出せないですよ、普通」

「命に比べたら安いもんだろ」

「私の命なんて一円の価値もないのに」

頬を膨らませながら飛ばした彼女のシャボン玉も日陰を出ることなく、割れた。

「卑屈なこと言うな。大体、自殺だって楽に死ねるわけじゃないんだぞ」

「……そんなのわかっていますよ。私が子供だからって脅しても無駄ですよ」

「脅しなんかじゃない。お前に苦しんでほしくないから言っているんだ」

僕がそう言うと、一之瀬は「相葉さんって本当変わってますよね」と小さな声で言い、思いっきりシャボン玉を吹いた。

それから閉園を知らせるアナウンスが流れるまで会話をしなかった。

「そういえば、シャボン玉の勝負ついてなかったな」

公園を出る直前に思い出すと、黙り続けていた一之瀬も「すっかり忘れていましたね」と口を開いた。

「私の反則負けでいいですよ。横から突いて割りましたし」

あっさり負けを認めたのは意外だったが、「従うのは自殺以外のことですからね」と念入りに確認する辺りは彼女らしかった。

「じゃあ、あれに付き合ってもらうか」

入場ゲートに貼ってあったポスターを指差した。ポスターには花火のイラストが描かれている。

「花火大会？」

この公園では毎年八月下旬に打ち上げ花火の大会が開催される。ポスターによると、今年は八月二十二日に開催される。

「あー、花火大会まで自殺させないつもりですね！」

僕の狙いは即バレたが、「なるほど、そういう邪魔の仕方もあるのか。思いつかなかった」と白々《しらじら》しく誤魔化した。安楽死の記事から思いついた案だ。花火大会までという期限を設《もう》ければ大人しく従う可能性がある。時間稼ぎにしかならないが、この手詰まりな状況に変化があるかもしれない。

「とにかく約束は守ってもらう。家にいたくないときはいつでも電話しろ」

「電話するかどうかは……」

話を濁《にご》らそうとする彼女にシャボン液の容器などが入った袋を押しつけた。

「遠慮しなくていい。だから明日死ぬとか言わずにもう少し頑張ってみろ」

一之瀬は仕方なさそうに「花火大会まで、ですからね」と言って袋を受け取った。

「気をつけて帰れよ」

「本当に花火大会まで……ですからね」

別れ際にも確認してきたが、この様子なら約束は守ってくれそうだ。

まだ自殺を認めるわけにはいかない。

花火大会まで五十日以上ある。
この五十日を使って、なんとしてでも彼女の自殺を止めてみせる。

第三章 ――― できもしない約束

1

「もしもし？　一之瀬《いちのせ》ですけど………死にたいです」


寿命を手放してから二回目の七月七日。火曜日。晴れ。

この日、スマホの着信履歴が二件になった。

前回と同じようにいつもの橋で待ち合わせすることになり、ベッドから抜け出して家を出た。電話を切る前に「絶対に自殺するなよ」としつこく言っておいたが、一之瀬の「今日は自殺しませんよ、今日は」という不貞腐《ふてくさ》れた返事を信用するのは難しい。

公園に行ってから約一週間、彼女が自殺することはなかった。

花火大会まで自殺しないと約束したとはいえ、それを彼女が守るとは限らないし、突発的に自殺してしまう危険性もある。だから、情報収集は怠《おこた》らなかったし、睡眠不足な日々は相変わらず続いていた。

あくびをしながら橋に辿《たど》り着くと、先に着いていた一之瀬は呑気《のんき》にシャボン玉を吹いていた。見覚えのある袋を持っている辺り、公園の残りだろう。

「もしかして、寝てました？」

一之瀬の目線がいつもより少し上だった。自分の影を見ると、寝ぐせらしきものがある。体を伸ばしながら「朝は苦手だ」と言うと、「もう二時ですよ」と呆《あき》れられた。

寝ぐせを直しながら「今日はどこに行くか」と考えるが、財布を持ってきた記憶がない。確認してから家を出るべきだったと後悔したところで手遅れである。

「財布を忘れたみたいだ。一度、家に戻らないと駄目だな」

仕方なく一之瀬をつれてマンションへ引き返すことにした。未成年である彼女をつれて戻るのはどうかと思ったが、外で待たせている間に自殺されるのが一番困る。

「ほら、行くぞ」

「え？　私もですか？」

「お前を一人にしたら……いろいろとまずいだろ」

「……ひょっとして家に戻っている間に、私が自殺するとか考えています？」

返事をしないまま歩きだすと、後ろから「どうなんですか！」と怒る声が聞こえた。

マンションに戻るまでの道中、一之瀬は何度も「本当に私も行くんですか？」と訊《き》いてきた。僕が「仕方ないだろ」と答えると、不服そうに後ろをついていくる。

「どうした？　入れよ」

玄関のドアを開けて先に入るように促《うなが》すが、一之瀬は手をモジモジさせたまま入ろうとしない。警戒しているようにも見えたが、そういうわけではなかった。

「こんな時間に私がいるのっておかしく思われませんか？」

憂《うれ》わしげな表情だった。どうやら部屋に家族がいると思っているらしい。

一人暮らしなことを教えると、安堵の表情を見せてから部屋に入った。

リビングに案内して、ひとまず一之瀬をソファに座らせた。ソファの端っこで、足をピッタリ閉じて座る彼女は借りてきた猫みたいだ。

「なんか……イメージと違いますね」

きょろきょろと部屋を見回しながら、一之瀬は呟いた。

「違うってどんなイメージだったんだ」

「いろんなものが散乱しているイメージでした」

「ゴミ屋敷かなんかだと思っていたのかよ」

部屋には必要最低限の物しか置いていない。散らかせるほど物がないだけで整理しているわけではないし、物があれば彼女の想像通りになっていただろう。

リビングにあるのは、テレビとゲーム機を乗せたテレビボード、安っぽい作りのローテーブル、二人掛けのソファだけ。

三部屋ある洋室のうち一つを寝室として使っているが、他の部屋は照明器具を取り付けてすらいない。台所や洗面所の収納スペースも持て余している。

部屋を借りる前から一人で暮らすには広すぎると思っていたが、ここまでスカスカだと生活感がなくて不気味である。とはいえ、部屋を彩《いろど》るようなものを買っても死ぬ前に処分しなくてはいけないし、余計な物は買わないようにしている。

こんなオブジェがない水槽のような、見ていて退屈になる空間だというのに、一之瀬は不思議そうに部屋を見回し続けていた。

「こんなに広いのに一人で暮らしているんですか？」

「使っていない部屋もあるから、家にいたくないときは自由に使っていいぞ」

「そんなこと言っていいんですか？　毎日来ますよ？」

「毎日来ればいい」

一之瀬はきょとんとした顔で、「本当に毎日来ますからね？」と念入りに訊いてきたが、僕としては毎日来てくれた方がありがたい。今の生活を続けるより彼女の安否を確認できる方が断然マシだ。

「別に構わない」

「ふーん……後悔しても知りませんからね」

「後悔ってどういう意味だよ」と訊ねたが、ツンとした態度で答えてはくれなかった。

洗面所で寝ぐせを直している間、一之瀬は窓から外の景色を眺めていた。「うわぁ、高い」と無邪気な声が聞こえてきたが、瞬《またた》く間に「ここから飛び降りれば楽に死ねるかも」と物騒な感想が飛んできた。絶対に飛び降りるな。

その後もベランダに出ようとする一之瀬を慌《あわ》てて止めたり、山積みになっているコンビニ弁当の空容器を見られて、「ちゃんとしたもの食べないと体壊しますよ」と呆れられたりした。死にたがりな少女に言われたくない。

結局、落ち着いてソファに腰を下ろせたのは三時を過ぎた頃だった。横に座る一之瀬は「そこでジッとしていろ」と叱られて、ちょっぴりいじけている。

「昼飯食べたか？」

首を横に振る彼女の返事を見て、どこか食べに行くかと考える。

ふとスマホの画面に目をやると、今日が七夕《たなばた》であることに気がついた。

たしか近場で、七夕祭りが毎年開かれていたはずだ。

スマホで調べてみると、すぐに情報が出てきた。第七十一回七夕祭りと書かれた公式サイトによると、今年も開催されているようだ。屋台が出ているだろうし、食べ歩きするのも悪くないかもしれない。一之瀬も気になるのかスマホの画面を覗き見してくる。顔が近い。

財布を持ったことを二回確認してから家を出た僕達は電車に揺られながら、七夕祭りが開催されている最寄り駅に向かった。普段より人が多い電車内には、浴衣《ゆかた》を着ている人の姿もあった。

七夕祭りは降りた駅から一直線に続く商店街で開かれている。道路を挟んだ商店街には古着屋など老舗《しにせ》が並んでおり、この日は交通規制で車は通行止めになっていた。

駅を出てすぐに人混みに流され、様々な屋台が並ぶ商店街を進んだ。時折、一之瀬が僕の腕を掴むほど人が多く、密着状態が続いたから少し気まずかった。

浴衣姿の男女やヨーヨーを持った子供に囲まれながら進んでいると、むわっと香ばしいソースの匂いが漂《ただよ》ってくる。空腹感を刺激され、「やきそば」とでかでか書かれた屋台の列に並んだ。

透明のフードパックに入った焼きそばは、どこか懐かしかった。

思い返せば、小学生のときに友達と祭りに行って食べたことがあった。とくに欲しい景品がなかったのに僕も友達も雰囲気に流されてくじを引きまくり、お腹が減り始めた頃には財布の中身がほとんど残っていなかった。どうしても食べたかった僕達は僅《わず》かに残っていた小銭を出しあって焼きそばを一つ買い、分けて食べた。

僕にもそんな思い出があったな、と不思議な気持ちで懐古する。

人混みに流されないように屋台の裏へ避難し、焼きそばを食べた。紅ショウガがちょこんと乗っているだけで、なにも工夫がされていない見た目だが、なかなか美味《おい》しい。

あの日、食べた焼きそばも美味しかった気がする。祭りの焼きそばはそういうものなのかもしれない。そんなことを考えながら一之瀬を見てみると、涙目になりながら食べていた。猫舌なんだから無理はするな。

「これだけ人が多いと戻るのも大変だな。気になる屋台があったら、すぐに言えよ」

「でも、今日もお金持ってないですよ」

「今更《いまさら》なに言っているんだ。せっかく祭りに来たんだから遠慮するなよ」

ほんの軽い気持ちだった。今食べた焼きそばはそこそこ量があったし、あとはかき氷とか好きな物を食べれば満足するだろう、と。

けれど、一之瀬は屋台を見つける度《たび》に僕の袖を引っ張った。

「相葉《あいば》さん、焼き鳥食べたいです」

焼き鳥を指差す。タレが美味しくてあっという間に食べ終えてしまった。

「今度はあれが食べたいです」

フランクフルトを指差す。マスタードをかけすぎてむせた。

「相葉さん、こっちこっち！」

イカ焼きを指差す。美味しいが、もう食べられそうにない。

「イカの次はタコですよね！」

タコ焼きを指差す。とても入りそうになかったから一之瀬だけ食べた。

「そろそろ甘いものが食べたいですね」

チョコバナナを指差す。甘いものなら、と僕も頼んだがキツかった。

「塩とバターがかけ放題らしいですよ！」

じゃがバターを指差す。最初は猫舌で苦戦していたが食べきっていた。

「お前……よく食うな……」

「まだまだいけますよ」

左手にわたあめ、右手にリンゴ飴を持った一之瀬は本当にまだまだいけそうだった。

まさかここまで大食いだとは思わなかった。

そういえば、一之瀬はファミレスで食べ終わった後もメニュー表を見ていることが多かった。あの細い体にこれ以上入るわけがないし、僕の説得を聞きたくなくてメニュー表で顔を隠しているだけだと思っていたが、どうやら違ったようだ。

食べたものがどこに消えていくのか不思議である。

一之瀬が満足した後、二人で金魚すくいに挑戦した。最初は「どちらが多く金魚を掬《すく》えるか勝負するか」と意気込んでいたが、お互い一匹も掬えなかった。哀れみの目で見てくる屋台のおじさんが「好きなの二匹選んで持って帰っていいぞ」と言ってくれたが断った。屋台の金魚はすぐに死ぬことが多いが、何年も生きる場合もある。僕の方が先に死んでしまっては金魚がかわいそうだ。

それからもヨーヨー釣りをしたり、型抜きをしたり、二人とも散々な結果が続いたけれど、一之瀬の楽しそうな横顔を何度も見ることができた。

「君達！　ちょっと来てくれないか」

祭りを満喫していると、法被《はっぴ》を着た中年の男性に声をかけられた。

法被には「七夕祭り実行委員会」と書かれている。

有無を言う暇なく僕達の腕を掴み、連行されるように引っ張られる。

つれていかれた先には、大きな笹が飾られていた。笹には様々な色の短冊が吊るされていて、クリスマスツリーと見間違えるような派手さがある。近くの台では短冊に願いごとを書いている人達がいた。

「君達もこの短冊に願いごとを書いてくれ」

男性はそう言って、僕達に短冊とマジックペンを渡した。

勢いに押されて受け取ってしまったが、短冊に書くような願いごとなんてない。

一之瀬も受け取ってしまったと言いたげな顔をしていて、なにを書けばいいのか困っている様子だ。周囲が続々と書き終わる中、僕達は短冊とにらめっこしていた。

ふと、小学生時代の苦い思い出が蘇《よみがえ》る。

小学一年生の頃、七夕の短冊を書く授業があった。

短冊でなにかした記憶はないが、おそらく担任は入学したばかりでわからないことが多い生徒達の夢や願いごとを把握しておきたかったのだろう。

周りを見ると、「サッカーせんしゅになれますように」とか「ゲームがほしい」など、小学生らしい願いごとが書かれていた。

僕が悩むことなく書いた願いごとは、「おやに会いたい」だった。

産みの親に会いたかった。その頃の僕は、親に捨てられたことを知らず、なにか事情があって迎えに来られないだけだと思っていた。だから、待っていればいつか両親が迎えに来てくれるはずだと期待していた。

しかし、短冊を見た担任は「他の願いごとはないの？」としつこく聞いてきた。

当時の僕でもわかるほど露骨だった。

先生は他の願いごとを書かせたいんだな、とすぐに理解できた。

でも、なぜ僕の短冊だけ書き直さなければいけないのかは、わからなかった。

周りと変わらない普通の願いごとを書いたと思っていたからだ。

クラスメイトの中には当時放送されていた特撮ヒーローになりたいと書いている奴もいた。叶《かな》えられっこない願いごとではなく、なぜ自分の願いごとがダメなのか納得がいかなかった。

それに願いごとを消したら、親に会えなくなる気がした。

他の願いごとを書いたら親が悲しむとも思った。だから僕は書き直すことを拒否し続けた。しかし、無理やりに近い形で書き直させられた。消しゴムで消した跡が残った短冊になにを書いたのか憶えてすらいない。

今思えば、これが周りとの違いを感じた最初の出来事だった。

「相葉さん、『死にたい』って書いたら怒られますかね」

一之瀬が周りに聞こえないように小声で訊いてきた。

「それが本当に叶えたい願いごとなら書けばいい」

「……冗談ですよ。いつもみたいに止めないんですね」

予想外の返事だったようで、一之瀬は面白くなさそうな顔をしながら願いごとを書き始めた。このままだと一人で短冊とにらめっこする羽目になる。僕も急いで願いごとを考えて書いた。

『一之瀬月美《つきみ》が幸せになれますように』

何時間考えたところでこれしか思いつかないだろう。余命一年半の人間が自分のために書く願いごとなんてなにもない。

僕の短冊を一之瀬は、むすっとした顔で見る。

「あの相葉さん」

「なんだ？」

「恥ずかしいんですけど」

「それはよかったな」

逆に一之瀬の短冊を見た僕は驚いた。

彼女の短冊に『高校受験、受かりますように』と書かれていたからだ。

信じられず、手に持って確認するが見間違いではなかった。

「高校に行きたいのか」

「死にたい以外だと、これしか思いつかなかっただけですよ」

もうすぐ死ぬ人間には関係ない話ですけどね、と卑屈《ひくつ》なことを口にしていたが、ただ無難なことを書いたわけでもなさそうだった。ずっと見られているのが恥ずかしかったのか、「返してください」と言って僕の手から短冊を奪うように取った。

法被を着た男性に書いた短冊を渡し、笹に飾り付けてもらった。

「僕の願いごとはどうやったら叶うんだろうな」

笹に吊るされた短冊がひらひらと揺れている。

「どうやっても叶わないと思いますよ」

他人事のように一之瀬は言った。

短冊から解放された頃には空が暗くなりかけていた。あちらこちらに吊るされている提灯《ちょうちん》が商店街を赤く照らし、小さい子供が持っているおもちゃの剣やサイリウムブレスレットが光り輝いている。

帰りに二人でかき氷を食べた。僕はメロン、一之瀬はブルーハワイを頼んだ。数年ぶりに食べるかき氷はとても冷たく、小学生時代に食べたときの記憶と一致する。

「青くなってますか？」と舌を見せる一之瀬は、相変わらず無邪気な女の子に見えた。

帰りの電車で一之瀬が「あっ」と声をあげた。

どうやら僕の部屋にシャボン玉を置いてきてしまったらしい。「明日取りに行きますので」と言うので、その場でアラームを設定しておいた。

「気をつけないで帰れよ」

「気をつけて帰り……騙さないでください」

「騙される方が悪い」

駅前で別れるとき、「また明日」と彼女は手を振りながら言った。

翌日の早朝、一之瀬が部屋を訪れた。

アラームより先にチャイムが鳴り、寝ぼけながら玄関のドアを開ける。

朝飯を食べていないと言うから、コンビニで買った菓子パンとインスタントのコーンスープを渡した。一之瀬にはリビングで食べてもらって、自分だけベッドに戻って二度寝するつもりだったが、一緒に朝食をとるものだと勘違いした彼女が寝室までついてきてしまったので、ベッド前にある折り畳みテーブルを使わせた。

ベッドの上で横になりながら、コーンスープに息を吹きかける彼女を眺めていたが、いつの間にか眠ってしまい、目が覚めると、一之瀬が床に丸まって眠っていた。

もしかしたら、家族が起きる前に逃げてきたのかもしれない。起こさないように布団を被せて、しばらく彼女の穏やかな寝顔を見守り続けた。

2

寿命を手放してから二回目の七月三十一日。土曜日。雨。

一之瀬が部屋に訪れるようになってから、三週間が経った。

彼女が来なかったのは台風や豪雨で外を出歩けなかったときだけで、ほぼ毎日遊びに来ている。あれから自殺することもなく、平穏な生活を送っていた。

一之瀬はいつも早朝にやってくる。本人に訊いたわけではないが、家族が起きだす前に家を出ているようだ。いつも彼女が鳴らすチャイムに起こされていたから、合鍵を持たせてやった。

朝飯を食べずに来る一之瀬には、テーブルの上に置いてある菓子パンなどを勝手に食べるように言ってある。お菓子やアイスも買ってあるし、テレビやスマホも自由に使わせている。素直じゃない彼女はそれらに手をつけようとはせず、部屋の隅っこで三角座りしていることが多かった。

けれど、誘惑に負けてしまったようで、最近は遠慮しないで食べているし、スマホの操作にも慣れてきたようだ。スマホではネットや動画を見ていることが多い。自殺の仕方を調べているんじゃないかと不安に思い、閲覧履歴を見てみたが、ウーパールーパーの動画ばかり出てきた。疑って悪かった。

また、一之瀬は勉強もしている。あまり話したがらない彼女の話では、学校から送られてくるプリントを欠かさずやっているようで、提出すれば単位を貰えるそうだ。

正直な話、一之瀬が自主的に勉強していたことには驚いた。

彼女のことだから、「もうすぐ死ぬ人間が勉強しても無意味です」みたいな理由で勉強していないものだと思っていた。少なくとも僕はそっち側の人間だ。

勉強している様子を後ろから見ていると、「字が汚いので見ないでください」と言って、恥ずかしそうに両手でプリントを隠す。彼女は恥ずかしがっているが、丸っこくて可愛らしい綺麗な字だと思う。

こうして勉強しているところを見ると、自殺しない未来も考えているんじゃないかと期待してしまうが、一之瀬は相変わらず諦《あきら》めていない。昨日も「花火大会が終わったら、今度こそ自殺しますからね」とアイスを頬張りながら言っていた。

午前中に勉強を終えたら、午後は一緒にテレビゲームをしたり、映画を見たりして過ごすことが多い。一之瀬と一緒にいることで、僕の生活習慣はかなり改善した。自殺のニュースを調べ続けて睡眠不足になることもない。

テレビ前に置いてあるソファは来客を想定しないで選んだ物だから、二人並んで座ると狭く感じる。ゲームに慣れていない一之瀬がキャラの動きに合わせるように体が動いてしまい、僕の肩によく頭をぶつけていた。

負けず嫌いな彼女が、故意に頭をぐりぐり押し付けて邪魔してくることもあった。

「おい、邪魔するな」と軽く怒っても、一之瀬は余裕のない僕の反応を面白がりながら「今まで邪魔してきたお返しです」と笑って追撃してくる。

弾《はず》んだ声で邪魔してくる一之瀬は、意外とやんちゃな性格なのかもしれない。無邪気に燥《はしや》ぐ彼女を見る度に「自殺なんかやめてしまえばいいのに」と思うし、隣にいるのが僕でいいのかと考えてしまう。本当は同年代の友達と遊びたいんじゃないか、と。

夏休み期間に入ったこともあって、街中で中高生の集団をよく見かけるようになった。一之瀬もいじめられないで学校に通っていたら、あんな感じに友達と遊んでいたんだろうな、と何度も想像した。

こうして当たり前のように毎日会っているが、僕達の関係は健全なものではない。あっちが本来いるべき場所で、僕の隣にいるのは間違っている。

どうにかして一之瀬をあっち側に戻してやりたい。

花火大会までになんとかしなければ、と毎日考える。

けれど、彼女と過ごした七月はあまりに呆気《あっけ》なく過ぎ去ってしまった。


寿命を手放してから二回目の八月十八日。火曜日。晴れ。

早朝、蝉《せみ》の喧《やかま》しい鳴き声に起こされた。二度寝を試みるが、不快な暑さに邪魔されて寝付けそうにない。起きる気にもなれず、しばらく枕に顔を埋めていると、水の音が聞こえてくる。

一之瀬がシャワーを浴びているのだろう。

八月に入ってから猛暑が続いていた。一之瀬は相変わらず毎日来ていて、最近はソファやベッドの上に寝っ転がったり、部屋にあるゲームで遊んだりして過ごしている。

家から歩いてくる一之瀬は、毎朝シャワーを浴びている。家から着替えを持ってくるほど、汗をかいたままでいるのが嫌みたいだ。バスタオルは二人で出掛けたときに買ってあげたものを使っていて、歯ブラシなども買い揃えてある。

この一ヵ月間で、部屋は彼女の避難所と化していた。

一之瀬が出入りするところを住民に見られるのはできる限り、避けたい。不信に思われて通報でもされたら、自殺を邪魔するどころの話ではなくなる。

しかし、部屋に来るようになってから表情が明るくなっているし、以前と比べれば卑屈なことを口にする回数も減っている。それにこんな炎天下を歩かせるわけにもいかない。熱中症になっても助けを求めず、道端で倒れている彼女の姿が容易に想像できる。リスクは大きいが、現状を維持するべきだろう。

ベッドから抜け出して、キッチンで水を飲んでいると洗面所からドライヤーの音が聞こえてきた。あの髪の長さだと乾かし終わるまで時間がかかるだろう。リビングのソファに座り、冷房をつけて彼女が出てくるのを待った。

それから十数分後、ガチャッとリビングのドアが開く。

「涼しいー」

両手を上げてリビングに入ってきた一之瀬はあどけない笑顔で体を伸ばす。

上機嫌な彼女に「おはよう」と声をかけると、「きゃっ」と小さな悲鳴をあげた。さっきの明るすぎる声からして、誰もいないと思っていたらしい。

「あ、相葉さん、驚かせないでくださいよ」

「そっちが勝手に驚いただけだろ」

「いつも寝ているじゃないですか」

油断しているところを見られたのが恥ずかしかったのか、一之瀬は不機嫌そうな顔をして勢いよく隣に座った。その瞬間、彼女の髪から甘いシャンプーの香りがふわりと飛んできて鼻孔をくすぐった。

「驚いたぐらいで気にするなよ」

「……べつに気にしていませんけど？」

「あ、そう。それにしても涼しいーな」

「……そーですねっ！」

ぐりぐりと頭を押し付けて寄りかかられた。全然重くない。

朝食を軽く済ませた後、テレビを見ながら寛《くつろ》いでいたが、次第に窓から日差しが入り込むようになり、部屋の中はどんどん蒸し暑くなっていった。カーテンを閉めたり、冷房の温度設定を下げても効果は感じられず、逆に汗が出てくる始末。

手で扇《あお》ぎながらテレビを見ていると、レジャー施設のプールが特集されていた。画面には人で賑わうプールが映し出されていて、とても涼しそうだった。普段なら混雑している場所に行きたいなんて絶対に思わないが、暑苦しい家の中にいるよりは有意義な時間を過ごせそうな気がしてくる。

「プールに行くか」

砂漠の真ん中でオアシスを見つけたように呟くと、遅れて一之瀬が「はい？」と首を傾《かし》げながら訊き返した。

「プールに行くって水着とかどうするんですか？」

「水着なんて向こうで買えばいいだろ」

「でも私泳げな……」

「ほら、さっさと支度するぞ」

「ちょっ、ちょっと！」

そこからは勢いに任せて動いた。困惑する一之瀬の手を引きながらタクシーに乗り込み、地元から離れた場所にあるレジャープール施設の前で降りた。

屋内と野外の両方にプールがある有名なレジャー施設で、夏休みなこともあって来場者が多く、僕達は人混みに紛《まぎ》れて建物に入った。

チケットを購入して持ち物検査を通ると、多彩な水着が視界に入ってきた。フロア全体が水着ショップで、複数の店舗が隣接しているようだ。水着の他にも浮き輪やビーチボール、サンダル、ゴーグルなどが売られている。

二人で水着を選ぶのは絵面《えづら》的にどうかと思うし、おそらく一之瀬は嫌がるだろう。待ち合わせ場所を決めてから彼女に金を渡した。

「日焼け止めも欲しいんですけど……」

皿を割ってしまった子供みたいな顔をして言うので、「必要なら浮き輪も買っていいぞ」と笑ったら、「子供扱いしないでください」と怒られた。

僕は最初に入ったお店で黒のルーズスパッツを購入し、タオルなども買い揃えた。

一之瀬の方は水着選びで悩んでいる様子だった。手ぶらのまま待ち合わせ場所に戻ってきたと思いきや、「帰るのが遅くなりそうなので、家に電話を入れておきたいんですけど」と僕からスマホを借りて、どこかに行ってしまった。

やけに長い時間をかけて戻ってきた彼女はスマホを返してから、再び水着を探しに行った。スマホをいじりながら待っていたが、よく見ると通話履歴が残っていなかった。代わりに「かわいい水着」「水着　おすすめ」といった検索履歴が出てくる。これは気長に待った方がよさそうだ。

「遅くなってすみません」

スマホを返してもらってから二十分後、大きな袋を持って一之瀬が戻ってきた。申し訳なさそうな顔をする彼女に「気に入った水着は見つかったのか」と訊くと、自信なげに「うん」と肯いた。

更衣室前で一之瀬と別れて、水着に着替える。肌身離さず持っていたウロボロスの銀時計をロッカーに預けることに不安を抱くが、どう見ても防水ではないだろう。購入したばかりの防水ポーチに金を入れて首から下げた。

更衣室から出て屋内プールへ足を踏み入れた途端にむわっとした暑さに襲われた。ドーム状の建物内には浜辺のような巨大プールがあり、周囲にはヤシの木みたいなものが生えている。まるで南国のビーチに来たようだ。

巨大なプールでは数えきれないほどの来場者が水遊びしている。今すぐプールに入りたいが、一之瀬が来るまで我慢だ。「水着を褒《ほ》めてやらないとな」なんて考えていると、ツンツンと脇腹を突かれた。

「相葉さん」

声のする方を向くと、水着姿の一之瀬が立っていた。

白いホルターネックのビキニが、とても似合っていた。フリルが付いていて可愛らしいデザインをしているが、一之瀬は落ち着いた雰囲気で着こなしている。瑞々《みずみず》しい白い肌と細長い脚が目のやり場を困らせ、用意していた褒め言葉が行方不明になった。

一之瀬はぎゅっと握った手を胸元に置いて、上目遣いで「あの、変じゃないですか?」と訊いてきた。

「変じゃない。もの凄く似合っている」

「……お世辞はいいです」

モジモジしながら頬を赤らめる一之瀬。乙女心は難しい。

入口から見えていた巨大なプールは、ビーチをモチーフにしたプールで奥に進むほど深くなっていくようだ。

「冷たい!」

浅瀬部分をパシャパシャと音を立てながら歩く一之瀬は、周りにいる小さい子供達よりも楽しげに見える。転ばないか不安だ。

プールの水は適度に冷たく、少しずつ体を馴染ませながら奥へ進む。

腰辺りまで浸かったところで、一之瀬の背中に軽く水をかけた。

「ひゃあっ！」

大きく声を出して驚いた一之瀬は、不服そうな顔でこちらを向く。

「ちょっと驚かそうと……」

次の瞬間、バシャッと音がして口に水が入った。思いっきり水を飲んでしまい、咳きこんでいる間も容赦《ようしゃ》なく水をかけてくる。

「悪かった。おい、やめろって」

飛んでくる水の量が増えた。許す気はないらしい。

こちらも応戦して水を飛ばす。水しぶきを浴びる一之瀬は嬉々とした表情で、負けじと水をかけてくる。さっきまで恥ずかしがっていたのが嘘のようだ。

お互い息があがるほど水をかけあった後、プール横のはしごから上がって、別のプールに移動した。

滑り台などのアスレチックがある浅めのプールでは、小さい子供達が遊んでいた。

様々な仕掛けが施されたアスレチックは至るところから水が飛び出ている。上部に設置された巨大なバケツは水が溜まるとひっくり返り、大量の水が降ってくるようだ。

「相葉さん、そこに立っていてください」

一之瀬が吊るされてある紐を引っ張ると、頭上から水が降ってきた。

「さっきのお返しです」

舌を見せて悪戯《いたずら》っぽく笑う一之瀬は、いつにも増して活《い》き活きとしている。近くにいた子供にも指を差されて笑われた僕は、どうやって仕返しをするか考えた。

「きゃっ！　相葉さん、待って！」

必死に抵抗する一之瀬をお姫様だっこして、バケツの水が降ってくる位置まで運ぶ。そろそろ水が溜まる頃なのか、その付近には人が大勢集まっていた。

手足をジタバタさせる彼女を降ろすと、「こんなところでやめてください！」と怒られ、それと同時にバケツがひっくり返った。

水が降ってくることを知らずに背を向けていた一之瀬が水に押され、僕の方へ倒れてしまう。ずぶ濡れになったカップルが笑い合っていたり、小さな子供達がはしゃいだりしている中、一之瀬は僕に抱き支えられて顔を真っ赤に染めていた。

いじけてしまった一之瀬はしばらく口をきいてくれなかった。しかし、屋内にある飲食店でラーメンとアメリカンドッグとポテトを食べているうちに機嫌を取り戻してくれたようだ。アイスまで食べて食欲旺盛である。

昼飯を終えて屋外に出ると、真夏の日差しがじりじりと照りつけていた。左右の足を瞬時に入れ替えながら、熱せられた地面の上を歩く。

アーチ状の噴水を掻い潜り、川のように長い流れるプールへ逃げ込んだ。

一之瀬は流れるプール専用の大きな浮き輪を借りて、それに乗ってぷかぷかと流れに身を任せていた。日差しが水面に反射してキラキラと光り、一之瀬の白い肌も光り輝いている。

彼女の乗った浮き輪を引っ張って進むと、「速い！」と声を弾ませて、浮き輪を回すと笑いながら悲鳴をあげる。一之瀬があまりにも無邪気に笑うものだから、周りに人がいることを忘れて、彼女を喜ばすことに無我夢中になっていた。

流れるプールで燥ぎあった後、二人で浮き橋渡りに挑戦してみた。

水面に浮いている不安定な足場を進んで向こう岸を目指すアスレチックで、バランスを保つのが難しい。なかなか前に進めないでいると、後ろから一之瀬の悲鳴が聞こえた。後ろを振り向いたときにはバランスを崩した彼女に腕を掴まれていて、そのまま一緒に落ちてしまった。

「ビックリした……」

僕の腕を掴んだ犯人は目を擦《こす》りながら照れ笑いする。ビックリしたのはこっちだ。

その後、あまり乗り気でない一之瀬の手を引っ張りながらウォータースライダーへ向かい、二人乗りのゴムボートに乗った。うねうねと揺られながら猛スピードで滑っていくと、前に座っている一之瀬から大きな悲鳴が聞こえてくる。

「だから乗りたくないって言ったのに！」

ゴムボートから降りると、一之瀬に軽く体当たりされた。悪かったって。

波の出るプールでは一之瀬の肩が浸かる深さまで奥へ進み、一時間おきに発生する波を待った。もう少し浅いところへ引き返した方がいいんじゃないかと彼女に訊いたが、

「大丈夫ですよ」と言うので移動はしなかった。

けれど、泳いでいる彼女を見ていると不安になる。本人はクロールだと言い張っているが、どう見ても犬かきにしか見えない。

これは引き返した方がいいんじゃないか、と考えているうちに波が押し寄せてきた。

想像していたよりも波が高く、僕の背を超えていた。周りには沢山の人がいて、波が押し寄せる度に歓声が湧いていたが、正直それどころではない。

短い間隔で押し寄せてくるから息継ぎするのも大変だし、一之瀬が僕にしがみついてくる。彼女の水着越しから柔らかい感触が伝わってくる……なんて悠長なことを考えている余裕はない。足が絡み合い、うまくジャンプができない。

なんとか一之瀬を抱きかかえるも、周りに人が密集していて引き返せない。

これはまずいかもしれないと焦り始めたが、徐々に波が弱まっていった。

「死んじゃうかと思った……」

一之瀬が弱々しく呟いた。すぐに「あ、死にたくないわけじゃないですからね。溺れて死ぬのが嫌なだけで」と必死に釈明を始める。

「……わかったから早く降りろ」

しがみついたままの一之瀬にそう言うと、今更気づいたのか慌てて降りた。彼女の顔をまともに見れないまま、僕達は無言でプールを出る。

休憩を挟みながら遊んでいるうちに空が暗くなり、風が冷たく感じるようになっていた。屋外プールがライトアップされると、帰宅する人も増え始めた。

僕達もそろそろ帰ることにして、最後に洞窟をモチーフにした温水プールに入った。

冷えた体が優しく温まり、ぽかぽかして気持ちいい。一之瀬も瞼を閉じてリラックスしているようだった。

「私、ずっとここにいたいです」

隣に座る彼女の白い肌が火照《ほて》って赤みを帯びている。

「気持ちはわかるが、ふやけるぞ」

天井を見上げながら言った。オレンジ色のライトが少しだけ眩しい。

「家に帰りたくないなぁ……」

「またつれてきてやるから」

「そういう意味じゃなくて、このままどこか遠くに行きたいんです」

一之瀬は愚痴をこぼすようにため息をつく。

高校時代の自分を思い出して、「そうだな」と呟く。

目を瞑ると、隣から「このまま死ねたらいいのに」と声が聞こえた。

死なせてやるものか、と心の中で呟いておいた。


そこからタクシーに乗ったところまでは憶えているが、すぐに寝てしまったようだ。

タクシーの運転手に起こされると、僕の肩に一之瀬が寄りかかって眠っていた。

「気をつけて帰れよ」
あくびをすると、一之瀬は目を擦りながら「はい」と小さく返事をした。
帰り道、冷たい夜風が肌を撫でる度に大きなくしゃみが出た。
夕飯を買って帰るつもりだったが、コンビニに寄る気力すら残っていない。
二十歳になるというのに遊び疲れるほど燥ぐなんて、我ながらどうかしている。
少しはあいつの遊び相手になってやれているのだろうか。
ぼんやりとした頭を働かせたところで、くしゃみしか出てこなかった。

3

寿命を手放してから二回目の八月十九日。水曜日。曇り。
一之瀬とプールに行った翌朝、目を覚ますと体に異変を感じた。
熱っぽくて喉《のど》が痛い。体を起こすも重くてだるい。
ゴホゴホ、と激しい咳が出てくる。
どうやら風邪を引いたようだ。
立ち上がるのも億劫《おっくう》になり、後ろに倒れて再び仰向《あおむ》けになった。
息を深く吸って吐きだすと、咳も一緒に出てくる。
花火大会まであと三日。最悪のタイミングで引いてしまった。

こんなことなら風邪薬ぐらい買っておくべきだった。「寿命を手放した人間が健康に気をつかうとか馬鹿らしい」と楽観的に考えていた自分を殴りたい。

しかし、今更後悔したところで引いてしまったものは仕方がない。

こうなったら時間を戻して、昨日のうちに風邪薬を買って飲んでおくか？

そもそも体を冷やしたことが原因なら、プールに行かなければいいのか。

テーブルの上に置いてあるウロボロスの銀時計に目を向ける。

……駄目だ。昨日の出来事をなかったことにはしたくない。

時間を巻き戻すなら、一之瀬と別れた後だ。昨夜から倦怠感《けんたいかん》はあったが、寝る前に風邪薬を飲んでおけば、少しはマシになるかもしれない。

ベッドから手を伸ばして銀時計を取ろうとした瞬間、部屋のドアが開いた。

「相葉さんが二日連続で早起きしているなんて……」

部屋に入ってきた一之瀬はツチノコを発見したような顔をしていた。

僕は慌てながら、彼女が近づいてこないようにジェスチャーを送る。ジェスチャーと言っても、犬をあしらうときのアレと同じだ。しっしっ。

けれど、一之瀬は好奇心に満ちた顔で近づいてくる。

「風邪を引いた」

絞り出した声は自分でも驚くほど掠《かす》れていた。

「えっと……本当ですか？」

冗談だと思われたのか、一之瀬の手が額《ひたい》に置かれる。避ける間もなかった。彼女の手はひんやりしていて、払い除《の》ける気にもなれない。

「たしかに熱っぽいですね。病院に行った方がいいんじゃないですか？」

「……行きたくない」

「子供みたいなこと言わないで行った方がいいですよ」

小さい子供を宥《なだ》めるように説得してくるが、首を横に振って拒否した。弱っているときに人が多いところに行くなんて、死んだ方がマシだ。

「そんなに行きたくないんですか……」

一之瀬は困り果てた顔をして部屋を出ていった。

ほんの数分で戻ってくると、濡れた白いハンカチを僕の額に乗せた。

「そのハンカチ、今日はまだ使ってなくて綺麗なので、それで我慢してください」

ハンカチが熱を吸収してくれて、さっきより楽になったような気がする。

「病院に行きたくないのなら、せめて薬は飲んだ方がいいですよ」

スマホのメモ帳に「薬ない」と入力して、彼女に見せる。

「お金を渡してもらえれば、私が代わりに買ってきますけど……」

彼女に迷惑をかける前に時間を戻そうとしたが、戻したところで風邪が治るとは限らない。頭がぼーっとして考えるのも面倒になり、金を渡して風邪薬や冷却シートを買ってきてもらうことにした。

「行ってきますね」と言って部屋を出ていく彼女に、僕は弱々しく手を振った。

一之瀬がいなくなると、部屋の中は気味が悪いほど静かになった。ウロボロスの銀時計から微《かす》かに聞こえてくる秒針音を数えながら、彼女の帰りを待ち続ける。

気づいたときには、昔通っていた小学校の校庭にいた。

すぐに夢の中だとわかった。それも何度も見たことがある夢だ。

運動会が開かれていて、体操着姿の僕は当時と同じくらいの目線だった。万国旗が掲げられている校庭には児童と保護者で埋め尽くされている。

僕はその中から自分の親を見つけようとする。

探しているのは里親ではなく、産みの親だ。

実際に低学年の頃は、運動会が開かれる度に親が来ていないか探していた。他の保護者に紛れて、見に来てくれているんじゃないかと期待していたのだ。

救いようのない馬鹿だった。かっこ悪いところを見せたくなくて、毎年必死になって走っていた。僕のことを応援していた人間なんて誰もいなかったのに。

しかし、夢の中では両親らしき人物がいつも出てくる。父親も母親も靄《もや》がかかっていて顔がわからない。二人に近づこうとすると先生が僕の腕を掴み、どこかへつれていこうとする。抵抗しているうちに二人の姿が消えていき、そこで目が覚める。

今回も顔に靄がかかった二人を見つける。でも近づこうとはしない。

これは夢だ。もう他人のために走る僕はいない。

足元にあった石を拾って投げつけると、二人は一瞬で砕け散った。粉々になった二人に対して、罪悪感に苛《さいな》まれることはないが、心が晴れるわけでもない。

その場から離れようとした瞬間、後ろから僕の名前を呼ぶ声が聞こえてくる。

振り返ると、そこに死神が立っていた。

あの日と同じような不気味な笑みを浮かべて、僕にこう言った。

――貴方《あなた》は必ず寿命を手放したことを後悔する。


「相葉さん！　相葉さん！」

目が覚めると、不安げな表情の一之瀬と目が合った。

「うなされていましたけど、大丈夫ですか？」

僕の心配をしながら、顔についていた汗をハンカチで拭《ふ》いてくれる。

大丈夫だ、と自分でも不安になるような掠れた声で返事をした。

「おかゆを買ってきたので作ってきますね」

一之瀬は冷却シートを僕の額に貼り付けて、上から撫でながら優しく微笑《ほほえ》んだ。僕は照れくさくなって、彼女の手が額から離れるまで目を合わせられなかった。

まさか死にたがりな少女に看病されることになるとは……。

ぼんやりと天井を見ながら、子供の頃を思い出す。

小さい頃から体が弱くて、しょっちゅう体調を崩していた。そのくせ里親に看病されることを嫌って、薬を飲まずに強がっていた。修学旅行でバスに酔ったときも、周りに迷惑をかけたくなくて我慢していたっけな。

だから、こうして看病してもらっていることに違和感を覚える。それも年下の女の子に看病してもらうとか恥ずかしいし、かっこ悪い。

それなのに銀時計に手を伸ばそうとはせず、彼女が戻ってくるのを待ち続けている。

今こそ強がるべきだろ……本当にダサい。

自己嫌悪に陥《おちい》っていると、キッチンから一之瀬が戻ってきた。

「相葉さん、起きて。できましたよ」

一之瀬が作ってくれたのは玉子がゆだった。「インスタントですけど」と申し訳なさそうな顔をしていたが、なにも食べていなかったこともあって美味《おい》しそうに見える。

ただ、見慣れない茶碗が気になった。茶碗を買った覚えはないし、食事はコンビニ弁当やカップラーメンで済ましているから必要だと思ったこともない。

茶碗をジッと見ていると、一之瀬に気づかれた。

「これですか？　買ってきたんですよ」

やっぱり必要になったじゃないですか、と言いたげな顔だ。以前から茶碗と炊飯器を買って自炊した方がいいですよ、と説得されていたが、結局買っていなかった。

「ちゃんとしたおかゆを作ってあげたかったんですけど、やかんしかないですし」

「やかんさえあれば生活できるからな」

「カップラーメンばかり食べているから風邪を引いちゃうんですよ」

体を起こして、一之瀬が買ってきてくれた紙パックのりんごジュースを飲む。

「はい、口を開けてください」

一之瀬が玉子がゆをスプーンで掬《すく》って、僕の口元へ近づける。

「自分で食べる」と言おうとした瞬間、スプーンを口の中に押し込まれた。

「熱ッ！」

反射的に叫び、急いでりんごジュースを飲む。

「ごめんなさい。大丈夫ですか？」

もう一度スプーンで掬って、今度はふーふーと息を吹きかけて冷ましていた。

「今度はきっと大丈夫です」

再び僕の口元に玉子がゆが運ばれてくる。

口を開かないでいると、一之瀬は「どうしたんですか？」と首を傾げた。

「自分で食べる」

しかし、一之瀬は「遠慮しないでください」と言ってスプーンを渡してくれない。

「遠慮しているわけじゃない。中学生に食べさせてもらうとか恥ずかしいだろ」

それを聞いた一之瀬はきょとんとした顔で訊いてくる。

「恥ずかしいんですか？」

「当たり前だ」

そう答えると、一之瀬はニコニコと笑みを浮かべた。

「じゃあ、食べさせてあげますね」

スプーンを口元に押し付けてくる。僕はスプーンを避《よ》けながら抵抗を続ける。

「だから、いいって」

「お姫様だっこしたりして人を辱《はずかし》めてきたんです。相葉さんも思い知るべきです」

一之瀬の目は本気だ。僕の体を押さえてスプーンを押し込んでくる。必死に抗《あらが》うが、すぐに体力が尽きてしまった。観念した僕は口を開けて、彼女に食べさせてもらう。

「餌付けしているみたいで楽しいです」

「病人で遊ぶな」

玉子がゆを食べ終えたことで、ようやく風邪薬を飲める。粉薬はとても苦く、りんごジュースで押し流そうとするが、逆に苦味が強調されて顔をしかめた。飲み終えると、一之瀬がにっこり笑いながら「よく飲めました」と褒めてくる。

「子供扱いするなよ」

彼女に背を向けて横になると、後ろからクスクスと笑う声が聞こえた。

その後も一之瀬は冷却シートを取り替えたり、ゼリーを（無理やり）食べさせてくれたり、ずっと僕の看病を続けた。

「風邪がうつるかもしれないから他の部屋にいけ」と何度も説得したが、ベッドの前から離れようとしない。仕方なく布団で口元を隠して咳《せき》をするが、咳《せ》きこむ度に近づいてきて僕の背中をさする。

「そんなに近づいたら、本当にうつるぞ」

「死にたいと思っているんです。風邪ぐらいなんともないですよ」

一之瀬は、普段通りに平然と言ってのける。

「まだ自殺を諦めていないのか？」

咳き込みながら訊くと、一之瀬は僕の背中をさすりながら答えた。

「諦めてませんよ。だから、もうすぐ死ぬ人間に風邪とか関係ないんです」

「もうすぐ死ぬ人間なら病人を看病する必要もないだろ」

「逆ですよ。もうすぐ死ぬ人間だから最後くらい恩返しをしたいんです」

「恩返しされるようなことはしていない」

「前にも言いましたけど、私だって感謝しているんですよ。相葉さんはこんな私のことを心配してくれるし、毎日遊びに来ても怒らないし、お金も出してもらって……」

「そんなこと気にしなくていい」

僕は「それでも」と付け足す。

「それでも恩返しをしたいと言うのなら、自殺を諦めてほしい」

なんだっていい。生きていてさえくれれば。

だけど、一之瀬は「それはできません」と答える。

「……相葉さんはどうして私の自殺を止めようとするんですか？」

「生きていてほしいからだって、いつも言っているだろ」

「そうじゃなくて……なんで私に生きていてほしいのか、が知りたいんですよ」

言葉に詰まった。答えが出ていないからではない。この一ヵ月間、彼女と過ごしたことで建前と本音が逆転しかけていることに気づいた。

きっと、その決して口にしてはいけない本音が、答えなのだろう。

「わからない」

だから僕は、わからないフリをして誤魔化し続ける。

今の関係を一秒でも長く続けていたいから。

「……わからないのに今まで自殺を邪魔してきたんですか？」

「なにか理由があるのかもな」

他人事のように答えると、一之瀬はそれ以上、なにも言わなかった。


翌朝、一之瀬の看病のおかげもあって、体が軽くなっていた。この日もおせっかい焼きにリンゴを食べさせてもらったが、この調子なら明後日までに治るだろう。

「これなら花火大会に行けそうだな」

結局、花火大会までに自殺を諦めさせることはできなかった。また自殺を繰り返す日々に戻るのだろうか。看病をしているうちは自殺しないんじゃないか、と風邪が治りかけていることを少し残念に思う。

「花火大会と言えば、台風と被らなくてよかったですね」

「台風？」

「台風が向かってきているじゃないですか。明日はここら辺も荒れるらしいですよ」

「風邪で寝込んでいたから知らなかった」と言い訳すると、「プールに行く前からテレビで散々言われていましたよ」と呆れられた。

「そうなると、明日は来れそうにないのか」

「家で大人しくしていると思います。相葉さんも安静にしてなきゃダメですよ」

「言われなくても明日は一日寝てるさ。風邪がぶり返したらまずいしな」

そう答えると、彼女は静かに微笑んだ。

「ねぇ、相葉さん」

一之瀬は照れているようにも、怯《おび》えているようにも見える表情で言った。

「私、少しは恩返しできたかな……？」

本当に、そんなこと気にしなくていいのに。

「あぁ、お前がいてくれて助かったよ」

頭を思いっきり撫でてやると、髪がくしゃくしゃになりながらも照れ笑いをした。

実際、彼女がいてくれたのは心強かった。風邪なんて一人で治すものだと思っていた。

それが傍《そば》にいてくれるだけで、こんなにも違うものだったなんて。

ずっと一人で強がっていたから、そんなことも知らなかった。

「気をつけて帰れよ」

「はい、相葉さんもお大事に」

帰り際、一之瀬は僕の顔を見て小さく笑った。

「相葉さん、さようなら」

玄関ドアの閉まる音が聞こえて、僕は瞼《まぶた》をゆっくりと閉じた。


翌日、一之瀬が二十回目の自殺を決行した。

4

寿命を手放してから二回目の八月二十一日。金曜日。雨。

この日、一之瀬が二十回目の自殺を決行した。

彼女の自殺を知ったのは、翌日の八月二十二日。

油断していた、としか言いようがない。

一之瀬が自殺を決行した日、僕は彼女の安否を調べていなかった。

花火大会が終わるまで自殺するはずがない。そう信じきっていたのだ。

台風の日に自殺するなんて予想していなかった。翌日の花火大会に備えて、病《や》み上がりの体を休めておきたかった。情けない言い訳なら、いくらでも出てくる。

安静にしているように促したのは、自殺した彼女なのに。

一之瀬からすれば、これほど自殺に適した日はないだろう。そんな日に限って警戒を怠《おこた》った自分に苛立《いらだ》ちを覚え、悔恨《かいこん》の念がこみ上げてくる。

唯一の救いは、自殺を決行してから二十四時間以内に気づけたことだった。

一之瀬が自殺した翌日の二十二日は、早朝に目を覚ました。寝込んでいたことで生活リズムが元に戻り、風邪をひいてから朝方に目が覚めるようになっていた。

しばらくベッドの上で横になっていたが、普段なら一之瀬が来ている時間になっても物音が聞こえず、次第に疑念を抱き始めた。

ベッドから抜け出して、他の部屋を見て回るが、やはり一之瀬の姿が見当たらない。代わりに、リビングのローテーブルの上に見覚えのない札と小銭が置かれていた。

不思議に思いながら札を手に取ると、下からひらひらとレシートが床に落ちた。それを見て、風邪薬を買ってきてもらったときのお釣りだと、ようやく理解する。

床に落ちたレシートを拾おうとしたとき、裏面に文字が書かれているのが見えた。

「今までありがとうございました」と丸っこい字が書かれていた。

その瞬間、全身から血の気が引いていく。

手に握っていた小銭が床に落ちて、やかましい音が鳴り響く。

取り乱しながらネットニュースを確認すると、煩《わずら》わしい画面が表示された。台風に関する記事ばかりが、目に入ってくる。焦るあまり、どうでもいい広告をタップしてしまい、フラストレーションが溜まっていく。

それから十分以上かけて、「女子中学生が電車にはねられて死亡」と書かれた記事を見つけた。事故が起きた駅は、よく一之瀬が飛び込み自殺に使っていた駅で、年齢も一致している。「事故が起きたのは二十一日の朝八時頃」と書かれているのを確認したとき、もう間に合わないいんじゃないかと一瞬諦めかけた。

だが、スマホに表示された時刻は、二十二日の午前七時前。

先回りする時間を考慮するとギリギリではあるが、まだ間に合う時間だった。

時間を戻してすぐにタクシーを呼んだ。財布とビニール傘を持って家を飛び出たが、渋滞の影響でタクシーが来るまで待つことに。まだ暴風域に入っていないのに雨は土砂降りで、不安を煽《あお》るような灰色の空が広がっていた。

タクシーを降りた後、無駄に長い階段を昇り降りし、ホームに辿り着く。

時刻は八時二分。ホーム上に異常は見当たらない……どうやら間に合ったようだ。

あとは一之瀬を見つけて、自殺を邪魔するだけ。

時間を戻す前にSNSで情報収集をして、「目の前で人身事故が起こった」「自殺かもしれない」といった書き込みを数件確認した。いずれも八時十分以降に投稿された書き込みだったから、事故が起きるのはそれより前ということになる。

時間的にそれだけしか調べられなかったが、問題はない。

都心の大きな駅と違って、上り電車と下り電車の二本だけ見張ればいい。どちらも十数分に一本しか来ないし、ちょうど下り電車が行ったばかりだ。

一之瀬が飛び込むのは、八時七分発の上り電車で間違いない。

彼女には訊きたいことが山ほどある。

あのレシートからして予《あらかじ》め自殺を計画していたのは明白だ。自殺を諦めていない彼女が、一番邪魔されにくい日に自殺するのは論理的に理解できる。

けれど、やはり信じたくなかった。花火大会までは約束を守ってくれると思っていた。自殺する前に相談してほしかった。彼女の役に立ちたかった。彼女の不安を受け止めてやりたかった。彼女の味方でありたかった。

僕達は、あんなレシート一枚で終わるような関係だったのだろうか。

前にもこんなことあったな、と鼻で笑う。仲良くなった気でいたのは、僕の勘違いだったのか。だけど、勘違いだったとしても僕は——

「わー、凄い雨だね」

若い女性の話し声が耳に入ってきて、立ち止まった。

僕の視界の先で、土砂降りの雨が降っている。

考え事をしているうちにホームの後ろの方まで来ていた。

ここから先は屋根がなく、ホームの端で待っている人間は誰もいなかった。

一之瀬の姿も、なかった。

後ろを振り返っても同じことだった。

予想外の自殺に気を取られて、ホームの端がどういう状況なのか考えていなかった。

いつものように、そこにいるものだと決めつけていた。

もう八時五分を過ぎている。不安になり、人の間を縫《ぬ》うように歩いて彼女を探す。

——早く出てきてくれ。

歩幅が広がる。けれど、いくら探しても一之瀬の姿が見当たらない。

『電車がまいります。ご注意下さい。』と発車標に文字が流れ、同時にアナウンスが流れ始める。

ここで自殺を阻止できなかったら全てが終わる。どこにいる？　それとも気まぐれで自殺しなくなったのか？　このまま事故が起きないことに賭けるか？

いや、駄目だ。それで一之瀬が自殺したらなにもかも終わりなんだぞ。

情報収集するだけの時間があれば、こんなことにならなかったのに。くそ、なんで彼女の安否を確かめずにいたんだ。

柱に設置されている非常停止ボタンが目に入る。

これを押せば、確実に自殺を止められる。

しかし、電車を止めて賠償金を払えるのだろうか。

……馬鹿か。今更、自分の身を心配してどうする。

なんでもいい。

僕は——もう一度彼女に会いたい。

非常停止ボタンに手を伸ばしたときだった。

後ろから肩を掴まれた。

彼女だと思って、振り返る。

「一之瀬月美じゃなくてガッカリしました？」

僕の後ろに立っていたのはうす気味悪く笑う、死神だった。

肩を掴まれている手を振り払い、再び非常停止ボタンに手を伸ばすが止められた。

「ここに彼女はいませんよ」

人をおちょくるような言い方だった。

「いない？　そんなはずは……」

「未来が変わったんです」

轟音を響かせながら電車がホームに入ってくる。

しかし、何事もなく電車は止まり、ドアが開いて人が降りてくる。

「どういうことだ」

「貴方は知らないでしょうけど、一之瀬月美は家族と揉めたときに自殺を決意します。決意するといっても衝動的な自殺なので計画性はなく、衝動が起きたときに自殺の手段も無意識に決めているようです。ですが、本人も知らない法則があるんです」

「一之瀬も知らない法則？」

「ええ、彼女は自殺の手段にこだわりを持っていませんが、『偶然』橋から飛び降りて、

『偶然』電車に飛び込んでいるわけではないんです。種明かしをすると、彼女は姉達に嫌味を言われて自尊心が傷つけられたときだけ橋から飛び降り自殺をして、父親に怒鳴られたときは自暴自棄になって、電車に飛び込んでいるんですよ」

「自殺衝動の原因によって、無意識のうちに自殺の手段を選んでいるってことか」

「その通りです。無意識で選んでいるとはいえ、偶然でないのなら未来は変わりません。だから今まで貴方は自殺を邪魔できていたのです」

　風が強く吹き、空き缶がカランカランと鳴りながら転がっていく。

「だったら、なぜ未来が変わったんだ」

　そう訊くと、死神は声を出して笑った。

「なにがおかしい」

「まだわかりませんか？　未来を変えたのは貴方ですよ。相葉さん」

「僕が……？」

「ええ、彼女は貴方と一緒に過ごすうちに死ぬことが怖くなったのです。例えば、ホームの一番後ろから電車に飛び込むことが多かったのは、死ぬことに迷いがなく明確に死ぬ覚悟があったからでした。でも貴方と過ごしているうちに自殺衝動を引き起こす要因の一つだった孤独感が薄まり、死ぬことに迷いが生じた。するとどうなるか……心当たりあるでしょう？」

　十九回目の自殺を思い出す。あのとき、一之瀬はホームの端ではなく、真ん中付近から飛び込もうとしていた。僕の尾行をかわすためのフェイントだと思っていたが、あれは飛び込むかどうか迷っていた、ということなのか。

無意識でも本能で自殺の手段がパターン化しているのなら、それは強い意志と変わらない。だが、迷いが生じてパターンが崩れてしまえば、それはもうサイコロで自殺を決めるようなものだ。今まで以上に一之瀬は不安定な状態でいることになる。

「一之瀬は今どこにいる？」

死神はにんまりと笑みを作り、「さぁ、どこにいるんでしょうね」と答える。その表情を見て、僕は最悪の事態が起きていることを確信した。

「前に貴方の使い方はつまらない、と言いましたが撤回します。貴方の使い方は面白いです。あんな純真無垢《じゅんしんむく》な女の子を生と死の狭間《はざま》で苦しませて……ひょっとして私と同じ趣味をお持ちなのでは？」

「ふざけている場合じゃない！　早くしないと手遅れになる！」

僕の声で周りの視線が集まる。だが、死神は態度を崩さない。

「人の心を読めると言っても近くにいない人間の心はわかりませんよ。まぁ、彼女は変なところで責任感が強いようですし、あんなメモを書いてしまった以上、どこかで自殺しようとしているんじゃないですかねぇ」

悠長に話す死神を睨《にら》みつけて、僕は走り出した。

後ろから死神の声が聞こえてくる。

『ここにいないということは、あそこしかないと思いますけどね』

お前に言われなくても、いつもの橋に行くつもりだ。踏切や他の駅に可能性を賭けるぐらいなら、あそこに賭けるしかない。

駅を出て、傘を差しながら走る。

風が強くて、思うように前へ進めない。

警察に通報するべきか考えたが、そもそもポケットにスマホがなかった。いくら記憶を整理しても、テーブルに置いてから手に持った記憶がない。

これではタクシーも呼べないし、仮に呼べたところで待つ可能性がある。

開き直って、我武者羅《がむしゃら》に走った。風に煽られて傘が折れる。傘だったものを投げ捨て、ずぶ濡れになりながら走る。服が体に張り付いて重い。水溜まりを踏む度に靴の中に水が浸み込んでくる。次第に靴も重くなっていき、水溜まりを踏んだかどうかもわからなくなった。

川沿いに出た頃には足が震えていて、体力も限界を迎えていた。けれど、増水した川の流れを見て、休むことなく走り続けた。

橋が視界に入り、目を細めて確認すると、橋の上にぼんやりと人の姿が見える。

こんな雨の中、傘も差さずにいる人間なんて一之瀬しかいない。

しかし、既に欄干《らんかん》の外側に立っているようだ。

「一之瀬ッ！　飛び降りるなッ！」

今まで出したことがない声量で叫んだ。

彼女に届いたのかはわからない。強い雨風の音や濁流のように流れる川の音で遮《さえぎ》られていてもおかしくない。それでも橋の上に辿り着くまで叫び続けた。

普段よりずっと長く見える橋の上を走る。もし彼女が飛び降りていたら、すぐに飛び降りて、川の中を探してやる。覚悟はできている。

「一之瀬！」

欄干の外側に立つ彼女のもとへ辿り着き、後ろから呼びかけた。

すると、こちらを背にしていた一之瀬が振り返る。

「相葉さん……」

かぼそい声だった。泣いているのか目が赤く、手は震えながら欄干を掴んでいた。

彼女の頼りない腕を掴んで、こっちに戻るよう説得するが、首を横に振る。

「足が……足がすくんで動かないんです」

彼女の足を見るとガクガク震えていて、今にも崩れてしまいそうだった。

「掴んでいる。ゆっくりでいい」

一之瀬は小さく頷いて、ぎこちない動きで体の向きを変えようとする。

彼女の右手と右足が橋から離れた瞬間、強い風が吹いた。

バランスを崩した一之瀬の左足が橋から離れる。

「きゃあああ！」

僕は瞬時に橋から落ちかける彼女の腕を強く握った。

しかし、雨で濡れていたせいで、彼女の腕が勢いよく僕の手から滑り抜けていく。

このまま一緒に落ちると覚悟したとき、彼女の手首をうまい具合に掴めて止まった。

「痛いっ！」と苦悶の声をあげる一之瀬。

必死にもう片方の手で一之瀬の腕を掴み、引き上げる。

彼女の足が着くと、欄干を挟んで僕に抱き着いてきた。

背中をさすりながら「持ち上げるから絶対に手を離すな」と言い聞かせると、一之瀬は無言で二回頷いて、僕の両肩を強く掴んだ。

彼女を抱き上げながら、後ろへ下がる。足が引っ掛かりながらも、彼女の体が欄干を越えて、それと同時に体力が尽きてしまった。

足に力が入らなくなり、一之瀬を抱きかかえたまま後ろへ倒れてしまった。

打ちつけるように雨が降ってくる。聞こえるのは雨の音、濁流《だくりゅう》の音、一之瀬のすすり泣く声。橋の上は、僕と一之瀬だけの世界と化していた。

「……どうして自殺なんかしようとしたんだ」

一之瀬は僕の胸元に顔を埋めて、嗚咽《おえつ》を漏らしながら「約束……」と言った。

「約束破れば……私のことを嫌いになって……くれると思って……」

一之瀬の言葉を理解したとき、彼女のことがどうしようもないほど愛《いと》おしくなった。

仰向けのまま、上に乗っている彼女を優しく抱きしめて背中をさする。

「そんなことで嫌いになるわけないだろ」

彼女のむせび泣く声は、雨音にも負けないくらい大きかった。

一之瀬が泣いているところを、今まで何回か見てきた。

泣きわめくわけでもなく、ぐっと堪《こら》えて一滴の涙が頬を伝う静かな泣き方だった。

百万円を手渡したときも涙を見せようとはせず、儚《はかな》げだけども強さを感じられた。

今、腕の中で泣きじゃくる彼女は違う。

ダムが決壊したかのように溢れ出る涙。嗚咽を漏らして震える体。今の彼女からは以前の強さが感じられない。弱々しく泣く少女であった。

彼女をここまで追いつめたのは、僕だ。

これまでにないほどの安心感を抱き、これまでにないほどの罪悪感が湧いてくる。

様々な感情が混ざり合って、僕の中はドロドロになるが、雨は流してくれない。

彼女のむせび泣く声が雨音に負けるまで、二人だけの世界が続いた。

5

ひくひくと泣いている一之瀬の冷えた手を引いて、雨に打たれながら帰った。

ずぶ濡れの彼女にシャワーを浴びるよう勧めるが、玄関で立ち止まってしまう。

「相葉さんが先に」と泣きながら遠慮するから、洗面所に押し込んで先に使わせた。

彼女の濡れた服は洗濯機に入れて、寝間着に使っているスウェットを置いておいた。華奢《きゃしゃ》な一之瀬が着るには大きすぎるし、そもそも僕の寝間着なんて嫌だろうけど、今は我慢してもらうしかない。シャワーを浴び終えると、案の定ぶかぶかなズボンが下がらないように手で抑えながら出てきた。

一之瀬は俯《うつむ》いたまま部屋の隅っこに座った。泣き止《や》んだようだが、目はまだ赤い。体も震えていて、自分で自分を抱きしめるように座っている。

こんな状態の彼女を一人にして大丈夫なのかと不安に思うが、なんて声をかければいいのかわからず、「そこにいろよ」と言い残して、シャワーを浴びに行った。

手短に浴びて部屋に戻ると、一之瀬は三角座りしたまま眠っていた。泣き疲れたのだろう。起こさないように、そっと彼女を抱き上げてベッドに運んだ。

彼女に布団を被せて離れようとしたが、ベッドの前で転びかけて尻もちをついた。暴風域に入ったようで、横殴りの雨が窓を叩きつけ、風の音が鳴り響く。

外とは対照的に穏やかな寝顔の一之瀬を眺め続ける。

一之瀬はこれからも自殺を続けるのだろうか。

これまで二十回、彼女の自殺を邪魔してきた。でも、これが最後になるかもしれない。次に彼女が自殺をしたとき、自殺現場に先回りできる自信はない。

弱々しく泣く一之瀬を見て、心が痛んだ。それでも僕の気持ちは変わらなかった。彼女には生きていてほしい。本人だって迷いが生じている。

あと少し……本当にあと少しなのに。

僕にできることは残されているのだろうか。

眠っている彼女の頭を撫でようと手を伸ばすが、結局届くことはなかった。

台風が過ぎ去った夕方頃、一之瀬が目を覚ました。

まだ半分夢の中にいるような顔をしている彼女に「おはよう」と声をかける。声に気づいた彼女は恥じらっている様子で「おはようございます」と小さな声で言った。

橋での出来事を思い出したようだ。僕も彼女を抱きしめていたことを思い出して恥ずかしくなってくる。「中学生相手にオドオドしてどうする」と自分に言い聞かせたところで効果はなく、しばらくの間、なにも喋らなかった。

「あの……お手洗いお借りします」

沈黙から数分後、モゾモゾと布団から出てきた彼女に「あぁ」と返事をする。

その直後、一之瀬の悲鳴が聞こえて、反射的に彼女の方を見た。

どうやら寝間着を借りているのを忘れて、ズボンを押さえずに立ってしまったらしい。

するっと落ちたズボンが、足元にぱさっと落ちて、一之瀬は慌ててしゃがみ込む。

流石《さすが》に下着までは貸していない。

僕の視線に気づいた一之瀬は、顔を赤くして、唇を噛みしめながら、涙目になりつつ、こちらを見た。僕は視線を逸らして「なにも見ていない」と壁に向かって言う。

逃げるように部屋を出ていった一之瀬の耳は真っ赤だった。

ところが、トイレから戻ってきた彼女は、さらに耳を赤く染めていた。

「相葉さん！　あれ！」

先程までのしおらしさとは一変して、駆け寄ってくる。

プルプル震えながら、隣の部屋に吊るされている自身の服と下着を指差す。

「なんで干してあるんですか！」

「いや、乾かさなきゃ帰れなくなるだろ」

「そうじゃなくて！　自分でやるつもりだったのになんで勝手にやっちゃうの！」

「だって、お前寝てたし……」

そう答えると、一之瀬は爆発しそうなほど顔を真っ赤にさせた。なにか言いたげではあったが、結局なにも言わず、不発のまま隣の部屋に閉じこもった。

その後、部屋からは時折「死にたい」と声が聞こえてくる。

ただでさえ、なんて声をかけようか悩んでいたのに余計気まずくなった。彼女が帰ってしまう前に、もう二度と自殺しないように説得しなければ……。

しかし、今の状態では説得しても無駄だろう。それに声をかける勇気もない。

そのまま午後六時を過ぎ、一之瀬をおびき寄せるためにピザを頼んだ。

ピザを受け取り、彼女が閉じこもっている部屋のドアをノックして、「一緒に食べないか」と声をかける。返事はなかったが数分後、頬を膨らませながら出てきた。

同じ部屋で食べることになったものの、一之瀬は背を向けて無言のままだ。気まずい空気が続く。どうにか会話の糸口を考えなければいけない。

「もうこんな時間か。金を出してやるから、今日はタクシーに乗ってけ」

いや、僕はなにを言っているんだ。このまま帰らせてどうする。

すると、一之瀬がこちらを振り向いて、呟《つぶや》くように言った。

「帰りたくない」

小さな声で聞き取りづらかったが、確かにそう聞こえた。

「帰りたくないのか？」

「……家に帰っても……嫌な思いをするだけだから……」

一之瀬が「帰りたくない」なんて口にするのは初めてだ。言葉に詰まった彼女は、僕の反応を窺《うかが》いながら、指をモジモジさせて子供っぽい仕草をする。

彼女がなにを言いたいのか、察しの悪い僕でも簡単にわかる。

「なら、泊っていくか？」

僕がそう言うと、一之瀬は少し驚いた様子で「いいんですか？」と訊いてきた。

「別に構わないが、泊まるのなら家に電話だけでも入れてくれ」

一之瀬は、ほっとしたような顔で「じゃあ、泊まろうかな」と答えた。

家族と仲が悪いとはいえ、流石に帰ってこなければ問題になるだろう。一之瀬にスマホを貸して、家に連絡を入れさせた。未成年を泊めることに抵抗を感じなかったわけではないが、このまま帰らすわけにもいかない。

家族には「友達の家に泊まる」と嘘をついたらしいが、「私に友達がいないことは家族も知っていますし、嘘だってバレていますよ」とか「私のことなんてどうでもいいと思っているんですよ」と言いながら、しばらくいじけていた。

片付けなどをして落ち着いた頃には、午後九時を回っていた。

深夜まで起きている僕と違って、一之瀬はいつも十時前には寝ていると言うので、今日は彼女に合わせることにした。ちゃんと話し合えるのは明日になりそうだ。

しかし、問題が発生する。

この家には、布団が一つしかない。

僕が「リビングのソファで寝るから、お前はベッドで寝ろ」と言うと、一之瀬は「昼間使わせてもらっていたので、相葉さんがベッドで寝てください」と返してくる。

ジャンケンをして僕が負けた後も「どこで寝るかは勝者が決めることです」「いや、負けた方がソファだろ」「いいえ、私がソファで寝ます」といった不毛なやりとりが始まるだけで、いつまで経っても寝られない。

散々言い争った結果、僕達はベッドの上で、並んで仰向けになっていた。

「それなら一緒に寝ませんか？」と言い出したのは一之瀬だった。最初は冗談かと思っていたが、実際にこうしてベッドの上で並んでいる。もちろん一緒に寝るつもりはなく、彼女が眠ったら僕だけソファに移るつもりだ。

部屋の電気を消すと、窓から月の光が差し込んだ。隣にいる一之瀬の様子が窺えるほど明るい。

「おやすみ」

「おやすみなさい」

シングルサイズのベッドは二人並んで寝るには狭く、少し体を動かすだけでぶつかってしまう。仰向けの状態から横向きに変えると、彼女も横向きになって、目と目が合った。ここまで至近距離で彼女の顔を見ることは珍しい。一之瀬は恥ずかしそうに布団で顔を隠す。

目を瞑《つむ》り、寝るフリをした。部屋の中は静かだが、車の走行音や風の音が時折聞こえる。気にしないようにしていたが、横から甘いシャンプーの香りが漂ってくる。

一之瀬が寝たか確認しようと目を開けると、また目が合って驚いた。

「まだ起きているのか。眠れないのか？」

一之瀬はこくりと頷く。

「夕方まで寝ていたからな」

「相葉さんも眠れないんですか？」

「ここ数日、寝込んでいたせいだな」

その後もチラチラ見てくる彼女と目が合い、何度も視線を逸らした。

「ねぇ、相葉さん」

「うん？」

「その……ごめんなさい。いつも迷惑ばかりかけて」

憂《うれ》えげな表情をする一之瀬を見て、そんな顔するなよ、と思った。

「急にどうしたんだよ」

「前から謝りたいと思っていたんです。なかなか言い出せなくて……」

「好きでやっていることだ。謝る必要なんてない」

「でも……」と言い淀む一之瀬。

「ま、嫌われようとして、橋から飛び降りるのは勘弁してほしいけどな」

僕が苦笑いすると、一之瀬は「ごめんなさい」ともう一度謝った。

「責めているわけじゃない。ただ、あんなことされたら余計に辛くなる」

もし彼女の自殺に気づいていなかったら……想像するだけで心苦しい。

「……また自殺する気なのか？」

僕の問いに、彼女は「自分でもわからないんです」と答える。

「簡単に飛び降りられると思っていました。でも今日はいつもより高く見えて、飛び降りるのが怖くなったんです。それで足がすくんで、戻れなくなって……」

憂鬱《ゆううつ》げに話す一之瀬からは哀愁《あいしゅう》が漂う。

「自殺する勇気なんてないくせに……よく姉から言われていました。私はずっと心の中で『そんなことない』って否定してきたのですが、結局姉の言う通りでした。あれだけ死にたいと口にしておいて……憶病者ですよね、私」

自嘲的に笑う彼女の手を握ると、一之瀬は僕の顔を見た。

「死ぬのが怖くない人間なんていないだろ。自殺した人間はたまたま自殺できただけで、勇気があったわけじゃない。だから、そんなこと言うな」

僕の手を握り返した彼女は、小さく首を横に振る。

「臆病者じゃないにしても自分が嫌なんです。学校に通えなくて、家族の荷物になって、相葉さんにも迷惑をかけているのに、それでも死ねない自分が情けなくて……」

目に涙を浮かべる一之瀬の手は震えていた。

だから僕は、彼女の手を握り続ける。

「あのな、一之瀬。僕は迷惑だと思ったことなんて一度もない。学校に通えていないのだって、お前が悪いわけじゃないだろ」

「いじめられていたのは、二年も前の話なんです。『そんな昔のことをいつまでも引きずっているのは逃げているだけ』って家族が言うのも仕方ないことだと……」

「それは違う。ずっと前から悩んでいたんだろ？　お前の中で解決していないのなら、昔のことじゃない。お前は二年間も逃げずに耐えてきたんだよ」

「でも……今のままじゃ嫌われるだけで……」

一之瀬の瞳からポロポロと涙が零《こぼ》れてくる。

「私が生きているせいで、お母さんも困っているんです……。『貴方を学校に通わせるために再婚したのに、どうして協力しないの』って……」

窓から差し込む月光に照らされて、彼女の瞳が宝石のように光り輝く。

僕は零れ落ちる涙を指で拭い、彼女の頭を優しく撫でた。

「こんなことを言うのは恥ずかしいし、なんの慰めにもならないと思うが、僕は一之瀬と出会えて良かったと思っている。でも、もし一之瀬が学校に通っていて、家族とも仲が良かったら、きっと僕達は出会えなかった」

最初はただ罪悪感を払拭《ふっしょく》したいだけだった。

なのに、いつの間にか本気で助けてやりたいと思うようになっていた。他人嫌いの僕がそう思えたのは、一之瀬に友達がいなくて、家族とも仲が悪かったからだ。

一人ぼっちな彼女だったからこそ、僕は必死になれた。

「自殺しないで耐えていたから出会えたんだ。だから、自分を責めないでほしい。今のままでいい。お前は変わる必要なんてないんだよ」

声を押さえて泣き出す一之瀬の涙は、もう指で拭いきれそうにない。彼女の背中に手を回して宥《なだ》めるようにさすると、体を寄せてきた。僕の服をぎゅっと掴みながら顔を埋めて、生暖かい涙が服に浸み込んでくる。

「相葉さんはよくても……周りが許さないんです」

体も声も震わせる一之瀬は橋で見せた弱々しい彼女だった。でも罪悪感は湧かない。

今まで我慢してきたのだから、枯《か》れるまで涙を流してほしい。

「周りが許さなくても生きてほしいんだ。変わることよりも大変なのはわかっている。

でも、それでも自殺なんてしてほしくない。僕は一之瀬の味方だし、力になりたい」

彼女をここまで追いつめた償《つぐな》いではない。もう時間を戻して自殺を止めるだけじゃ嫌なんだ。一之瀬の苦しみを分かち合いたい。少しでも和《やわ》らげてやりたい。

「私、相葉さんが思っているよりも……ずっと弱い人間なんです。家では泣いてばかりだし……面白いことも言えないし……迷惑になるだけで、私なんか……」

卑下《ひげ》し続ける一之瀬を抱き寄せて背中をさすり続ける。彼女の体は温かく、嗚咽を漏らす度に体を震わす。僕の腕の中で、彼女は生きている。

「僕はそんなこと気にしたりしない」

情けないが、僕が彼女にしてやれることはこれが精一杯だ。

『生きていれば、そのうち良いことがある』なんて無責任な慰めだと思う。昔から大っ嫌いな言葉だった。でも、今の僕は大して変わらない言葉で、彼女を慰めている。

それでも、いつか彼女のことを理解してくれる人間が現れるかもしれない。

僕達が出会えたように、生きていれば、きっと。

自殺なんかしないで、その日が来るまで生き抜いてほしい。

——彼女なら元の生活に戻れるはずだから。

その夜、一之瀬は僕の腕の中で、今までの出来事を一つ一つ打ち明けてくれた。

父親が余命宣告を受けたとき、泣いてしまったこと。

毎日、父親の見舞いに通い続けたこと。
放課後も病院に行くために友達の誘いを断り続けたこと。
友達から付き合いが悪いと嫌味を言われたこと。
無視されるようになったこと。
何度も上履きを隠されたこと。
ノートや鉛筆がゴミ箱に捨てられていたこと。
持ってきた傘が盗まれて、ずぶ濡れになりながら帰ったこと。
心配をかけさせたくなくて、父親の前ではずっと無理して笑っていたこと。
父親の葬式が終わってからも、ずっと泣き続けたこと。
友達に父親の死を揶揄《からか》われたこと。
階段から突き飛ばされたこと。
バケツの水をかけられたこと。
母親が再婚して、家に居場所がなくなったこと。
いじめがエスカレートして不登校になったこと。
義理の父親に腕を掴まれて、無理やり学校につれていかれそうになったこと。
父親に買ってもらったイルカのぬいぐるみを捨てられたこと。
家族の前で死にたいと呟いたとき、心配してほしかったこと。
姉に暴力を振るわれたこと。

母親が助けてくれなかったこと。

寒い中、ずっと外を歩き続けたこと。

クリスマスに街中を歩く親子を見て、自殺を決意したこと。

自殺しようとしたら邪魔されたこと。

邪魔される度にどうしたらいいのか戸惑っていたこと。

でも、本当は心配してもらえて嬉しかったこと。

彼女が言葉を詰まらせる度に背中をさすった。安い同情の言葉をかけたり、相槌《あいづち》を打つぐらいしかできなかったのは、我ながら情けなく思う。

全て話し終わると、一之瀬は泣き疲れたのか眠ってしまった。

僕の服を掴んだまま寝てしまったから、ソファへ移動するのは諦めるしかない。

そんな誰も騙せそうにない言い訳を考えてから、僕も目を瞑った。


翌朝、目を覚ますと、腕の中で一之瀬が眠っていた。

彼女が起きるまで寝顔を見続けていたかったが、すぐに起きてしまった。

目を逸らして「おはよう」と声をかけると、一之瀬も恥ずかしそうに「おはようございます」と返した。お互い、なにもなかったかのように起きだす。

カーテンを開けると、昨日の天気が嘘のような、気持ちのいい青空が広がっていた。

朝食を食べ終えた一之瀬は服を取りに一度家に戻った。

正直、彼女を一人で帰らせるのは心配だったが、「ちゃんと行くから、心配しないでください」なんて目を見て言われたら、もう信じるしかない。

午後六時にいつもの橋で合流して、花火大会へ向かった。

公園は花火大会の見物客で混雑していて、流れに身を任せながらゆっくり進む。

「はぐれたら大変なので……」

そう言って一之瀬が手を握ってきた。僕も握り返す。

前にシャボン玉を飛ばした原っぱに辿り着いた頃には、空が暗くなっていた。広大な原っぱは見物客で埋めつくされていて、僕達もその一部になっている。

花火を見やすい位置まで移動して、あとは打ち上がるのを待つだけだ。

もう手を繋いでいる必要はない。でも、僕達は離さなかった。

「相葉さん」

「どうした？」

「……私でよかったんですか？」

地面を見ながら、一之瀬が言った。

「なにが？」

「友達とか……恋人と来なくてよかったのかな……って」

「僕に恋人がいると思うのか？」

そう答えると、一之瀬は「そ、そうなんだ」とぎこちない笑みを見せた。

「僕の方こそ悪かったな、付き合わせてしまって」

「ううん、相葉さんと来れて……よかったです」

そう言いながら、ぎゅっと手を握ってきて、言葉に詰まってしまう。

「あと……昨日の夜はありがとうございました」

「相槌《あいづち》を打つぐらいしかできなかったけどな」

僕がそう言うと、一之瀬は「いえ、そんなことないですよ」と言って微笑む。

「私、ずっと人に相談できる悩み事なんて、悩み事じゃないと思っていました。相談できないから悩み事だと決めつけていたんです。でも、本当はただ誰かに相談できる人のことを妬《ねた》ましく思っていただけでした。相談できる相手が欲しかっただけなんです。だから昨日、相葉さんに話を聞いてもらえたのは……本当に嬉しかったです」

にっこり微笑む一之瀬に「ならよかった」と少し照れてしまった。

「私も相葉さんと出会えてよかったと思っています」

そして一之瀬は「だから、その、つまり」と恥ずかしそうに続けて、こう言った。

「自殺するのは……やめよう……かな……」

そのとき、花火が打ち上がった。

地面が揺れて、周りの見物客が歓声をあげる。

でも僕達は花火に目もくれず、お互いの顔を見つめ合っていた。

一之瀬は僕の返事を待つようにモジモジとしていた。

僕は彼女が発した言葉を理解するのに時間がかかっていた。

二発目の花火が打ち上がると同時に僕は口を開いた。

「一之瀬、ありがとう」

なぜ真っ先に礼を言ったのかは自分でもわからない。ただ、とにかく嬉しかった。一之瀬が自殺を諦めてくれたことが嬉しくて、つい出た言葉だった。

一之瀬もよくわかっていないような顔をしていたが、「どういたしまして」と笑う。

「相葉さん、花火綺麗ですよ」

すぐに何事もなかったのように振る舞う彼女に「あぁ」と返事をする。

出来ることなら周りを気にせず、声に出して、それも大きな声で喜びたかった。

けれど、大袈裟に喜ぶ必要はないのかもしれない。

今はまだ自殺志願者じゃなくなっただけ。

本当の意味で喜ぶべきことは、この先にあるはずだから。

空高く打ち上がった花火は、大きな音と共に花開いた。

僕達は手を繋ぎながら、花火を眺め続ける。

昔から花火は好きだ。

打ち上がる花火をただ見上げるだけ。

視界には花火しか映らないから不快になることもない。

それでいて親や友達がいなくても一人で楽しめる。

そのときだけ普通の人間のように溶け込めるから好きだ。
でも、それは僕の勘違いだったらしい。
周りを見ると、花火を見ずに子供や恋人の横顔を見ている人も多い。
空を見上げることだけが、花火の楽しみ方でないと初めて知った。
僕がそのことに気づいたのは、一之瀬の瞳の中で光り輝く花火を見たときだった。

6

ベッドの上で目を覚ますと、体に異変を感じた。
熱があるわけでも、体がだるいわけでもない。
腕に重みを感じて、布団をめくる。
一之瀬が僕の腕に頭を乗せて眠っていた。

寿命を手放してから二回目の十二月二十四日。木曜日。雪。
彼女と花火大会に行ってから、四ヵ月以上が経った。
一之瀬はあの日から一度も自殺をしていない。
今も僕の部屋に毎日通い続けている。おかげで彼女の安否を調べる必要がなくなり、
僕も平穏に過ごしていた。

自殺しなくなったことを除けば以前と同じ……というわけでもなかったりする。

この四ヵ月間で一之瀬は変わり、生活にも影響が出ている。

まず一つ目は、受験勉強を始めたこと。

あれはたしか、花火大会から二週間後のことだった。

部屋を訪れた一之瀬が真剣な顔つきで、「勉強を教えてください」と頼んできた。最初は学校のプリントを手伝わされるのかと思ったが、鞄から出てきたのは高校入試と大きく書かれた参考書だった。

本人に尋ねると、高校受験に備えて勉強するとのこと。

元々、自殺をやめたら高校へ進学するよう勧めるつもりではいた。普通の生活に戻るきっかけとしては最適だし、当の本人も七夕の短冊に書いていた。

ただ、不登校を続けていた彼女からすれば抵抗もあるんじゃないかと不安もあった。僕からすれば進学しなくても自殺をやめてくれただけで十分である。下手《へた》に急ぎ立てるような真似《まね》はせず、もう少し落ち着いてから話し合うつもりだった。

それで彼女が乗り気でなければ、別の道を探すつもりでいた。

そう考えていた矢先に、一之瀬の口から進学の話が出てきたから正直驚いた。

急に変わろうとする彼女を不安に思い、「無理して高校へ通わなくてもいいんだぞ」と声をかけたが、「私が決めたことですから」と彼女は言い切った。

「相葉さんは今のままでいいと言ってくれましたけど、私は自分を変えたいんです」

そのとき見せた彼女の表情は、二週間前まで自殺志願者だったとは思えないほど明るく生き生きとしていた。これなら僕がいなくなった後でもやっていけるだろう、と安心したほどだ。

それからは毎日、一之瀬に勉強を教えている。

教えているといっても、中学時代から落第ギリギリの低空飛行だった僕が教えられることは少なく、教える回数よりも一緒に首を傾げる回数の方が多かった。

さらに言えば、説明が下手な僕に訊くよりネットで調べた方が遥かに効率が良く、足を引っ張っているだけだった。それなのに一之瀬はわからない箇所があると、僕を呼んで訊いてくる。

学校に通っていなかった分の遅れを取り戻すのは大変かと思われたが、以前から学校のプリントをやっていたおかげで、下地を理解していたのは大きかった。

物覚えがいい彼女なら問題ないはずだ。

二つ目は、手料理を作ってくれるようになったこと。

コンビニ弁当やカップラーメンばかり食べている僕の体を案じて、毎日手料理を作ってくれている。

「私が作りますから」と言いながら僕の手を引っ張り、調理器具や食器を買いに行ったのがきっかけだ。僕は「大変だろうからいい」と遠慮したのだが、一之瀬は「これまで迷惑をかけてきたので、少しでも役に立ちたいんです！」と作る気満々だった。

小学生の頃は、調理部に入っていたと豪語する彼女は張り切って料理するが、最初は失敗作の連続で落ち込むことが多かった。俯きながら謝る一之瀬の前で、「これはこれでうまいから落ち込むなよ」と無理しながら口に放り込んで完食したことが何度もある。正直に言えば、キツいときは本当にキツかった。

しかし、ネットでレシピを調べるようになってからは腕が上達していき、料理のレパートリーも増えていった。肉じゃが、カレー、ハンバーグ、豚汁、オムライスなど家庭的な料理が得意で、僕が一口食べると「どうですか？」と必ず訊いてくる。「うまい」と答えると、「よかった」と胸を撫で下ろすように微笑む。

コンビニに立ち寄る回数も、外食する回数も激減し、今は彼女と一緒にスーパーへ食材を買いにいく回数の方が多い。

そして三つ目は、今まさに僕の横で一之瀬が寝ている、この状況のことだ。

僕の腕を枕代わりにして、起こすのがもったいなく思うほど気持ちよさそうに寝ている。ほっぺが潰れていても、相変わらず美人だ。

自殺をやめたとはいえ、問題が解決したわけではない。今でも家族との仲が悪い一之瀬は、大喧嘩するとプチ家出をして僕の部屋に泊まりに来る。

しかし、流石に年頃の少女と同じベッドで寝るのは気が引ける。

彼女のために布団を用意したが、プチ家出をしてくるときは話を聞いてほしいようで、結局ベッドに並んで話を聞いている。普通に話を聞くんじゃダメなのか訊いたが、暗くないと恥ずかしくて話しづらいとのこと。

つまり、あの一之瀬が甘えてくるようになったのだ。

プチ家出をすると三回に一回は泣きついてくるし、勉強中に「疲れました」と言いながら僕の肩に寄りかかってくる。外では「寒い」と言って手を繋いできたり、僕にくっついてくることが多くなった。

「力になりたい」と言った以上、拒むわけにもいかず、彼女が頼ってくるのは僕としても嬉しいことではあるのだが、少し困っている。

最近の彼女は、妙に色っぽいのだ。

中学生と言っても大人びているし、華奢な体も女性らしい膨らみ方をしてきている。笑い方は前より明るく、小さな唇はふっくらして潤《うるお》っている。

これでも男だ。一之瀬が無邪気に無警戒でくっついてくるようになって、煩悩《ぼんのう》と向き合う修行僧みたいな日々と化していた。

一度だけ彼女に「同じベッドで寝るのはやめた方がいいんじゃないか」と言ったこともあったが、大変だった。

一之瀬はなにもわかっていない様子で「どうしてですか？」と首を傾げた。「お前も来年には高校生になるだろ。異性と同じベッドに寝るのは……その、どうなんだ」と返すと、彼女は考える素振りを見せた後に「相葉さんは私のこと異性として見ているんですか？」とモジモジしながら訊き返してきた。

「いや、そんなわけないだろ」と反射的に嘘をつくと、頬を膨らませて「……ならいいじゃないですか」と機嫌を悪くし、しばらく口を聞いてくれなかった。

それ以降、彼女の好きにさせているが、この有り様だ。

今日も横で眠っている一之瀬の肩を揺さぶって起こす。

クリスマスイブであるこの日は、朝から雪が降り続いていた。

「相葉さん、見て。雪が積もっていますよ」

窓に両手をついて子供のようにはしゃぐ一之瀬。窓の外は白銀の世界が広がっている。ベランダも雪だるまが作れそうなぐらい積もっていた。

殺風景だった部屋の中も物が増えていき、生活感のある部屋に様変わりしていた。

調理器具や食器はもちろん、窓際には観葉植物、テーブルには一之瀬が選んだよくわからない小物が置かれている。おもちゃ屋で一之瀬と選んで買ったボードゲームの箱もインテリアとして機能している。

一之瀬が作ってくれた朝食を食べ終えた後、二人でクリスマスツリーの飾り付けをする。腰ほどの高さがあるクリスマスツリーは、一之瀬に「飾りましょうよ」と提案されて、通販で買ったものだ。

サンタの人形、雪だるまの人形、リボンが巻いてあるプレゼント箱、赤い靴下、デコレーションボールなど、紐がついた小さな飾りを付けていく。

ふさふさした金と銀のパーティモールと小さな電球が並ぶコードを巻き、最後にツリーの一番上に大きな星を取り付けて完成した。

電源をつけると電球が光り、ピカピカと点滅する。

「やっぱりクリスマスって感じがしますね」

一之瀬が微笑み、僕も肯く。

そういえば、小さい頃に友達の家に飾られたツリーを見て、羨ましく思ったたっけな。里親に「買ってくれ」なんて言えず我慢したが、まさか大人になって叶うとは。

点滅するクリスマスツリーを眺めつつ、夕方まで彼女とゲームをしていた。

雪が降り止んだ夕方頃、一之瀬をつれてケーキなどを買いに出掛けた。

既に除雪されている歩道を通って駅へ歩いていく。駅へ向かう途中にある並木道はクリスマス用にイルミネーションされていて光り輝いていた。

「綺麗……」

文字通り、目を輝かせて一之瀬が呟く。

クリスマスイブなこともあって並木道には多くの人が歩いていたが、そのほとんどが、手を握り合っているカップルだった。

そんな中に僕達がいるのは場違いだな、と思っていると、一之瀬が「寒いから手を繋ぎましょう」と言って、手を繋いできた。

一之瀬の手の方が温かったが、僕達はなにも言わずに手を繋いだまま幻想的な世界を進む。白い息を吐きながら、無邪気な笑顔を見せる彼女は楽しそうだ。

このままずっと並木道が続けばいいのに、などと妄想にふけていたが、抱き合いながらキスをしているカップルを直視してしまった一之瀬は早歩きになり、僕の手を引っ張るように並木道を抜けた。

　駅前の店でケーキやチキン、ノンアルコールのシャンパンなどを買って帰宅し、部屋でミニパーティを開いた。テーブルにケーキ、チキン、パスタ、ピザといった様々な食べ物を並べ、クラッカーを鳴らす。二人で食べるには量が多かった気もしたが、食欲旺盛な一之瀬がいたおかげで問題なかった。

「相葉さんもイチゴは最後に食べる派なんですね」

　僕の皿に残っているケーキのイチゴを見ながら一之瀬が言った。彼女の皿にもイチゴが残っている。にっこり笑う彼女の皿に乗ったイチゴを掴んで食べると、「私のイチゴ！」と嘆《なげ》いた。

「油断している方が悪い」

　一之瀬はムスッとした顔で、僕を見てくる。

　代わりに僕のイチゴを差し出すと、一之瀬は「食べさせてください」と言って口を開ける。甘える口実を与えてしまったようだ。彼女の口にイチゴを運び、食べさせると
「いつもより美味しい」と笑みを浮かべる。

「やっぱり最後に食べた方が美味しいだろ」

「そういう意味じゃないです」

ぷくっと頬を膨らませて、肩に寄りかかってくる。

この日も「泊まりたい」と言うので、家に電話を入れさせた。風呂に入った後、二人でゲームをしたり、テレビを見たりして、クリスマスイブをのんびり過ごす。

普段なら布団に入っている時間になっても、リビングから移動しないでいた。午前零時を過ぎると、二人とも小腹が空いてきて、夜食にカップラーメンを作った。

「こんな遅い時間に食べるなんて初めてかも」

いつも午後十時に寝ている一之瀬は、背徳感に興奮している様子。

よくわからない映画を見ながら、カップラーメンをすすっていたが、いきなりベッドシーンが始まってしまい、気まずくなってテレビを消した。

カップラーメンを食べ終えると、一之瀬が大きなあくびをした。

「そろそろ寝るか？」

「まだ大丈夫……」

眠たそうに目を擦る一之瀬は、言葉と裏腹に限界のようだ。ゲームをするほどの元気は残っていないようだし、しばらく雑談をしていれば寝る準備に入るだろう。

せっかく飾ったのだから、と電気を消して、クリスマスツリーを点灯させる。

ピカピカと点滅するクリスマスツリーを、ソファに座りながら眺める。

「受験、合格できるかな……」

横に座る一之瀬が呟くように言った。

「不安か？」と訊くと、「うん」と小さく笑って答えた。

「受験に落ちても、嫌いにならないでくださいね」

「そんな理由で嫌いになるわけないだろ」

僕が笑うと、一之瀬は「本当に？」と言って確認するように手を握ってくる。

「心配しなくても合格できるし、友達だって作れるさ」

「……友達はもういらないかな」

肩に寄りかかってくる一之瀬に「友達欲しくないのか？」と訊く。

「また嫌われそうですし、それに友達がいなくても相葉さんがいるから……」

「なに言っているんだ。お前なら恋人だって作れるかもしれないぞ」

そう言うと、一之瀬は首を何回も横に振って「こ、恋人なんてできないですよ」と激しく否定した。それを聞いて、少し安心している自分が情けない。

「わからないぞ？　来年のクリスマスは恋人と過ごしているかもしれない」

「そんなことないですって！」

彼氏じゃないにしても友達ができれば、僕よりもそっちを選ぶだろう。思うことは色々あるが、こういう気持ちを抱くのは、今まで何度も経験しているから慣れている。

「私は……来年のクリスマスも相葉さんと過ごしたいと思って……」

徐々に声が小さくなっていき、最後の方は聞き取りづらかった。

変なことを言いだすなよ、と思った。

来年の十二月二十六日に寿命が尽きる。クリスマスが終わった瞬間に死ぬ人間が、彼女と一緒にクリスマスを過ごすなんて無理だろう。

僕は一之瀬を悲しませないために、彼女が高校に馴染んだ頃に姿を消すつもりだ。

「相葉さん？」

「一年後のことなんてわからないだろ。僕に恋人ができるかもしれないし」

「えっ……相葉さん、好きな人がいるんですか？」

「いや……いないけど」

冗談で言ったのだが、「ビックリさせないでください」と怒られてしまった。

「来年もクリスマスパーティーしましょうよ～」

僕の手を揺らしながらせがむ彼女は、クリスマスプレゼントをねだる子供みたいだ。

「はいはい、わかったから。お互い恋人ができなかったらな」

「本当ですか、約束ですよ。私は作りませんからね！」

出来もしない約束をしてしまった。

でも問題はないだろう。高校に通えば、自然と友達を作れるだろうし、男子達が放っておくわけがない。クリスマスどころか、夏休み前には僕から離れていくはずだ。

だから、今日ぐらいは実現しない未来の夢を見ても、罰《ばち》は当たらないだろう。

その翌日、僕の余命は一年を切った。

余命一年を切った後も容赦なく、月日は過ぎ去っていく。
受験当日、一之瀬の背中を強く押して送り出した。
無事に合格した一之瀬は、制服姿を見せに僕の部屋を訪れた。
制服姿の彼女を見たとき、何故《なぜ》だか泣きそうになった。
「相葉さんのおかげですよ」
僕にそう言って、幸せそうに笑った彼女の顔を何度も思い出す。
そして——四月、一之瀬が高校に通いだした。
彼女と過ごす日々も、終わりが近い。

第四章──忘れてくれるように

1

「相葉《あいば》さん、早く起きて！　学校に遅刻しちゃう！」

「あと五分……あと五分で起きるから……」

「さっきも同じこと言っていましたよ！」

一之瀬《いちのせ》に布団を剥《は》ぎ取られてしまい、窓から差し込む光に襲われた。

寿命を手放してから三回目の六月二日。水曜日。晴れ。

黒のブレザー制服を着た一之瀬に手を引っ張られ、ベッドから抜け出す。顔を洗って、呑気《のんき》にあくびをしながらリビングに向かうと、「早く、早く」と背中を押された。

ローテーブルの上には、彼女が作った朝食が並べられていた。ご飯、鮭《さけ》の西京焼き、豆腐の味噌汁、玉子焼き、納豆。まさに日本の朝食といった顔ぶれである。

僕達はソファを背もたれにする形で、床に並んで座った。

床に敷いてあるカーペットは一之瀬が選んだものだ。よくわからない模様をしているが、高さが合っていないソファに座るより食事がしやすくて助かっている。

朝の情報番組に表示されている時刻を確認すると、まだ六時台だった。

晴れやかな彼女の「いただきます」に声を合わせる。

鮭の西京焼きは焦げがなく、身がやわらかい。玉子焼きはふっくらしていて甘みがある。ここ数ヵ月で、彼女の料理テクニックは格段に上がっていた。

「味はどうですか？」

率直に「美味《お》しい《い》」と答えると、彼女も照れるように笑って食べ始めた。

四月から高校生活が始まった一之瀬は毎朝、電車で通学している。平日も朝食を作りに来てくれていて、今日みたいに僕の部屋で食事してから学校に行くことが多い。

家から離れている高校を選んだ理由は、中学の同級生に会いたくないからだ。

彼女が通っていた中学校は中高一貫校で、そのまま隣接している高校へ進学することになる。それを避けるため、家から離れている高校を受験することにした。試験を受ける必要があるが、彼女をいじめていた同級生と一緒にならなくて済む。

しかし、義理の父親に反対されてしまい、承諾《しょうだく》を得られるまで大変だった。

一之瀬が説得しても、父親は「他の高校に行くなんて許さない」の一点張りで、彼女の気持ちを理解しようとしなかった。その挙句に「楽な方へ逃げたいだけだ」「また休もうとするんだろ」などと怒鳴りつけて、何度も彼女を傷つけた。母親に相談しても、「貴方《あなた》が我慢すれば解決するんだから」と言って、父親の肩を持つだけ。

家から逃げてきた一之瀬が、深夜に泣きついてきたこともあった。気の利いた言葉をかけてやれず、インスタントのホットココアを淹《い》れてあげたのをよく憶えている。嗚咽《おえつ》を漏らす彼女の背中をさすりながら、また自殺してしまわないかと不安に思った。彼女は深夜に家出してきたこと、勉強を教えてもらっているのに受験を認めてもらえないことを気にして、何度も泣きながら「ごめんなさい」と謝ってきた。

それがなによりも辛かった。僕は微塵《みじん》も気にしていなかったし、彼女が謝る度《たび》に融通が利かない父親に苛立《いらだ》ちを募《つの》らせたのは言うまでもない。

けれど、一之瀬は自分で涙を拭《ぬぐ》い、「認めてもらうまで頑張る」と言ってくれた。「無理しなくていい」なんて気休めの言葉をかけたが、彼女は首を横に振った。赤くなった目で僕を見据えてから、「頑張るから……もう少しだけ、このままでいたい」と縋《すが》りつくように顔を胸元に埋めてくる。僕はそれを拒めず、彼女の体を抱き寄せた。

結果的に一之瀬の根気強さが勝り、志望した高校に通っている。

彼女の話によれば、志望校にしか行かない姿勢を貫き通した末、渋い顔で容認してもらえたそうだ。高校に通い始めたことで、家族と口論になる頻度は減っているが、納得していない父親や意地悪な姉達とは今も冷え切った関係のままでいる。

当然、一之瀬本人も家族と仲良くなりたいとは思っていない。捨てられた物は戻ってこないし、心の傷はいつまでも残り続ける。こうして僕の部屋で食事をしていることから、家庭環境の改善を期待するのは難しいだろう。

その一方で、前から気掛かりだった高校の方は問題なく通えている。

通い始めた頃は生活の変化で気疲れしている様子だったが、少しずつ慣れてきたようだ。同じクラスの子と仲良くなれたと言っていたし、不満を漏らすこともない。

正直な話、入学前から「友達はいらない」と言い続けていたから心配していた。学校に馴染《なじ》めなかったり、また不登校になってしまったら……と。

しかし、懸念は杞憂《きゆう》に終わり、一之瀬は順風満帆な高校生活を送っている。

今、僕の隣にいる一之瀬はもう死にたがりな少女ではない。

出会った頃は敵愾心《てきがいしん》を剥《む》き出しにして、ムスッとした顔で怒ったり、ぷくっと頬《ほお》を膨らませていた。目を離した隙にいなくなるし、何度手を焼いたことか。

そんな彼女も柔和《にゅうわ》な顔つきに変わり、以前よりも大人びた雰囲気を纏《まと》っている。

持ち前の美貌はもちろん、華奢《きゃしゃ》な体は丸みを帯びて女性らしくなり、制服の上からも胸の膨らみがわかる。表情も明るくなって、笑ったときの唇の形が妙に色っぽい。

状況が変わっただけではなく、彼女自身も成長している。これまではまだ子供だと誤魔化してきたが、今となっては気品溢れる一人の女性にしか見えない。

淑《しと》やかな彼女に心を奪われていると目が合ってしまい、思わず視線を逸《そ》らした。

「相葉さん、こっち向いて。ご飯粒がついてる」

一之瀬はクスッと笑いながら、僕の口元についていた米粒を指で取った。

そのまま自分の口に入れた彼女の唇は血色がよく、とてもやわらかそうに見える。

……いや、待て。見惚《みほ》れている場合じゃないだろ。

「おまっ！　なにして……」

遅れて驚くと、一之瀬は「どうしたんですか？」と涼しい顔で首を傾《かし》げた。

前言撤回だ。彼女はこういう気恥ずかしくなることを平然とやらかす。気品溢れる女性と呼ぶにはまだ早い。……こんなことで取り乱す自分もどうかと思うが。

「あっ！　もう行かなきゃ！」

「片付けておくから歯を磨いてこい」

「う、うんっ！」

食べ終えた食器を片付けてから、雑巾で大雑把にテーブルを拭く。これから捨てるゴミ袋の口をしっかり結び、寝間着を脱ぎ捨て、外着に着替えた。

一之瀬の方も学校へ行く準備が整《ととの》ったようだ。彼女が手に持つ通学鞄には、水族館のスタンプラリーで貰ったイルカの缶バッジが付いている。

いつもは学校に行くついでにゴミを出してもらっているのだが、今日は断った。少し戸惑い気味の一之瀬は「でも……」と言葉を詰まらせたが、すぐに「じゃあ、一緒に行きましょう」と嬉しそうに微笑《ほほえ》んだ。

ボタンを押してエレベーターが上がってくるのを待つ。何の変哲もない時間なのに一階からのんびり上がってくるのを見て、ちょっぴりラッキーだと思ってしまう。

乗り込んだエレベーターのドアが閉まると、一之瀬が寄りかかってきた。彼女の体温が伝わってきて少し緊張する。僕は避けるような動きをせず、さも迷惑そうに「重い」と呟く。甘えん坊な彼女は拙《つたな》い演技に答えようと、大袈裟《おおげさ》に体を預けてきた。

しかし、エレベーターが三階で止まってしまい、僕達は慌てて離れた。

「おはようございます」

乗ってきたのはスーツ姿の若い男性だった。一之瀬は僕の後ろに隠れて小さな声で挨拶を返す。ドアの窓ガラスから見られた可能性を否定できず、僕も隠れたくなる。

ゴミ出しを済ませると、さっきの続きと言わんばかりに寄りかかってきた。今度は「早く行かないと遅刻するぞ」とスルーしたせいで、一之瀬は不満げな顔を見せる。

だから、今日も仕方なく頭を撫でてやると、くすぐったそうに笑った。

「行ってきますね」

「あぁ、車に気をつけろよ」

手を振る彼女に小さく手を振って返すと、「今日も夕方頃に帰りますので」と笑顔で言われてしまった。後ろ姿もどこか楽しげに見えて、僕は言葉を呑んだ。

「はぁ…………」

部屋に戻り、壁に飾ってあるカレンダーの前で大きくため息をついた。

六月。寿命が尽きるまで——あと半年。

全ての問題を解決したわけではないが、やれることはやった。

今のところ学校でトラブルは起きていない。一之瀬は休まず学校に通っているし、友達を作ることもできた。今年に入ってから自殺をほのめかしたことは一度もない。

この調子なら僕がいなくても大丈夫なはずだ。

あとは少しずつ距離を置いて、一之瀬の前から姿を消すだけ。

それで僕達の関係は終わる——はずだった。

キッチンに置かれている弁当箱に目を向けて、僕はもう一度ため息をつく。

予定では今月、遅くても来月までに彼女の前から姿を消すつもりだった。

——現在の状況はどうだろうか。

一之瀬は毎日、朝食を作りに来てくれている。僕の部屋に寄ってから通学している分、家を出る時間は早いし、遅刻しかけることも多い。しかも僕が食べる昼飯として手作り弁当を用意してから学校に行き、放課後も夕飯を作りに来てくれている。

当然そんな生活をしていたら、友達と遊びに行く時間なんてない。学校に通い始めてから一度も、友達と放課後に寄り道をしたり、休日に遊んだりしていないのだ。

「順風満帆な高校生活を送っている」と言ったが、それは学校だけの話である。

もちろん僕だって、ここまでしてもらいながら黙っていられるほど図太くはない。何度も「大変だろうから毎日来なくていい」みたいなことを言って遠慮している。

しかし、一之瀬は「ちゃんとした物を食べないとダメ！」とか「迷惑ばかりかけてきたので、お礼がしたいんです！」と理由をつけて拒んだ。

結局、一之瀬自身がやめたくないのなら無下《むげ》に断る必要もないと判断し、ひとまず様子を見ることにした。そのときは学校にまだ馴染んでいない様子だったし、家族と仲が悪いままでいたから、断ったところで部屋に来るだろう、と。

それに死神も言っていたが、一之瀬は責任感が強い。迷惑に思ったことなんて一度もないが、家事を手伝うことで本人が納得するのなら……と考えていた時期もあった。

その結果――僕達の距離は離れるどころか、惹《ひ》かれ合うように縮まっていた。

どうしてこんな状況になっているのかと説明するなら、僕の甘さが原因である。

献身的に尽くしてくれる一之瀬の『好意』に最近まで気づかなかったのだ。

一之瀬は去年の秋頃から甘えてくるようになった。外で手を繋いできたり、寄りかかってきたり、自殺していた頃とは別人のように接してくる。

最初は戸惑ったが、好意として捉えることはなかった。ゲーム中に寄りかかって邪魔してくることもあったし、僕を揶揄《からか》っているだけだと受け流していたのだ。

救いようのない馬鹿だった。好きな女性のタイプや髪型を訊《き》かれても、彼女の好意に気づかないまま、作ってくれた料理を食べ続けていたのだから。

とはいえ、一之瀬のことを女性として見ていなかったわけではない。手が触れるだけで体が熱くなるし、寄りかかってきたときの緊張感は慣れる気配がしない。包み隠さず言ってしまえば、僕も——彼女に惹かれていた。

ずっと前から彼女の好意に薄々気づいてはいた。でも、傷つかないように逃げていた。勘違いだったらダサいし、勘違いじゃなくても結ばれることはない。僕の余命が半年しかないことを知っていれば、一之瀬だってここまでしてくれなかったはずだ。

僕の気持ちは、彼女の足枷《あしかせ》にしかならない。

だから、ひたすら見て見ぬフリをしてきた。一之瀬が寄りかかってきても、揶揄っているだけだと自分に言い聞かせた。バレンタインにハート型の手作りチョコを貰っても、市販のチョコだと思って食べた。彼女の好意は全て僕の勘違いだと思い込むことで、好意に気づかない鈍感な自分を演じ続けてきたのだ。

そうやって僕は何度も自分を殺して、彼女を説得し続けた。

僕が「たまには友達と遊んでこいよ」と促すと、一之瀬は「相葉さんの夕飯を作ってあげられなくなるじゃないですか」と返してくる。僕が身を削るような思いで、友達と遊んでこいと言っているのに、彼女はすました顔で隣に居続けようとする。

たったそれだけのやり取りで、様々な感情に心を掻き乱される。不安だったり、焦りだったり、自己嫌悪だったり、悪いものばかりだ。でも、最後は安心で終わる。こんな中途半端な覚悟だったから、彼女を泣かせてしまった。

先月のことだ。一之瀬と夕飯を食べているときに切り出した。

「次の休日、友達を誘ってどこか遊びに行ってこいよ」

「相葉さんの食事はどうするんですか？」

「だから毎日来なくても大丈夫だって。お前も大変だろ」

「大変じゃないですよ。来たくて来ているので、気にしないでください」

何度も同じような会話をしていたから、一之瀬は少し拗《す》ねた言い方だった。

「お前がそう言っても、僕は気になるんだよ。これから三年間過ごすことになるんだから、僕なんかより友達を優先するべきだ」

ただの強がりだ。優先してほしくなんかない。

「……私が来たら迷惑ですか？」

「いや、迷惑とは言ってないだろ」

そう誤魔化《ごまか》すと一之瀬は俯《うつむ》き、気まずい沈黙が流れる。

「この間も同じ話をしたじゃないですか。避けられているような気がして……」

そう思われても仕方なかった。一之瀬からすれば遠回しに来るなと言っているように聞こえるだろう。僕に好意を抱いているのなら尚更《なおさら》だ。

「そんなわけないだろ。僕はお前の心配をして……」

「私は友達より、相葉さんと一緒にいたいんです」

不安げに見つめてくる彼女に心を持っていかれそうになる。

何故《なぜ》、こんなつまらない会話をしなくてはいけないのだろう、と嫌になってくる。

僕達だけで遊びに出掛けるプランを話し合った方が楽しいじゃないか。

「……それに私が誘ったところで、遊んでくれませんよ」

「遊んでくれないって……なにかあったのか？」

学校でトラブルが起きたのかと一瞬焦ったが、彼女は首を横に振る。

「みんな彼氏がいるんです。休日はデートで空いていないんですよ」

初耳だった。それまで何度も友達と遊ぶように説得していたのに、いつも食事を作ることを理由にして聞かなかった。説得を諦《あきら》めさせるための嘘の可能性もある。

「か、彼氏がいないのは私だけだからなー……」

ぎこちない喋り方をしながら、横目で僕を見てくる。

真偽はどうあれ、彼女がそう言い張るのなら打つ手がない。

と、いつもなら諦めていたのだが、この日は違った。

家庭環境の改善が見込めない以上、彼女を一人残したまま死ぬのはあまりに心許《こころもと》ない。

このまま夏休みに入ってしまえば、九月まで進展が望めない状況になってしまう。

焦燥感に駆られていた。本当に彼女のことが大事なら、ここで腹を括《くく》るべきだと。

そして、唾を飲み込んでから出てきた言葉がこれである。

「お前も学校で彼氏を作ればいいじゃないか」

花瓶を割ってしまったような気持ちになった。言葉に心がこもっていない。すぐに取り消したくなる。違う、彼女に言ったんじゃない。テーブルに置かれている味噌汁に言ったんだ、と心の中で叫ぶ。

僕は恐る恐る一之瀬の方に視線を向ける。

すぐ横にいる彼女の表情を確認するだけなのに、不安が波のように押し寄せてくる。

去年のクリスマスにも似たようなことを言った。

けれど、あのときとは全然違う。あんな誰の心も動かせそうにない一言がきっかけで、本当に一之瀬に恋人ができてしまったら……。

彼女の顔を見るまでの数秒間、生きた心地がしなかった。

心臓を鷲掴《わしづか》みにされているような気持ちで、彼女の顔を確認する。

一之瀬は――瞳に涙を溜めて、唇を噛みしめていた。

瞳から零《こぼ》れ落ちた涙が、僕の心まで沁《し》み込んでくる。

「彼氏なんかいらない……」

彼女の消え入りそうな悲しい声が耳に響く。

泣かせてしまったことに対する罪悪感は湧いてこない。

あんな一言で、簡単に傷ついてしまう彼女に安堵《あんど》していた。

彼女の好意を目《ま》の当たりにした喜びが、じわじわと遅れてやってくる。

それに気づいてしまったからには、もう彼女への気持ちを誤魔化すのは無理だった。

僕はいつの間に――彼女のことを好きになっていたのか。

あれから二週間、僕達の距離が縮まったことを除いて、進展がない。説得するのも億劫《おっくう》になってしまい、なにもできないまま過ごしている状況だ。今日だって「帰りに友達と遊んでこい」と言うつもりだった。ゴミ出しを利用して意図的にタイミングを作ったのに、結局言えないまま見送ってしまった。

受験勉強を始めたときから様々な心配をしてきたが、この問題は想定していなかった。友達さえ作れば、僕達の関係は自然に終わるものだと思っていたからだ。

僕といるよりも同年代の友達と遊んだ方が楽しいだろうに。

洗面所の鏡に映る自分の顔を凝視《ぎょうし》する。酷《ひど》くはないと思うが、薔薇《ばら》を咥《くわ》えて外を歩けるほどかっこよくもない。少なくとも一之瀬とは釣り合っていない。

何故、僕なんかを……と考えたところで、状況は変わらない。今の状況で僕が突然姿を消したらどうなるか。彼女が傷つくのは目に見えている。

今はなにかと理由をつけて献身的な彼女だが、もしも見返りを求めるようになったら、そのとき僕は拒むことができるのだろうか？　自信はない。

この状況を招いたのは、ずっと彼女の好意から逃げてきた僕だ。

夏休みに入る前にどうにかして、状況を変えなければいけない。

その日の夕方、僕は一之瀬が通っている学校の校門前に立っていた。

わざわざ学校に来た理由は、一之瀬に友達がいるのか確かめるため。

冷静になって考えてみれば、今まで彼女の友達を見たことがなかった。一之瀬はスマホを持っていないから、友達と写真を撮ることもない。本人は「友達ができた」と言っていたが、本当は友達がいないんじゃないだろうか。

元々、一之瀬は友達を作ろうとしていなかった。入学してからも友達を作ろうとしない彼女を案じて、何度か説得したことがある。無理強《じ》いするようなことは言いたくなかったが、彼女から離れるためには仕方ないことだった。細心の注意を払いながら説得を続けたが、つい説教じみた言い方をしてしまい、一之瀬が拗ねてしまうこともあった。今になって思えば、酷《こく》なことをしてしまったと反省している。

そんなこともあったから、一之瀬が嘘をついている可能性は十分考えられる。それにいくら好意を持っているとしても、友達より僕との時間を優先するのはおかしい。

もし推測が当たっているのなら、説得を再開したところで逆効果だ。作戦を練り直すなら、先に一之瀬の友達を確認してからの方がいいだろう。

下校時間を狙ったこともあって、校門からぞろぞろと生徒が出てくる。イルカの缶バッジを目印にしなくても、一之瀬が出てくればすぐに見つけられる自信があった。

目の前で騒いでいる男子生徒の集団も、腕を組んでイチャついているカップルも、校庭を走り回るサッカー部員も、高校時代の自分とは別の生き物に見える。

なんだか懐かしい感じだ。あの頃に戻りたいとは微塵も思わないが、今とは違う人生もあったんじゃないかと考えさせられる。想像を働かせたところで手遅れなのに。

それから数分後、一之瀬がこちらに歩いてくるのが見えた。周りと同じ制服を着ていても際立って目につくから、すぐに彼女だとわかった。

しかし、よく見ると同級生らしき女子二人に挟まれて、楽しそうに会話している。

「普通に友達いるのかよ」

思わず口から漏れた。安心とは程遠い感情が湧いてきて、これ以上見ないように帰ろうとした。正確にはウロボロスの銀時計で、家にいた時間に戻るだけだが。

ウロボロスの銀時計をポケットから取り出そうとしたとき、一之瀬と目が合った。

僕だと気づいた瞬間、表情がぱぁっと明るくなり、手を振りながら駆け寄ってくる。

「相葉さん、どうしたんですか？　こんなところで」

「いや、ちょっと……だな」

その後ろから一之瀬を挟んでいた二人が駆け寄ってきた。

「これが噂の相葉さんかー」

ショートヘアの子が僕の顔をジロジロ見てきて、セミロングの子は「ねぇねぇ、月美《つきみ》のこと、どう思っているんですか？」と好奇心に満ちた顔で訊いてくる。

こういうことに慣れてない僕は少し……いや、結構戸惑った。

「ちょ、ちょっと二人ともやめてよ！」

一之瀬も突然のことに戸惑っている様子だったが、二人は僕から離れようとしない。

「だって月美も知りたいでしょ？　いい機会じゃん」

「そうだよ。で、どうなんです？　月美のこと」

ぐいぐい寄ってくる二人の視線に耐えられず、「かわいいと思うけど……」と答えると二人ともキャーキャー叫びだした。今すぐ時間を戻して布団に潜《もぐ》りたい。

「良かったじゃん、月美！　嫌われてなくて！」

「かわいいだって！」

一之瀬の顔がみるみる赤くなっていくのを見て、僕まで恥ずかしくなってくる。

「私と相葉さんはそういう関係じゃないからっ！」

二人の声をかき消すような大きな声で、一之瀬は否定する。

否定された二人はきょとんとした顔をして、そのまま見合わせる。

「じゃあさ、どういう関係なの？」

ショートヘアの子が言った。セミロングの子も「うんうん」と言いたげに二回頷く。

一之瀬は「私と相葉さんは」と言いかけるが、なにも思いつかなかったようで、僕に
「私達の関係ってなんなんでしょう？」と助けを求めてきた。

それを見た二人はニヤニヤ笑いながら、一之瀬の背中を強く押した。

「きゃっ！」

押された一之瀬はバランスを崩して、僕の胸元に飛び込んでくる。

二人は笑いながら逃げるように走り出す。というか完全に逃げている。

「月美！　今日は相葉さんと二人で帰りなよ！」

「帰りが遅くなるなら、代わりに私達が家に電話しておいてあげるね！」

「あ！　帰りに赤飯買わなきゃ！」

「私も！」

嵐のように走り去る二人。僕の胸元で顔を隠す一之瀬は耳まで赤くなっている。

帰り道、お互いに顔を合わせられないでいた。普段なら手を繋いでくる一之瀬も、流石《さすが》に繋いでこない。

「あの二人には明日ちゃんと言っておきますので」

むすっとしている一之瀬の顔はまだ少し赤い。

「本当に友達を作れたんだな」

「……ひょっとして疑っていたんですか？」

「ま、そんなところだな。友達と遊ぼうとしないし、嘘だと思っていた」

「嘘をつくわけないじゃないですか！」

頬を膨らませて肩をポコポコと叩いてくる。全然痛くないが、周りの視線は痛い。

「だってお前、友達を作ろうとしなかっただろ」

「相葉さんが何度も友達作れって言うから頑張ったのに！」

「悪かったって！　お前のことを心配していたんだよ」

周りの視線に耐えられず謝ると、一之瀬は手を下ろした。

「私……そんなに子供っぽいですか？」

下ろした手を握りしめて抗議するように一之瀬が見てくる。彼女の顔は怒っているようにも見えるし、落ち込んでいるようにも見えた。

「よく友達と遊んでこいって言っていたじゃないですか。私、相葉さんに避けられているんじゃないかと心配して、あの二人に相談したことがあるんです。そしたら、子供扱いされているって笑われて……」

あの二人が僕のことを知っていたのはそういうことか。

「そんなわけないだろ。むしろ毎日料理を作ってくれて感謝しているぐらいだ。でも、そのせいで交友関係に支障が出たら困る。僕の立場だったら、そう思うだろ？」

一之瀬は俯いて黙り込んでしまったが、納得していない様子だ。

「別にあの二人と仲が悪いわけじゃないんだよな？」

「そうですけど……」

「なら今度、三人で遊んでこいよ」

困惑の表情を浮かべる一之瀬だったが、「僕もたまには一人でゆっくりしたいしな」と嘘をついたら、「うん」と弱々しい声で返事をした。

彼女が頷いたのは初めてのことだった。

だけど、嬉しくない。

二人ともこんなこと望んでいないのに、馬鹿みたいだ。

「僕のことは気にしなくていいから、友達との時間を大切にするべきだ」

「うん……」

「あと遊びに行く金が必要になったら言えよな。出してやるから」

「うん……あっ！　また子供扱いした！」

再び頬を膨らませた一之瀬は、僕に寄りかかってくる。

だから、僕はさも迷惑そうに「重い」とだけ呟く。

僕達はあと何回、このやり取りを出来るのだろうか。

はぁ……またただ。

今日もまた、あの言葉が脳裏にチラつく。


——寿命さえ手放していなければ。

2

「昨日は一人で寂しかったんじゃないですか？」

夕飯を食べている最中、隣に座る一之瀬が訊いてきた。

「別に？　普通だった」

僕は目を合わさないように味噌汁を飲む。

隣から「そうですか」と不満げな声が聞こえた。

寿命を手放してから三回目の六月三十日。水曜日。曇り。

一之瀬はあれから少しずつ友達と遊ぶようになった。

つい最近までは朝食だけ作りに来たり、放課後に友達と寄り道してから夕飯を作りに来ていたのだが、今は一日通して部屋に来ない日が多い。

このまま部屋に来る頻度が減っていけば、自然と僕達は離れていくだろう。

順調に思えた時期もあったが、そう簡単にいかないのが現実である。

ここ数日間で、彼女に「寂しくないですか」とか「一人だと大変じゃないですか」と訊かれる回数が増えた。当然、質問の真意を理解しているし、彼女も伝わっていることを承知の上で言っている。

つまり一之瀬は、以前の生活に戻りたがっているのだ。

そもそも彼女の言動を見ている限り、僕に心配をかけさせないために友達と遊んでいるように感じる。友達とは仲良くやっているようだが、休日前はいつも僕の腕を掴んで「どこか遊びに行きましょうよ」と誘ってくる。

喜べる状況じゃないのに、安心してしまう自分がいるから情けない。

頼みの綱《つな》であった「友達との付き合いを優先しろ」なんて綺麗事はもう使えないし、これ以上距離を置くようなことを言ったら、また彼女を傷つけてしまうだろう。

夕飯の皿洗いを済ませた後、一之瀬はベッドの上で寝っ転がっていた。

その隣にはもう一人横になれるスペースが空いていたが、僕はそれを見なかったことにした。ベッドの縁に腰をかけて、携帯ゲームの電源をオンにする。

「なんのゲームをやっているんですか？」

僕の隣に座った一之瀬は顔を近づけてくる。彼女の体が触れて、反射的に離れたが、彼女は「見えない」と言って、さらに体を寄せてくる。

「明日も学校だろ。そろそろ帰った方がいいんじゃないか」

「まだ帰りたくないの」

すぐ真横で白い歯を見せながら悪戯《いたずら》っぽく笑う。

「最近、この部屋にあるゲーム増えましたよね」

その言葉に体が反応しかけるものの、無言でゲームを続ける。

「ちょうど私が友達と遊ぶようになってから増えたような」と彼女が言ったところで、普段ならやらかさないような凡ミスをして、ゲームオーバーになった。

ゲームオーバーと表示された画面を見ながら、一之瀬は「やっぱり寂しいんじゃないんですか」と掻き立てるように微笑む。

「んなわけないだろ」

「対戦相手になってあげようと思ったのに」

コンティニューするが、さっきより操作が雑で、すぐに体力が削られていく。図星だった。一之瀬が来ない日は何もすることがなく、退屈だった。

評判の良いゲームを手当たり次第に買って、ひたすら一人で遊んでいるが、満たされることはない。ただの暇つぶしだ。彼女が来ない日はゲームをしながら何回も時計を確認し、翌日まで時間を先送りできないものかとため息をつく。

僕だって毎日会いたかった。一之瀬をつれて遊びに行きたかったし、二人で夕飯を食べたかった。どうせ半年しか生きられないのだから、最後くらい欲望に身を任せてもいいんじゃないかと考えてしまうときもある。今はなんとか持ちこたえているが、それもいつまで持つかわからない。

つい先日も危ない出来事があった。

テレビを見ていると、一之瀬が横に座ってきて僕の手を握った。少し頬が赤くなっている彼女と目が合い、吸い寄せられるように見入る。

気がつくと、お互いに顔を近づけ合っていた。寸前のところで我に返り、慌てて彼女の手を解いた。その後はなにも起きなかったが、口惜《くや》しそうに自分の唇をなぞっていた彼女の顔は忘れられそうにない。

二人でいる時間を少しずつ減らしていけば、自然と離れられると思っていたのが間違いだった。一之瀬と会えない日を過ごす度に、どれだけ彼女の存在に救われていたのか、身に染みて理解した。

おそらく彼女も同じだ。一緒にいられる時間が制限されたことによって、僕も彼女も一緒にいる時間を貴重なものとして扱うようになり、それ以外の時間を粗末に扱うようになっていた。今では一之瀬と会える日がクリスマスよりも特別な日に感じる。数日会えないだけで胸が張り裂けそうになるのだから、織姫《おりひめ》と彦星《ひこぼし》のやっていることは正気の沙汰《さた》ではない。

お互いを意識し合うようになった僕達は、焦《じ》らされるような日々を送ることで一触即発の事態になりかねないほど急接近してしまった。一之瀬は限られた時間を伸ばそうと「まだ帰りたくない」と言い出す。僕は顔に出さないように平静を装う。

二人ともこんなの茶番だと理解している。探りを入れ合う段階はとっくに過ぎ去っているのだ。ほんの少しどちらかが踏み込むだけで、僕達の間にある薄くて脆《もろ》い壁はあっけなく破れてしまうだろう。

結局、一之瀬との関係を断ち切れないまま六月が終わり、僕の余命は半年を切った。

寿命を手放してから三回目の七月四日。日曜日。晴れ。

この日、地元の駅で一之瀬と待ち合わせをしていた。

「今度の日曜日、どこか遊びに行きましょうよ」

そう言って、一之瀬の方から誘ってきた。彼女との距離を詰めるような真似はもうしない方がいいと理解しておきながら、僕はあっさり誘いに乗ってしまった。

思い返せば、彼女が高校に通いだしてから、あまり遊びに行けてなかった。「これを最後の思い出作りだと思って楽しめばいい」と自分に言い聞かす。しかし、言い聞かされる方の自分は、また誘われたときに断れる自信がない。

「相葉さん、遅れてすみません」

駆け寄ってきた一之瀬を、僕は二度見した。

白の肩出しトップスに、黒のデニムショートパンツ。

普段の服装と全然違う彼女は、新鮮で大人っぽく見える。とても似合っているが、あんなに脚を出して大丈夫なのかと余計な心配もしてしまう。

「どうしたんですか？」

「なんか今日はいつもと違うな……って」

「これですか？　昨日、友達と買い物に行って選んでもらったんです。ちょっと恥ずかしいんですけど、久しぶりに相葉さんとデー……お出掛けだったので……」

照れながら笑う彼女を、僕は直視できなかった。

現時刻は午前九時。これから電車に乗って、近場にある有名な動物園に向かう。

動物園には小学校の遠足でしか行ったことがなかった。そのことを一之瀬に話したら驚かれてしまい、「じゃあ、動物園にしましょう」という流れになった。

電車で移動している間、特に会話をしなかったが、何度も一之瀬と目が合った。

駅の改札を出てから一分足らずで、動物園が見えてきた。

入口の正門には大きな象のモニュメントが置かれている。それを見た一之瀬は「象の像ですね」と笑っていた。二人分の一般入園料金を支払い、正門をくぐる。

ひとまず、入口から道なりに歩いていく。天気は暑すぎない程度に晴れていて、絶好のお散歩日和《びより》と言える。くねくね曲がった道を歩いている間、周りの視線が一之瀬に集まっていることに気づいた。当の本人は気づいていなかったが、デートに来ていたカップルの彼氏が一之瀬のことを凝視していて、横にいる彼女に頭を叩かれていた。

アフリカ園と大きく書かれた看板を通り過ぎると、動物達が視界に入ってきた。日陰で休んでいるサーバルを一之瀬が見つけたり、キリンとシマウマが並んで食事しているところを観察したり、こっちに顔を向けないチーターを眺めながら進む。

動物園の定番であるライオンバスも、このエリアにあったから乗ってみた。シマウマの模様が描かれているバスを、ライオンバスと呼ぶのは少し違う気もするが。

バスが走りだすと、車内のスピーカーからライオンの習性や豆知識といった説明が流れ始めた。睡眠時間は一日十五時間らしく、隣に座る一之瀬が「相葉さんみたい」と小さな声で笑った。念のために言っておくが、僕は一日に十五時間も寝ていない。

ライオンがバスに近づいてくる。車体がシマウマ模様だから近づいてくるのかと心躍らせたが、バスの外側にぶら下がっている肉片を食べにきただけだった。

一之瀬は近づいてくるライオンに手を振ったりしていたが、間近に迫ってくると手を引っ込めて怖がりながら見ていた。そんな彼女の横腹を指で突くと、悲鳴を上げて飛び跳ねてしまった。バスを降りた後、横腹を小突いてくる彼女に八回くらい謝った。

「お、アライグマがいるぞ」

「相葉さん、あれはレッサーパンダですよ」

アジア園エリアではレッサーパンダやニホンジカなどが展示されていた。鼻で摘《つ》まんで餌を食べるゾウ、鮮やかな色をしたインコ、木の穴の中で寝ているムササビ、あくびをしているユキヒョウなど様々な動物を見て回る。

上空を綱渡りするオランウータンを一之瀬が見上げている間、僕は近くにあった「オランウータンは単独で生きる動物です」と書かれた解説看板をずっと見ていた。

ツンツンと僕の肩を突く一之瀬。

「どうしたんですか、暗い顔しちゃって」

「いや、これを読んでいた。次はどこに行くか」

「あっちにフクロウがいるみたいなので行きませんか」

そう言って、僕の手を引っ張る。この手はいつか、僕ではない誰かの手を引っ張るのだろうか。その誰かを見ることなく、僕は一生を終えたい。

動物園に来て、なにを考えているのだろう。

これが一之瀬と出掛ける最後の思い出になるかもしれないのに。

園内にあるカフェで昼飯を済ませた後、地図を見ながら昆虫園へ向かった。

辿《たど》り着いた昆虫園はドーム型の建物で、上空から見ると蝶の形をしているらしい。

「やっぱりやめましょうよ」

カフェを出てから、ずっと一之瀬に服を引っ張られている。虫嫌いな彼女の制止を無視して、そのまま昆虫園の中に入った。服を掴んだままの彼女も一緒に。

建物の外観通り、中は大きなガラス張りのドームになっていた。温室で暖かく、所々に木や花が植えられている。天井を見上げなければ、屋外だと勘違いしそうだ。

この巨大な熱帯植物園の中には、二千匹の蝶が放し飼いにされている。

案内に沿って歩いているだけで、様々な種類の蝶が視界に飛び込んでくる。見たことがない蝶や、花の蜜をストローのような口で吸っている姿も観察できた。

人懐っこい蝶は時折、肩に止まることもあった。見ているだけなら問題なかった一之瀬は蝶が肩に止まる度に体を硬直させて、僕に助けを求めてくる。

彼女の周りを蝶が飛び交う光景はとても神秘的に見えた。

そういえば、死神は僕達のことを「羽のない蝶」とたとえていたっけな。

でも、今の一之瀬はもう羽のない蝶なんかではない。

きっと、これからも変わっていくのだろう。様々な人に出会って視野が広がれば、目の前にいる彼女も変わってしまうはずだ。僕に抱いている想いと一緒に。

もう僕がいなくても、彼女は一人でどこまでも飛んでいける。

……なんて強がってみても、未練がましい想像をしてしまう。

もし寿命を手放していなかったら、僕達はどういう関係になっていたのか。

死神と取引せず、自殺もしないまま一年後のクリスマスにも橋にいたとする。そこに一之瀬がやってくるが、僕がいたことで自殺を諦めて帰る。後日、また橋の上で彼女と出会う。目が合うが会話はしない。それからも僕達は自殺しようとするタイミングが偶然重なり、何度も橋の上で出会う。そんな日々を繰り返していくうちに思いがけないことから会話するようになって、二人で遊びに出掛ける仲になる。

そして、僕達は——。

考えるだけ時間の無駄だ。ウロボロスの銀時計がなければ今の関係は築けなかった。今更《いまさら》こんな妄想をしたところで、寿命が戻ってくるわけないのに。

昆虫園を後にした僕達は、オーストラリア園のエリアに向かった。寝そべっているカンガルーの写真を撮ったり、エミューの卵に触れたりしながら歩いているうちに、空は真っ赤に染まっていた。

僕達は最後にコアラ館と書かれた建物に入った。

薄暗い通路を歩き、コアラが展示されている広い空間をガラス越しに覗き見る。コアラが掴まれるような細い木は沢山あるが、肝心の主役が見当たらない。よく探してみると、コアラが一頭だけ木に掴まって背を向けていた。

近くにいた飼育員の話によると、少し前に仲間が死んでしまい、一頭だけになってしまったとのこと。広い空間に一頭しかいない光景からは寂寥《せきりょう》を感じた。

「さっきのコアラ、一人ぼっちで寂しそうでしたね」

正門に向かって歩いている途中、一之瀬がぽつりと言った。

国内にいるコアラの個体数は少なく補充は難しい、と飼育員は心苦しそうに話していた。あのコアラは一頭のまま、あそこで過ごすことになるのかもしれない。

そんなことを考えていると、一之瀬が手を握ってきた。

「いきなりどうした？」

「私はもう一人じゃないんだなぁ……って急に安心しちゃって」

微笑みながら、手にぎゅっと力を入れてくる。

「良かったよ、お前に友達ができて」

「どういうことですか？」

「もし僕が死んでも、あのコアラみたいに一人ぼっちにならな……」

喋っている途中、一之瀬は「相葉さん」と止めるように言った。

「冗談でもそういうことを言わないでください」

夕焼けに照らされた一之瀬は今にも泣きだしそうなくらい不安に満ちた表情だった。

「もしもの話だ。本気にするなって」と笑うが、一之瀬は俯いてしまう。

「相葉さんがいなくなるなんて……考えるだけで怖いです」

「大袈裟だな。僕がいなくてもやっていけるだろ」

一之瀬は首を横に振り、否定する。

「もう大切な人を失うのは嫌なんです。それに私は相葉さんのことが……」

その先を口にするか迷っている彼女の頭をくしゃくしゃと撫でた。

「そんな深刻な顔するなよ。学校でも居場所を作れたんだし、僕なんか放って遊べばいい。あとで青春を楽しめばよかった、なんて後悔したって遅いんだからな」

いつもみたいに冗談交じりな口調で言えたのか、自分でもわからなかった。

やや遅れて一之瀬が「相葉さん」と優しい声で言った。

「私、後悔なんかしませんよ」

決して大きな声ではなかった。だけど、自信に満ち溢れた声に聞こえた。

「お父さんもよく言っていたんです。『見舞いになんか来なくていいから、友達と遊んできなさい』って。確かにお父さんの言うことを聞いて、友達と遊んでいたらいじめられなかったのかもしれません。でも……後悔はしていないんです」

数秒の間を置いて、一之瀬は「だから」と口にする。

「相葉さんの迷惑にならないのなら、ずっと隣に……いたいです」

一之瀬と目が合う。恥ずかしそうにぎこちない笑みを返してくる。

駄目だった。抑えていた感情が腹の底から突き破る勢いで湧いてくる。

僕だけが見ることができるその微笑みを、いつまでも独り占めしていたい。

気づいたときには「僕も」と口に出していた。

「僕も、一緒にいたい」

絶対に言ってはいけないのに、止まらなかった。

「今年も一緒に花火を見に行きたいし、クリスマスも一緒に過ごしたい。今年だけじゃなくて、来年も、その翌年も」

言ってしまった。ドン引きされても仕方ないことを言ってしまった。

「えっと……相葉さん？」

「な、なんだよ」

「………恥ずかしいです」

あれだけ言わせておいて感想がそれかよ、と笑いそうになった。

「本当に一緒にいてもいいんですか？」

本当だ、と答える。

「嘘じゃない？」

嘘じゃない、と答える。

一之瀬は「約束ですよ？」と訊きながら、僕の顔を見つめる。

「あぁ、約束だ。なにがあっても一之瀬の前から消えたりしない」

彼女の目を見ながら、しっかり最後まで言えた。

それから僕達は目を合わさず、お互いの影を見ながら歩いた。

嘘ではなく、本当に言えたら、どれだけよかったか。

このまま一緒にいられたら、どれだけ幸せだったか。

ありえたかもしれない日々を想像したところで、夢想のまま終わる。

もっと早く関係を断ち切るべきだったんだ。半年しか時間が残されていないのだから、少しぐらい一緒にいても赦《ゆる》してもらえると思っていた。

最後くらい欲望に身を任せてもいい？　馬鹿か。

僕が死んだら彼女がどれだけ悲しむかなんて、最初からわかっていただろ。最後の最後で、人生最大の汚点を作ってどうする。

僕は一之瀬の手を解いて、ポケットからウロボロスの銀時計を取り出す。

時間を戻して、今日の出来事をなかったことにする。

そして次に会ったとき、ちゃんと別れを告げる。

どんな別れ方をしたって一之瀬は悲しんでくれるだろう。

でも、このままでいたら、さらに辛い思いをさせる。なにより死に別れだけは絶対に避けなければいけない。父親を亡くしたときと同じ悲しみを再び背負わせたくない。

きっぱり言うべきだったんだ。そんな当たり前のこと、ずっと前からわかっていた。

なのに言えなかった。ずっと怖かった。彼女との繋がりを断ち切るのが。

もう時間は残されていない。

もうこれ以上、逃げ続けるわけにはいかない。

一之瀬、ごめんな。

僕は目を瞑《つむ》り、ウロボロスの銀時計に彼女の幸せを願った。

「相葉さん？　どうしたんですか？」

目を開けると、一之瀬が目の前にいる。

周りの景色が変わっていない。

「いや……なんでもない」

もう一度試してみるが、変化がない。

どういうことだ。

何度やっても、

——時間が戻らない。

3

寿命を手放してから三回目の七月十八日。日曜日。晴れ。

この日、昼間から一人で公園の原っぱに来ていた。

一之瀬と花火を見た、あの原っぱだ。中央にある大きな木の下でシャボン玉を吹く。

ふわふわと飛んでいくシャボン玉をぼーっと眺めながら、ため息をつく。

時間を戻せなくなってから二週間、彼女との関係はまだ断ち切れていない。

あれから何度も試みたが、まったく反応がない。それに銀時計の蓋《ふた》を開けてみたら、時計の針が消えていた。時計盤だけが残っていて、普通の時計としても使うことができない。時間を戻せなくなった原因についても、わからないままだ。

懐中時計は壊れやすいと聞くが、百円ショップで売っているような安物の腕時計とは違う。寿命と引き換えに手に入れたのだから、壊れて困るどころの話ではない。

死神にクレームをつけたいが、向こうから現れないと文句の一つも言えない。観察をしているのなら、僕が会いたがっていることは向こうもわかっているはず。姿を現さない死神に苛立っていたが、これが狙いだとしたら向こうの思う壺だ。

それとも死神の身になにか起きたのだろうか。あんな奴だ、後ろから誰かに刺されたとしてもおかしくない。

死神の身になにか起きたことが原因で、ウロボロスの銀時計が使えなくなったとしたら、寿命が戻ってくる可能性も……とはちょっとだけ期待した。

しかし、寿命を手放したときに襲いかかってきた喪失感は今も残っている。あの日からなにかが欠けたままなのだ。だから、余命は半年を切ったままなのだろう。

死神がどうなっていようと、一之瀬との関係を断ち切ることに変わりはない。

レジャーシートの上で仰向《あおむ》けになり、木漏れ日を浴びながら考える。どうやって別れを切り出すか。いくら考えても穏便な別れ方が思い浮かばない。

覚悟を決めたというのに、このザマだ。

ただでさえシビアな問題だったのに、時間を戻せなくなってしまったことで、余計に悪化してしまった。あんな約束をしてしまった後だ。一之瀬に「二度と会えない」なんて言ったら、間違いなく最悪の別れ方になるだろう。

こんなことになるのなら、時間を戻せるうちに行動しておくべきだった。

結局、なにも思いつかないまま夕方になり、家に帰ると鍵が空いていた。

鍵を閉め忘れたことを疑う前に、一之瀬が来ているんじゃないかと心躍《おど》った。

けれど、今日は友達と遊んでくるから来れない、と言っていた気がする。

廊下は真っ暗で、どの部屋も電気がついていない。鍵を閉め忘れただけかと落胆したが、リビングにうっすら人影が見えて、おぼつかない手つきで電気をつけた。

「来ちゃった」

目の前にいたのは一之瀬……ではなく死神だった。

いつもと声のトーンが違い、かわいらしい声を出そうとしたのは伝わった。

しかし、死神の地声を知っている僕からすれば、突然人形が喋りだすくらい不気味で、恐怖でしかなかった。テーブルには買い溜めしておいたポテトチップスが、袋だけの状態で置かれている。勝手に食うな。

「なにが来ちゃった、だ。不法侵入だろ」

「そんな怖い顔しないでください、予行練習ですよ」

「なんの予行練習だよ。そんなことより時間が戻ら……」

死神の人差し指が、僕の口元に置かれる。

「話は後です。今日は見せたいものがあります」

そのままタクシーを呼べだの命令され、休む間もなく外につれ出される。

タクシーで移動している間、時間を戻せなくなったことについて訊きたかったが、流石に運転手の前で訊くわけにもいかず、無言で窓の景色を眺めていた。

しばらくして、家から少し離れたファミレスの前で降りた。ドアが開いた瞬間、死神が逃げるように降りたおかげで、タクシーの料金は僕が支払う羽目になった。

「見せたいものがあるんじゃないのか」

急傾斜な階段を上りながら訊くと、「すぐにわかりますよ」と返ってきた。

一階は駐車場、二階のドアから出入りする、どこにでもあるファミレスだ。

こんなところで、なにを見せるつもりなのか。大体、ファミレスなら家の近くにもあった。わざわざここを選んだのは、タクシー料金を多く支払わせるためか？

「いらっしゃいませ！」

店内に入ると、元気な声でウェイトレスが軽くお辞儀をした。

ウェイトレスと目が合った瞬間、『見せたいもの』がなんなのか理解した。

「相葉さん……なんでここに……？」

ウェイトレスの格好をした一之瀬が目の前にいた。

フリルのついたピンクと白のウェイトレス制服を着た一之瀬は目を泳がせている。動揺を隠せないでいたのは僕も同じことだった。

「お前……バイトしていたのか」

バイトしているなんて知らなかった。いや、そもそもバイトしたいとも口にしていなかった。一体いつから……それに今日は友達と遊んでいるんじゃなかったのか。

一之瀬は小さく頷いた後、恥ずかしそうに「お席にご案内します」と言って歩き出した。テーブルへ案内するとき、一之瀬は何度も僕の方を見てきたが、死神と向かい合わせて座ると、彼女の目線が死神に向いていることがわかった。

「ご注文がお決まりになりましたら……ボタンを押してください」

逃げるように去っていくと、死神がクスクス笑いだした。

「知らなかったでしょう？　彼女、つい最近ここで働き始めたんです」

一之瀬がファミレスでバイトするなんて想像したこともなかった。だけど何故、僕にバイトしていることを黙っていたのだろうか。

いつものように僕の心を見透かしているのだろう。死神が答える。

「貴方へのプレゼントを買うためにバイトを始めたのです。健気ですね」

死神は感心する素振りを見せつつ、「私がバラしちゃいましたけど」と品のない笑いをする。これから関係を断ち切ろうというのに、プレゼントなんて。

「嫌がらせをするためにここへつれてきたわけか」

「まさか。私は貴方を助けてあげようとしているだけです」

「僕を助けに？」

「そうです。寿命を手放したことを後悔してしまった貴方を助けてあげるためです」

死神は確かにそう言った。

僕が後悔している？　すぐさま否定しようとしたが、「もう一度言います。貴方は後悔しています」とニヤニヤ笑いながら先に言われてしまった。

「貴方は最近、何度も『寿命を手放していなければ一之瀬月美とずっといられる』と考えていたでしょう？　それは紛れもなく寿命を手放したことへの後悔です」

死神の言う通り、何度も考えはした。しかし、

「余命が半年でなければ、と思っただけだ。銀時計の力がなかったら、一之瀬と出会うこともなかった。ただの想像に過ぎない」

「いいえ、貴方は割り切れていない。現に貴方はウロボロスの銀時計がなくても、彼女と出会えたかもしれない、と妄想していたではないですか」

頭の中を見られていたことを不快に思いながらも反論する。

「想像はしたが、一度でもすれ違いになれば自殺して終わりだろ。今のような関係になっているとは到底思えない」

「本当ですか？　彼女が自殺する未来しかなかった、と本当に言い切れますか？」

「…………」

確かに偶然が重なれば、別の未来があったんじゃないかと考えたことはあった。あんな妄想をしている時点で、後悔していると思われても仕方ないのかもしれない。

「ま、私は貴方が後悔しているかどうかなんて、どうでもいいんですけどね。ただ、ウロボロスの銀時計は『後悔した』と判断したのでしょう」

「銀時計が判断した？」

「ウロボロスの銀時計は寿命を手放したことを後悔した人間には従わないんですよ」

「つまり……後悔したら時間を戻せなくなるということか？」

そういうことです、と死神は平然と言う。

「もっと早く言えよ」と怒ったが、死神は「忠告はしましたし、貴方が絶対に後悔しないと自信満々でしたので、言わなかったんですよ～」と悪びれる様子を見せない。

「大抵は肝心な場面で時間を戻せなくなって、パニックになるんです。慌てふためく姿を観察するのが醍醐《だいごみ》味なのですが、貴方は本当につまらなくてガッカリでした」

「あのな……時間が戻せなくなったせいで、一之瀬と約束をしてしまったんだぞ」

最初から知っていれば、あんな恥ずかしいことを言わなかったのに。

「そういえば、彼女に『君が好きだ。一生傍《そば》にいてくれ』とか言っていましたね」

全部知っているくせに、わざと芝居がかった口調で僕の真似をしてくる。

「そこまで言ってないだろ」

「同じようなものじゃないですか」

死神は呼び出しボタンを連打して、「だから、お詫《わ》びとして助けにきたのです」と不敵な笑みを浮かべた。

オーダーを受けにきた一之瀬は、死神を横目で見ていた。

僕はハヤシライスを、死神はエスカルゴのオーブン焼きを注文し、一之瀬が「ご注文は以上で……」と言いかけていたときだった。

「ねえ、ダーリン。明日もお家に行っていい？」

バカップルでも言わなさそうなことを口にしたのは、目の前の死神だった。無理やりかわいらしい声を出しているが、やはり無理がある。

「はあ？　お前、なに言って……いっつ！」

テーブルの下で脛《すね》を思いっきり蹴られた。

「毎日会えないなんて私嫌だよ。もっと会いたいよ、ダーリン」

いや、マジでやめろ。心を読めるんだから聞こえているだろ、やめろ。

一之瀬は青ざめた表情をして、無言でテーブルから離れていく。

「いきなりなに言い出すんだよ」

「彼女との縁《えん》を切る口実を与えてあげたんです。感謝してください」

死神がなにを言っているのかわからず、考える。そして凍りつく。

「……まさか、彼女ができたことを理由に別れを切り出せと？」

その通りです、と死神はどや顔で言う。

「…………」

「…………」

「……アンタが彼女なんて嘘でも嫌だ」

「私だって貴方みたいな意気地なし、タイプじゃありませんよ」

談笑している家族連れや高校生の集団に囲まれている中、僕達のテーブルに異様な空気が流れる。

「大体、あんな三文芝居で信じるのか」

「信じていますよ。彼女、席に案内する前から私のことを恋人じゃないかと疑っていましたからね。私の名演技と相まって、今は心の整理ができていないようですし、
本当かよ、と疑ったが、青ざめた表情をしていたのはたしかである。

「そもそも貴方が腰抜けだからこんな事態を招いたんです」

「……腰抜け？」

「はい、貴方は腰抜けです。自分から関係を断ち切る勇気がないから彼女の方から離れていくように誘導しようとした。最初から彼女の好意と向き合って、適切な言葉で拒んでおけば、こうはならなかったでしょう」

「早い段階で行動しなかったのは悪かったと思っている。だけど、それは結果論だ。一之瀬を傷つけないようにするには少しずつ距離を置いていくしかなかっただろ」

学校に馴染むまでは下手なことをしたくなかった、と頭の中で言い訳をする。

「距離を置いて最終的にどうするつもりだったんです？」

口をもごつかせながら、「引っ越すとかいろいろあるだろ」と答える。

「もしそのときに連絡先を訊かれたらどうしていたんです？」

「そのときは……」

「彼女を盾に使わないでください。どんな別れ方をしても彼女は傷つく、とわかっていたでしょう？　連絡を取れなくなっても、彼女はずっと貴方を待ち続けますよ」

忠犬ハチ公みたいに、と一人で笑う死神を無視し、自分がどうするべきか考えた。本当にこんな別れ方でいいのだろうか。もっと違う別れ方はないのか。

「まぁ、貴方の人生ですから、残った時間を彼女と過ごしても誰も責めたりしませんよ。貴方は寿命を手放して後悔してしまった可哀想な腰抜けですからね」

死神は「ただし」と続ける。

「彼女は実の父を失っていますからね。貴方まで失ったら、きっと次は立ち直れないでしょう。自分の人生を救うか、彼女の人生を救うか、選択するのは貴方です」

一之瀬ではなく、他のウェイトレスが料理を運んでくると、死神は呑気にエスカルゴを食べ始めた。僕は食が進まず、半分くらい食べたところで手が止まる。

その後、死神は「お手洗いに」と言って、席を立ったまま戻ってこなかった。

しばらくして二人分の会計を済ませて、一人で歩いて帰った。

ベッドの上で仰向けになりながら自問自答を繰り返す。結論が出ている問題を何度も掘り返して埋めた。

午後八時頃、玄関のドアが開く音が聞こえた。

リビングに入ってきた一之瀬が、「来ちゃいました」と呟くように言う。

「どうした?」と訊かなくてもわかることを訊くと、一之瀬は「今日一緒にいた女性……相葉さんの彼女なんですか?」と言葉を詰まらせつつも声を絞り出した。

黙り込む僕を一之瀬はジッと見つめてくる。

たった数秒の沈黙で、じわじわと一之瀬の瞳に涙が溜まっていく。

静寂に包まれた部屋の中に鼻を啜《すす》る音だけが微かに聞こえる。

一之瀬は瞳から零れてくる涙を指で拭い、かぼそい声で「気づかなくてごめんなさい。私、こういうことに疎《うと》いから」と笑った。彼女が精一杯作った笑顔は痛々しく、簡単に壊れてしまうほど脆《もろ》そうで、目を背けたくなる。

「違う……あいつはただの知り合いで、悪ふざけしていただけなんだ」

否定してしまった。それでも彼女の表情は晴れることない。

「じゃあ……これからも会いに来ていいんですか?」

僕は言葉を詰まらせる。あと一歩が踏み出せない。いつもそうだった。肝心なときにあと一歩が踏み出せない。寿命を手放したあの日も同じだ。なにも変わっていない。

拳を握りしめて、歯を噛みしめてから、口を動かして、声にする。

そして、「もう来ないでほしい」と一之瀬に告げた。

一之瀬は自分の涙を拭っていた指を止めて、手を降ろす。

「前にサラリーマンがエレベーターに乗ってきただろ。あのときに怪しまれたみたいで……ほら、お前も学校で変な噂が流れたら困るし、だから……」

こんな苦し紛れの嘘で、彼女を騙せるわけがない。

「……外に遊びに行くことはいいんですか？」

「いや、控えた方がいい……だろうな」

「……そうですよね。なら、たまに電話しても」

「電話も……控えてほしい」

心を無にして口を動かすが、溢れ出てくる罪悪感を抑えきれなかった。

「ごめんな」と口から零れた。

彼女の頬を伝って床に落ちた涙の音が聞こえる。

耳で聞いているのかはわからない。でも、音が聞こえてくる。

無言のまま時間だけが過ぎていく。けれど、終わりは唐突にやってくる。

「今までお世話になりました、さようなら」

玄関へ歩いていく後ろ姿を見て、僕は再び自問自答を繰り返す。

これでいいのか？　こんな別れ方で？　本当に？

今ならまだ間に合う。後ろから抱きしめて、今までのことを全て話せば、彼女ならきっとわかってくれるはずだ。これが最後のチャンスなんだぞ。

走馬灯《そうまとう》のように一之瀬との思い出が蘇《よみがえ》ってくる。お姫様だっこしてファミレスまで運んだこと。一緒に映画を見たこと。ゲームセンターのゲームで対戦したこと。水族館の帰りに見せた満面の笑みのこと。公園でシャボン玉をしたこと。

嫌だ、こんな別れ方なんて――

「一之瀬！」

呼び止めてしまったことに気づいたのは、彼女が玄関の前で振り返ってからだった。

涙でくしゃくしゃになった彼女の顔を見て、我に返った。

僕はまだ彼女を泣かせようとしているのか。

半年も残っていない人間のために、彼女にまた傷をつけようとしているのか。

「そこで待っていろ」

ずっと前から用意していた封筒を手に持ち、玄関の前で一之瀬に渡す。

破れそうなほど分厚い封筒の中に入っているのは、札束。

「これだけあれば、家にいたくないときにどこかで暇をつぶせるだろ」

しかし、一之瀬は受け取らない。あの日と同じように。

「こんな手切れ金みたいなお金いりません」

嗚咽《おえつ》を漏らし始めた一之瀬の瞳から涙が溢れ出てくる。

「遠慮しなくていい。今まで料理を作ってくれただろ。そのお礼として……」

宥《なだ》めるように言うが、一之瀬の涙は止まらない。

「私は……お金が欲しかったわけじゃないのっ！」

あの日と同じように手で封筒をはじき、逃げるように部屋から出ていった。

床に落ちた衝撃で、封筒に入っていた札が散らばる。

すぐに靴を履き、ドアノブに手を伸ばしたが、その手が届くことはなかった。

彼女がいなくなった部屋は、不気味なほど静まり返る。

今になって、後悔している自分に気づいた。

この胸の痛みこそが、寿命を手放したことへの後悔なのだろう。

4

寿命を手放してから三回目の八月二日。月曜日。雨。

一之瀬が部屋に来なくなってから二週間が過ぎた。

あの日からほとんど家に引きこもっている。外出したのは数回。食料を買い溜めするために、近所のコンビニに行っただけだ。食事はカップラーメンや冷凍食品で済まして、たまにピザなど宅配を頼んでいる。床に落ちている札を拾い上げて、そのまま配達員に渡す。どう見られているのか、なんて今更気にすることでもない。

寝て、起きて、食べて、寝て、起きて、食べて、を繰り返す日々。

なにもやる気が起きない。

ウロボロスの銀時計が使えたとしても、時間を戻すことはないだろう。時間を戻したところで、一之瀬と会えない時間が増えるだけだ。

ぽつぽつと雨音が聞こえてくる。

ここ毎日、昔のことを思い出している。


まだ小さかった頃、自分は強い人間だと勘違いしていた。

生まれた直後に捨てられた僕は、幼少期を児童養護施設で過ごしていた。

施設では泣かなかったし、わがままも言わなかった。指導員である先生を困らせている児童を見る度に、自分の方が大人に近い存在だと自負していたのを憶えている。

でも、実際は誰よりも夢見がちで、馬鹿な子供だった。

創作物に影響されやすかった。ヒーローや不思議な力の存在を信じていたわけではないが、努力や我慢は必ず報《むく》われる世界だと思っていたし、家族の絆《きずな》とか親子愛には特別な何かがあると信じていた。

孤児に配慮していたのか、施設には家族をテーマにした絵本が置いてなく、本来なら後者は無縁のままだったと思う。しかし、親子愛をテーマにしたアニメを偶然見てしまったのが原因で、憧れに近い形で信じ込んでしまったのだ。

家族の絆は切っても切れないほど強く繋がっているものだと信じきった僕は、いつか親が迎えに来てくれるんじゃないかと期待するようになっていた。

周りにいた大人も「君は捨てられた子なんだよ」なんて親切丁寧に教えてくれるはず

がなく、馬鹿みたいに妄想を膨らませ続けた。

ある日、同い年の児童が泣いていた。

親に会いたくなって泣いてしまったようだった。泣いていた児童には親がいて、おそらく入院中だったり、なんらかの理由で施設に預けられていたのだろう。

若い女の先生は泣き止《や》まない児童を宥めながら、こう言った。

「良い子にしていたら、お母さんが迎えにきてくれるから我慢しようね」

僕に向けた言葉ではないのに、僕はそれを受け取ってしまった。待ち続けるだけの生活に悶々《もんもん》としていたのかもしれない。良い子になることも一種の努力だと思い込み、その日から先生の荷物持ちを手伝ったり、泣いている子を慰《なぐさ》めたりした。

こうしていればいつか必ず親に会えると、その日を待ち焦がれていた。

しかし、迎えにきたのは親ではなく、里親だった。

「これからよろしくね」

優しく微笑みかけてきた里親に当時五歳だった僕は戸惑った。

この人達と仲良くなったら、本当の親を裏切るような、そんな気がしたのだ。

それに当時の僕でも、養子として迎え入れることが、どういうことか理解していた。

期待に溢れた笑顔で接してくる里親が怖かった。本当の親が迎えに来たとき、この人達の笑顔を壊してしまうかもしれない。想像しただけで、胸が締め付けられた。

だから僕は、里親と距離を置くことにした。

里親は的確に僕が望んでいたものを与えてくれる。でも、僕はそれらを無視し続けた。返事をしなかったり、里親が来たら別の部屋に行ったり。そうしているうちに向こうも距離を置いてくるようになった。全然懐《なつ》かない僕に困り果てていたのだろう。

それから小学校に入学すると、すぐに友達ができた。

この頃も先生の手伝いをしたり、休んだクラスメイトの家にプリントを届けに行ったり、善行を積み続けていたおかげで、クラスの人気者だった。短冊の一件を除けば二年生まで問題なく過ごせていたと思う。

問題が起きたのは、三年生に上がってすぐのことだった。

友達の間でピンポンダッシュが流行《はや》り始めた。

僕を含めた五人の中から押す係を一人決めて、知らない家のインターホンを鳴らして逃げる悪戯を毎日のようにやった。僕は正直やりたくなかったが、グループの中で一人だけ反対する勇気もなく、流されるままやっていた。

インターホンを押した瞬間の嫌な気持ちは忘れられない。たとえるなら、道端に落ちていた蝉を踏んだときに近かった。

今までの善行が水の泡になる気がして、まるで殺人を犯したかのような罪悪感が湧いてくる。押す係だった日の夜は、布団の中でひたすら謝っていた。

また押す係になる前になんとかしなければ……と考え、あることを思いつく。

翌日、押す係を決めるときに自らを手を挙げた。僕達がやっていたやり方は、他の四人がある程度離れたのを確認してから、インターホンを鳴らして逃げていた。

だから最初に四人を走らせて、押したフリをすればメンツを守りつつ、悪戯もしないで済むんじゃないかと考えた。

実際、このやり方はうまくいった。

集団で走るから足音が大きく響き、先を走る四人にはインターホンの音は聞こえていなかった。誰もインターホンが鳴っていないことに気づかず、皆が飽きるまで続けようと毎日押す係に立候補した。

しかし、すぐにエアピンポンダッシュは終わりを迎える。

原因は律儀《りちぎ》に押すフリをしていたことだった。エアピンポンダッシュしているところを他のクラスメイトに目撃されてしまい、担任にチクられたのだ。

職員室に呼ばれて、そりゃもう怒られた。連日押す係だった僕は重点的に叱られたが、皆の前で「押すフリをしていた」なんて言えるわけがなく、終わるまで我慢した。

このことは里親の耳にも入り、家に帰ると真っ先に叱られた。

顔を真っ赤にして叱る里親を前に、僕はただ黙り込んでいた。頭ごなしに説教する里親に、腹の底から黒い感情が沸々《ふつふつ》と湧き上がってくる。

――本当の親じゃないくせに。

子供だった。叱られることに慣れていなかったのもある。ここで本当のことを言って、それでも「最初から止めなかったのが悪い」などと叱られたら、僕に残されたカードは無くなり、心を保てなくなる。僕が説明しなくても理解してほしかった。

だから、心の中で「自分は悪くない」と言い続けた。

里親だから怒られている。もし本当の親だったら、叱る前に事情を訊いていたに違いない。そもそも本当の親だったら相談できていたはずだ。

そうやって、やり場のない気持ちを家庭環境のせいにすることで、自分を保とうとした。多分、他にも大勢いると思う。言い訳できる余地が少しでもあれば、それを大きな盾としてカモフラージュすることで、自分の心を守ろうとする人間。

ただ僕はその盾を過信しすぎたし、尊重しすぎた。盾が錆《さ》びつかないように自分が周りより不幸な人間でなければいけない、と思い始めたのだ。

その日からだった。里親に反抗的な態度をとるようになったのも、家族連れを見る度に嫉妬《しっと》に駆られるようになったのも。

そして、不幸な人間を演じているうちに、本当に不幸な人間になっていた。

友達の家に行く度に思った。

「何故、なにもしていない彼らには親がいて、僕は報われないのだろうか」

家族がいるのが当たり前だと思っている彼らが妬《ねた》ましかった。里親に「可愛げのない子供」と嫌味を言われている僕とは生きている世界が違うのだ。

学年が上がれば、教室での会話も変わっていく。

五年生の頃から周りが親の愚痴《ぐち》を言い合うようになった。僕からすれば自虐風自慢にしか聞えず、「親がいるだけいいだろ」と何度も口にしかけた。

次第に友達とも距離を置くようになり、気づいたときには孤立していた。

小学校最後の夏休みが始まる前、孤立していることに危機感を覚え始めた。

とはいえ、このままではいけないと焦ったところで、今更里親と仲良くなれるわけでも、友達が戻ってくるわけでもない。こっちから歩み寄れば、まだなんとかなったのかもしれないが、現実と向き合えるほど当時の僕は強くなかった。

中学に入学した頃には、親に捨てられたことを認められるようになっていた。

だが、既に手遅れだった。長い間、孤立していたせいで友達の作り方がわからず、中学でも孤立し続けることになる。別にギャーギャー騒ぐクラスメイトと仲良くなりたかったわけでもないし、一人でいることにも慣れてきていたから孤立したままでいい、と開き直っていた時期もあった。

ところが、しばらくして無性に寂しく思うようになり、孤独感を抱き始める。

ただの強がりでしかなかった。心許せる相手が欲しかった。友達が大勢欲しかったわけではない。今までのことを全て話せるような唯一無二の存在に助けてほしかった。

しかし、心の中で哀《あわ》れんでほしいと願ったところで、誰も気にかけてくれない。

結局、なにもできずに中学での三年間を終えて、高校に進学した。

高校生活が始まったところで、生活に変化が起きるわけもなく、友達がいないまま月日が過ぎ去っていく。卒業まで変わることはないだろう、と諦めていた。

しかし、そんな僕にも話し相手が見つかる。

校外学習のとき、移動中のバスで酔ってしまい、僕は車内に残って休んでいた。「団体行動するよりは一人になれて楽なのかもしれない」と吐き気に抗《あらが》いながら思ったが、もう一人バスの中で休んでいる生徒がいることに気づいた。

同じクラスの女子で、彼女も乗り物に弱かった。移動する度に二人とも酔っていたから一緒に行動していた時間も長く、お互いに励《はげ》まし合ったときは少し嬉しかった。

これがきっかけで、彼女とは学校でも会話するようになる。

彼女も高校進学と同時に引っ越してきたばかりで友達がいなかった。引っ込み思案なところもあったが、根暗というわけでもなく、友達がいてもおかしくない子だった。

孤立していた僕達は休み時間になると、身を寄せ合うように顔を合わせて些細《ささい》な会話をした。会話と言っても僕は話のタネがなく、彼女の話を聞いていただけだったが、会話していくうちに惹《ひ》かれていった。我ながらちょろいなと思うが、中学での三年間を考えれば惹かれない方が無理な話である。

それからしばらくして、僕は馬鹿なことを考えだす。

彼女にならば自分の生い立ちを話してもいいんじゃないか、と思った。

つまり、親に捨てられた自分に同情してもらい、彼女の気を引きたかった。

情けない話だ。でも、抑えきれないほど愛情に飢えていた。それまで本心を明かしたことは一度もない。一度くらい信頼できる人に打ち明けたかった。

彼女と過ごしている間、何度も喉まで出かかった。その回数は数えきれない。

しかし、打ち明けるか悩んでいるうちに、彼女の周りに人が増えていった。

周りが彼女の魅力に気づいたのだ。休み時間になると、彼女の席を囲むようにクラスメイトが屯《たむろ》している。遠い存在になった彼女を、僕は離れた場所から見ていた。

彼女はずっと前からクラスに溶け込みたかったのだろう。僕と会話をしたかったわけではない。僕はただ、片思いをしていただけに過ぎない。

よくある話だ。こっちからしたら一番でも、相手からしたら何でもない関係なんて。

僕が一番になることなんてありえなかった。聞えてくる会話の内容でわかる。中学時代の話だったり、家族と出掛けた話だったり、思い出話でも明るい話ばかり。

それに比べて僕は、彼女の話を聞いていただけで、あと少しで暗いだけの生い立ちを話そうとしていた。親に捨てられ、学校で孤立した話を誰が聞きたいと思うのか。

僕が再び孤立したのは、当然の結果だと思えた。

外を歩いていると、親に手を引かれた子供が目に入ってくる。

何の取り柄がなくても一番になれる関係。僕はそんな無償の愛にずっと憧れていたけれど、もう手に入る気配はない。今から努力する余力も残されていなかった。

唯一残っていたのは新品同様に光り輝く盾だけ。なにかに使えるわけではない。

——こんな人生を続ける意味はあるのか。

高校一年生の夏、僕は自殺を考え始める。

橋を訪れる度に飛び降りようとしたが、あと一歩が踏み出せない。生きていれば、なにか起きるかもしれない、と僅かに期待するが、なにも起きない。

ただ退屈で、苦痛な時間だけが過ぎていく。

そして高三のクリスマス——僕は死神と出会った。

寿命と引き換えにウロボロスの銀時計を手に入れた僕は、理想の生活を実現させた。

でも長くは続かなかった。理想の生活を実現させても心が満たされなかったのは、孤独を埋めることができなかったからだろう。時間を巻き戻せたとしても、それだけは絶対に叶《かな》わないものだと最初から諦めていたから、他の使い道を思いつかなかった。

——死にたがりな少女と出会うまでは。

最初は大変だった。百万円の一件で完全に嫌われた僕は一之瀬の後を追い続けた。まともに話を聞いてもらえず、ただ追うだけ。

一之瀬が歩き疲れて公園のブランコに座れば、僕も横に座って説得を続ける。

「……なんで私の行動がわかるんですか？」

「自殺をやめたら教えてやるよ」

「じゃあ、教えなくていいので邪魔しないでください」

やっと口を開いてくれたと思ったら、これだ。

こんな調子で本当に自殺を邪魔できるのか不安だったし、何度もやめようと考えた。

しかし、救急車が橋の方へ走っていくのを見かけると、つい安否を調べてしまう。

一之瀬の自殺が書かれた記事のコメント欄では、「親不孝者」だとか「最近の若者は命を粗末にしすぎ」など好き放題書かれていた。その一方で「相談できる相手がいなかったのかな」とか「逃げてもよかったのに」といったコメントも見られた。

僕からすれば、どれも的外れな意見に思えた。

『誰かに相談して解決するような問題なら、すでに僕が解決している』

『そもそも逃げられる場所があると思うな』

コメント欄に書き込んで時間を戻そうとしたときだった。

――逃げられる場所がないのなら作ればいい。


「また貴方ですか」

「今日はどこか遊びに行かないか」

「……はい?」

少しの間でも嫌なことを忘れられるように、一之瀬をつれて遊びにいくことにした。

一番最初は静かな場所がいいと考え、山登りを選んだが不評だった。展望台にあった有料の望遠鏡を覗いている間にいなくなるし、茶屋に入っても注文しようとしない。

こんなことをして本当に意味があるのかと諦めかけていた。けれど、あんみつを食べる彼女の顔があまりに幸せそうだったから、もう少しだけ頑張ってみることにした。

それから様々な場所につれていくうちに、自然と会話が増えていった。

彼女のためと思いつつ、一之瀬と過ごしている間は僕も嫌なことを忘れられた。

僕も一之瀬に救われていたのだ。

だから僕は、彼女の自殺を二十回も止められた。

一之瀬が全て打ち明けて自殺をやめたときは本当に嬉しかったし、二人で過ごした時間は僕の人生で、唯一誇れる宝物なのは間違いない。

ただ心残りなのは、あんな別れ方になってしまったことだ。

誤算だった。高校のときのように一之瀬も簡単に離れていくと思っていた。

なのに、一之瀬はいつまで経っても僕から離れようとしないし、僕は彼女のことが愛《いと》おしくなり、手放したくなくなった。

僕の弱さがあのような結末を生んでしまった。

最後の最後までかっこ悪かったな、と思う。

そんな僕が彼女にしてやれることは、もうほとんど残っていない。

もし、ほんの少しでも一之瀬の好意が残っているのだとしたら、僕が死んだことを知ってほしくはない。知られないためには、どこか遺体が見つからないような場所で死ぬ必要がある。だから僕は、彼女のために自殺しなくてはいけない。

僕が恋した一之瀬月美が、ずっと平穏に暮らせるのなら安いものだ。

そしてどうか――僕のことを忘れてくれますように、と。

今日も、彼女の平穏を祈り続ける。

第五章　死にたがりな青年

1

寿命を手放してから三回目の八月二十一日。土曜日。曇り。

カーテンを開けると、灰色の空が広がっていた。

どんよりとしたモノクロの景色なのに眩《まぶ》しく感じる。

こうして外の景色を眺めるのは、いつぶりだろうか。

リビングは埃《ほこり》っぽく、テレビやリモコンの上はうっすら白くなっていた。キッチンにはカップラーメンなどの容器が無造作に置かれ、割りばしが散乱している。

生気が抜けてしまった部屋を見回して、ため息をつく。

こんな部屋に一之瀬が来ていたと思うと、なんだか嘘みたいだ。

『私は……お金が欲しかったわけじゃないのっ！』

あれから一ヵ月、僕はまだ自殺できていなかった。

遺体が見つからない方法で死ななくてはいけない。思いつく限りでは、山奥で首を吊るか、海崖《かいがい》から飛び降りるの二択になるだろう。どちらも楽に死ねるとは思えない。

寿命が尽きる直前に人目がつかない場所に行けば、苦しまずに済むのかもしれない。けれど、死神から具体的にどう死ぬのかは教えられていない。結局苦しむことになったり、クリスマス前から体を動かせない状態に陥《おちい》っている可能性はあり得る。

一之瀬《いちのせ》に知られないためにも、自殺できるうちに自殺しておきたいと思っていた。

それなのに、僕は今も生きている。死なずに生き続けている。

覚悟を決めて、遠くの山へ行こうとしたこともあった。

なのに、電車で向かっている途中、ついスマホの写真フォルダを見てしまった。動物園で撮った写真を最後に見ておきたかったとか、そんな甘い理由だった気がする。

表示された画面には、見覚えのない写真が並んでいた。僕の寝顔ばかりで、撮影日時はバラバラ。寝ている僕を背景にして、ピースしながら自撮りしている犯人の笑顔を見た瞬間、どうしようもないほど恋しくなった。

気づいたときには駅のベンチに座って、震《ふる》える手でスマホを握りしめていた。

自殺するために用意していた覚悟はどこかに消えてしまい、最初からそんなものがあったのかどうかさえ、わからなくなっていた。

部屋に引き返した僕は、それから自殺できないまま今日に至る。

もう一之瀬と会うつもりはない。向こうだって会いたくないはずだ。夏休みも終わりが近い。彼女なら彼氏ができていてもおかしくないだろう。

もう生きている意味なんてないのに、死ぬことができない。

これが生き地獄ってやつなのか。ずっと前から、ろくでもない人生だと思っていたが、ここまで心苦しい日々はなかった。あの頃はまだ幸せだったのかもしれない。

シャワーを浴び終えると、午後五時を過ぎていた。外着に着替えて、財布とスマホをポケットに入れる。鍵を手に持ち、玄関に落ちている札《さつ》を数枚踏んで靴を履いた。

去年、一之瀬と見に行った花火大会が、今年も開催される。

今日がその開催日で、僕にとって最後の花火大会になる。唯一、子供の頃から毎年楽しみにしていたイベントだから、死ぬ前に見ておきたかった。

玄関のドアを開けた瞬間、むわっとした熱気を感じたが、気温はそこまで暑くない。真っ暗になった自分の部屋を見て、もう二度と戻ってくることはない気がした。

今にも泣き出しそうな空の下を歩いていく。すれ違う人々は傘を持っている。スマホで天気予報を確認したところ、夕方から激しい雨が降るそうだ。花火大会が中止になる可能性は極めて高かったが、部屋に引き返すことはしなかった。

公園に近づくにつれて通行人の数が増えていき、空が暗くなっていく。周りから雨が降らないことを祈るような会話だったり、中止になった場合はどうするのか話し合う声が聞こえてくる。天気のおかげで、去年より見物客が少ないように感じた。

公園に入る前からぽつぽつと降り始めた雨は、止《や》む気配がない。それどころか次第に強くなっていき、原っぱに辿《たど》り着いた頃には天気予報の通りになっていた。

傘を持たずに出てきた僕は冷たい雨に襲われ、あっという間にずぶ濡れになった。

『本日の花火大会は雨天のため、中止となりました』

至る所に取り付けられたスピーカーから中止を告げるアナウンスが流れる。

周りにいた見物客からは、中止になることがわかっていたような声が上がる。残念がる小さい子供の姿もあったが、父親に「また来年があるから」と宥《なだ》められていた。

ぞろぞろと出口へ移動を始めた見物客の列についていく。小さな傘を持った子供の手を引きながら歩く親、相合傘をしながらこれからどこに行くか話し合っているカップル。

周りが傘を差している中、ずぶ濡れになっているのは僕だけだった。

周りの目から見れば、一人だけ傘を差していない僕は滑稽《こっけい》に映っているだろう。それこそ羽のない蝶《ちょう》のように異質な存在になっているはずだ。

傘を差していても後ろ姿でわかる。いや、傘を差しているからなのかもしれない。

それぞれの繋がりを見せつけられているようだ。その中で一人ずぶ濡れになっている自分はなんなのだろうか。誰も傘に入れてはくれない。当然だ。見ず知らずの男を入れてくれる人間なんているものか。僕だって他人を入れたりしない。

でも、一人くらい傘に入れてくれる人間がいてもいいだろ、と思ってしまう。

一之瀬と遊びに出掛けるようになってから、少しだけ世界が優しくなったような気がしていた。あれだけ冷たかった世界が、ちょっぴり好きだと思うようになっていた。
けれど、それはただの勘違いで、これが現実だ。誰も助けてなんかくれない。
土砂降りの雨に打たれているうちに孤独感が、高揚感へ変わっていく。
――今ならどんなことでもできそうだ。
多分、僕は花火を見たかったんじゃない。この光景を見たかったんだ。
こうやって惨《みじ》めな思いをして、自分の人生に見切りをつけたかった。
だから、破滅願望を誘発させるように傘を持たずにきた。
心の中で無意識のうちに、今日を待ち続けていた。
自殺するなら今日しかない。
この機を逃したら、いつまでも逃げ続けてしまう。
彼女の笑顔を思い浮かべた。
最後に一目見たかったな、と残念に思う。
これから僕は――自殺する。
公園を出たときには、決心が固まっていた。
けれど、それと同時に雨が止んでしまった。
雨音はさっきまでと、さほど変わらない。
前を見ても、雨は激しく降り続いている。
頭上を見上げると、傘の中に入っていた。

誰かの傘に入っていた。

誰か?

そんなこと考えるまでもなかった。

僕を傘に入れてくれる人物なんて、この世に一人しかいないのだから。

「やっぱり相葉《あいば》さんじゃないですか」

白い傘を持った一之瀬が、僕の顔をまじまじと見てくる。

「お前……なんでこんなところに」

「それはこっちの台詞《せりふ》ですよ。びしょ濡れじゃないですか」

呆《あき》れながらハンカチを取り出して、僕の顔を拭いてくる。

「一人で来ていたのか?」

見たところ一人だ。友達の姿も彼氏の姿もない。

「そうですよ。相葉さんもですか?」

「見りゃわかるだろ」

「てっきり彼女さんに振られて傘取られちゃったのかと思いました」

一之瀬はクスっと笑いながら、ハンカチをしまった。

「だから、あいつはただの知り合いだって」

傘から出ようとすると、濡れた手を握ってきて離そうとしない。

「家まで送っていきますよ」

傘を押しつけてきて、つい反射的に受け取ってしまった。一之瀬はずぶ濡れなのを気にもせず、腕を組んでくる。冷えた体に彼女の体温が優しく伝わってくる。

「……学校のクラスメイトに見られたら誤解されるだろ」

「私は誤解されたいかなー」

悪戯《いたずら》っぽく笑う一之瀬は以前と変わらず、大袈裟《おおげさ》に体を預けてくる。

その反則的な返しに抗《あらが》う術《すべ》がなく、結局腕を組みながらマンションまで歩いた。

ちょっぴり安心した。元気な姿を見れたのもそうだが、てっきり嫌われているものだと思っていたから、以前と同じように接してくる彼女に内心ホッとしていた。

「気をつけて帰れよ」

マンションのエントランスで別れを告げる。これ以上、一緒にいたら元に戻ってしまいかねない。しかし、一之瀬は僕の後ろをついてくる。

「部屋にある忘れ物を取りたいんですけど、ダメですか？」

忘れ物らしきものを見た覚えはないが、彼女が使っていた食器や歯ブラシなどはそのままだ。突然追い出してしまったから、家で使いたい物もあるのかもしれない。

結局、上までついてきた一之瀬を部屋に入れてしまい、玄関に落ちている札やキッチンに置いてあるカップラーメンの容器を見られてしまった。

「相葉さん、ちゃんとご飯食べていますか？」

「どうでもいいだろ。それより遅くなる前に荷物を持って帰れ」

後ろから飛んでくる「どうでもよくないですよ！」「ちゃんとしたものを食べないと体壊しますよ！」といったお節介を無視して、僕はシャワーを浴びに行った。

ところが、シャワーを浴び終えた後も一之瀬は部屋にいた。

「まだいたのか」と口には出すが、本心は真逆だった。

「ごめんなさい。忘れ物があると言ったのは嘘です。こうでもしないと部屋に入れてもらえないと思ったので」

ソファで寛《くつろ》いでいる一之瀬にため息をつくと、彼女は無邪気に笑いながら「というわけで今日は泊まりたいと思います」とふざけたことを言い出した。

「というわけで、じゃない。駄目に決まっているだろ。大体服とかどうするんだよ」

「あ、私の物が置いてあるのは本当ですよ。いつでも泊まれるようにパジャマやタオルを隠しておいたんですよね。なにかあったときのために」

したり顔の一之瀬は、普段使っていない部屋のクローゼットから見慣れない袋を取り出してくる。なにかあったときってなんだよ。

「シャワー借りますね」と言って、洗面所へ向かおうとする一之瀬を引き止める。

「それを持って早く帰れ。変な噂になったら、どうする」

折れそうになりながらも必死に彼女を帰らそうとするが、一之瀬は退《ひ》かない。

「相葉さんが喋《しゃべ》らなきゃ噂になったりしませんよ」

一之瀬は勝ち誇ったように微笑《ほほえ》んで、洗面所へ向かった。

しばらくしてパジャマ姿の彼女が出てくると、「なにして遊びます？」と笑顔で訊《き》いてきた。僕は「遊ばない。もう寝る」とだけ答えてベッドに潜る。

「せっかく遊びに来たのに！」と不満の声が聞こえたが、すぐに部屋の電気が消えた。もぞもぞと一之瀬が布団の中に入ってきて、僕は咄嗟《とっさ》に背を向けた。

「自分の布団で寝ろよ」

「真っ暗でなにも見えません」

後ろにいる彼女が笑いながら、僕の背中にぐりぐりと頭を押し付けてくる。

月の光が差し込める部屋は、二十回目の自殺を止めた日の夜と同じ光景で、違うのは後ろにいる彼女との距離だけだった。

「相葉さん、今までなにしていたんですか？」

一之瀬は眠くないようで、僕の背中を指でなぞりながら色々と訊いてくる。「どうして一人でびしょ濡れになっていたんですか？」とか「なんか元気ないですね」など。

僕は寝たフリをして返事をしなかったが、一之瀬は喋り続ける。

「この間、黄色い線の外側に立っていたら駅員さんに怒られちゃいました」

楽しそうに話す一之瀬に「なんでそんなことしたんだよ」と反応してしまった。

「自殺する素振りを見せたら、相葉さんが邪魔しに来てくれるんじゃないかなーって思ったんですよ。なのに駅員さんの方が先に邪魔してくるし、橋の上に何時間いても来てくれなくて……正直寂しいです」

後ろで音がした後、一之瀬の柔らかくて温かい体が、僕の背中を包み込んだ。

「本当に自殺しちゃいますよ？」

誘惑するような声で一之瀬は言った。

「もう自殺しないって約束しただろ」

彼女の誘いを断るように僕は返す。

「先に約束を破ったのは相葉さんじゃないですか」

少し拗《す》ねている口調だったが、僕の体を優しく抱きしめてくる。

「相葉さんが一緒にいてくれるのなら、もう少しだけ頑張ってみようかなって思っただけで、今も死にたい気持ちは残ったままなんです。受験勉強を教えてほしいと言ったのも一緒にいられる理由を作りたかっただけ。高校に通いだしたのも褒《ほ》めてもらいたかっただけ。料理を作っていたのも相葉さんの気を引きたかっただけ。あの日から相葉さんに褒めてもらうためだけに頑張っていたのに……相葉さんは酷《ひど》い人です」

滑稽なほど思いを寄せてくる彼女が愛《いと》おしくて、愛おしくてたまらない。今すぐ振り返って抱きしめてやりたい。

けれど、それでも僕は抗わなくてはいけない。

「お前が思っているほど、僕はかっこいい人間じゃない。子供のお前には大人がかっこよく見えるのかもしれないけど、僕みたいなかっこ悪い大人の傍《そば》にいたら駄目だ」

一之瀬は「また子供扱いする！」と怒り、僕は「子供だろ」と返した。

「とにかく今のお前はただ勘違いしているだけなんだよ」

「じゃあ、相葉さんが教えてくださいよ。相葉さんがかっこ悪いと思う理由を一つ一つ、私に教えてください。そしたら私がかっこいいか、かっこ悪いか判断します」

囁《ささや》くように「相葉さんのかっこ悪いところもちゃんと好きになりますから」と付け足す。傷心している今の僕からすれば、甘い誘惑の言葉だった。今まで経験したことのない感情が湧いてきて、なにもかも話してしまいそうになる。

それでも僕は口を塞《ふさ》いで抑えきる。

僕は――僕を捨てた親とは違う。自分の幸せのために大切な人の人生を台無しになんかさせない。そうやって今まで生きてきた。今更《いまさら》引き返すことなんて、できない。

「……そんなこと教えられるか、もう寝るぞ」

言葉を発せたのは、沈黙から数分後だった。

後ろから「いつか教えてくださいね」と優しい声が聞こえた。

心の中では波風が絶えず、彼女を振り切れるほどの気力は残っていない。

彼女の温《ぬく》もりを心と背中で感じているうちに、瞼が閉じていく。

僕はその日、死にたがりな少女に自殺を邪魔された。

2

寿命を手放してから三回目の八月二十二日。日曜日。晴れ。

目を覚ました瞬間、一之瀬と目が合った。

「おはようございます」

上から覗き込むように見ていた彼女はにっこりと微笑む。

どうやら寝顔を見られていたようだ。自殺する絶好の機会を逃してしまった焦りよりも、昨夜の出来事が夢でなかったことに安堵している自分がいた。

これからどうするか。考えるのも億劫《おっくう》になり、二度寝しようと布団に潜った。

「お腹空きました。どこか食べに行きましょうよ」

すぐに布団を剥《は》ぎ取られてしまい、二度寝できそうにない。

まだ半分寝ている状態の体を引きずりながら洗面所に向かう。顔を洗い終わると、一之瀬が散歩に行きたい犬のような目で見てくる。昨夜はなにも食べずに寝てしまったから、僕もお腹が空いていた。仕方なく、服を着替えて支度《したく》する。

一之瀬は僕の手をリードのように引っ張り、ファミレスへ向かった。

時刻はまだ昼前で、外は蒸し暑い。蝉の声が騒がしく鳴り響く。

普段なら絶対に出掛けないような暑さだが、一之瀬が隣にいるだけでどこまでも歩いていけそうだった。このままずっと彼女といられるとしたら、どれだけ幸せな日々を過ごせるだろうか。銀時計で実現させた理想の生活なんて霞《かす》んで見える。

地元のファミレスに入り、僕達は端っこのソファに座った。冷房が効いた店内は空いていて、ウェイトレスに注文すると、すぐに食事が運ばれてきた。

「相葉さんっていつもハヤシライスを頼んでいますよね。好きなんですか？」

「そうなのかもな」と曖昧《あいまい》な返事をする。

「じゃあ、今度作ってみますね」

健気《けなげ》に微笑む一之瀬から視線を落とし、ハヤシライスをスプーンで掬《すく》いながら言う。

「お前と会うのは今日で最後だ」

チラ見して様子を窺《うかが》うが、予想していた反応とは違い、彼女は微笑んでいた。

「どうしてですか？」

「それは……他の人に知られたら、いろいろとまずいだろ」

一之瀬は「まずいかもしれませんね」とクスッと笑う。

「相葉さんに会えないのなら自殺しようかなー」

窓の外を見ながら涼しい顔をして、わざと僕に聞こえるように呟く。

「そんなこと冗談でも口にするなよ」

「冗談じゃないですよ。相葉さんと会えないのなら生きている意味ないですし」

悪びれる様子はない。平然とした態度の一之瀬は、自殺していた頃の彼女と重なる。

「私の邪魔をしたかったら、相葉さんは死ぬまで監視していないと、ですね」

「そんなの無理に決まっているだろ。とにかく会うのも自殺するのも駄目だ」

僕がそう言うと、一之瀬は「お断りします」とハッキリ言った。

真っすぐな目で僕を見つめてくる彼女は、以前とは違う雰囲気がある。

「今までは嫌われないように隠してきましたけど、本当はわがままで甘えん坊なんですよ、私。相葉さんが他の女性とバイト先に来たときはショックでしたし、やきもちも焼きました。他の女性に取られてしまうぐらいなら、もっと積極的になっていれば良かったなーってずっと後悔していたんです。だから次に会えたときは思う存分甘えて、わがままも沢山言って、相葉さんを困らせようと決めていました」

一之瀬はオレンジジュースを飲んでから、「なので」と付け足す。

「相葉さんが駄目でも会いに行きますし、会ってくれないのなら自殺します」

無邪気に微笑みながら「覚悟しておいてくださいね」と宣戦布告されてしまった僕は、「勝手にしろ」と建前を口にすることしかできなかった。


その翌朝も目を覚ますと、一之瀬と目が合った。

「おはようございます」

にっこり微笑む一之瀬に起こされ、いつものように布団をかぶり、いつものように布団を剥ぎ取られた。僕の手を引っ張りながら、彼女は楽しそうに笑う。

「今日は映画でも見に行きませんか?」

「どうせ見たいもんないだろ……」

布団を取り返してもう一度かぶるが、また剥ぎ取られてしまう。

「一緒に見たい映画があるの！　ね、行きましょうよー」

朝からハイテンションな一之瀬は、僕の頬を指で優しく突いてくる。

「わかったから突くな」

「やった！」

結局、この日も一之瀬の手に引かれて映画を見に行ってしまった。


寿命を手放してから三回目の九月十五日。水曜日。晴れ。

一之瀬はあれから毎日、部屋に訪れるようになった。

夏休みが終わって授業が再開しても変わらず、以前と同じ状況に戻ってしまった。

来るなと言っても聞く耳を持たないし、家になかなか帰ろうとしない。彼女を追い出せるほど心に余裕がなく、ズルズルと今日まで生き延びてしまった。

そこで僕はこの日、一之瀬が学校に行っている間に別れを記した手紙を置いて、部屋から出ていこうと考えていた。

「会ってくれないのなら自殺します」と一之瀬は言っていた。このまま姿を消すことを不安に思ったが、どちらにしても十二月二十六日に死ぬことは避けられないのだから自殺しないことに賭けて、早めに出ていった方が彼女のためだと判断した。

ところが僕を起こしに来た一之瀬は制服姿ではなく、私服だった。

「今日は学校じゃないのか？」

そう訊ねると、彼女は「創立記念日でお休みなんですよ」と答えた。

「相葉さん、今日はゲームセンターに行きましょうよ」

僕の腕を両手で掴んで、ぐいぐいとベッドから引き摺《ず》り出そうとする。

「早く、早く！」

「自分で起きるから引っ張るな」

一之瀬の手に引かれて辿り着いたゲームセンターは、以前彼女と行った場所だ。

僕達はガンシューティングゲームの前に立ち、ゾンビを撃つ。以前とは比べものにならないほど息のあったコンビネーションで、次々とゾンビを退治していく。そのままラスボスまで辿り着き、手に汗握る死闘の末、無事にクリアできた。

「やりましたね！」と喜びながら一之瀬が抱きついてきて、僕も喜びのあまり彼女を抱きしめる。傍《はた》から見ればバカップルにしか見えなかっただろう。

その後もレースゲームやダーツ、バッティング、コインゲームなどで遊び、ゲームセンターを出た頃には綺麗な夕焼け空が広がっていた。最初は乗り気でなかったのに、いつの間にか自殺のことを忘れて夢中になっていた。ちなみにダーツは連敗中だ。

帰りに立ち寄ったクレープ屋で、二人ともチョコ生クリームを注文した。前もこうやって食べ歩いて帰ったよな、と懐かしく思う。

「この前、スペシャルフルーツミックスを頼んだんですけど、美味しかったですよ」

「美味しかったなら、それを頼めばよかったのに」

「私が、チョコ生クリームを頼んだのには深い訳があるんです」

「深い訳？」

「相葉さんと同じものを食べたかったのです」

一之瀬は口に生クリームをつけたまま笑う。


寿命を手放してから三回目の九月二十八日。火曜日。晴れ。

「今度こそ部屋から出ていく」と決心した僕は、一之瀬が起こしに来る前に起きて、行動に移す……予定だった。

朝、ベッドの上で目を覚ますと、体に異変を感じた。やけに重たく感じて、布団をめくると、一之瀬が僕の上ですやすやと眠っていた。

「おま……なにやってんだよ」

一之瀬を揺さぶって起こす。時刻を確認すると、既に九時を過ぎていた。スマホのアラームが鳴らなかったことよりも一之瀬が学校に行かず、まだベッドの上にいることに疑問を抱いた。この日も着ているのは制服ではなく、私服だ。

「学校に行かなくていいのか」

「今日は創立記念日なので……」

「お前の学校は一年に何回、創立記念日があるんだよ」

一之瀬の両頬を左右に引っ張ると、やけに長く伸びた。「今日は学校に行きたくない」と弱々しい声を出して、僕の胸元に顔を埋める。彼女の体温で、僕も眠くなってしまい、部屋から出ていく覚悟も削がれてしまった。

しばらく彼女の頭を撫でていると、僕の胸元で小さなあくびをして起きだした。

「今日は水族館に行きませんか？　前に相葉さんと行ったところに」

一之瀬はそう言って、今日も僕の手を引く。

貸切状態の車両に乗り込み、他に誰もいないことを確認した一之瀬は、僕の肩に寄りかかってくる。彼女と再会するまで、またこんな日がくるなんて思いもしなかった。夢でも見ているような気分で、今こうして彼女と一緒にいる。寄りかかってくる彼女の体温で、これが現実であることを確かめているうちに着いてしまった。

水族館に入ると、一之瀬が腕を組んでくる。僕はそれを拒絶することなく、まるでカップルのように館内を見て回った。

「あれだけ沢山いたら仲間外れになる子もいそうですよね」

水槽を泳ぐイワシの大群を見上げながら、一之瀬が言った。

「奇遇だな。前に来たときに同じことを考えた」

「もし私がイワシだったら、きっと仲間外れになっているでしょうね」

「プールでも泳げていなかったからな」

　一之瀬は「そういう意味じゃないです」と不満げな顔をする。悪かったって。

「イワシになっても相葉さんが助けてくれるんですよ」

「お前を助けたところで、イワシ二匹じゃ生き残れないだろ」

　鼻で笑ったが、一之瀬は「そんなことないですよ」と言って首を横に振る。

「二人で励まし合って生きていくんです。私は置いていかれないように必死に泳ぐので、相葉さんは必死に泳いだ私を褒めてください」

「それ、励まし合ってなくないか？」

「相葉さんも正直者になったら、ちゃんと褒めてあげますよ」

「なんだよ、それ」

　ゆらゆらと反射した光が僕達を包む。

「本当にイワシになっちゃったら、二人だけで泳ぎましょうね」

「はいはい、イワシになったらな」

　イワシの大群を見上げながら、そういう生き方も悪くないかもな、と思った。

寿命を手放してから三回目の十月六日。水曜日。晴れ。

「相葉さん、そろそろ教えてくれてもいいんじゃないですか?」

公園の原っぱに飛び交うシャボン玉を眺めながら、一之瀬が訊いてくる。

「なんのことだよ」

木の日陰に敷いたレジャーシートから原っぱに向けて、シャボン玉を吹く。

「相葉さんのかっこ悪いところを教えてくださいよ」

「まだそんなこと気にしていたのか」

この日も部屋から出ていこうとしたのだが、一之瀬とマンションの通路で鉢合わせしてしまい、彼女の手に引かれて公園に来てしまった。スワンボートに乗って、鯉に餌をあげた後、原っぱでバドミントンをして、二人でシャボン玉を吹く。

あと二ヵ月で死ぬとは思えないほど平穏な日々が続いている。

しかし、平穏な日々を過ごしている分、彼女の方は学校を休むことが目立つようになっていた。今日も彼女は学校を休んで、こうして僕と一緒にいる。

「それよりお前の方が心配だ。学校でなにか嫌なことでもあったのか」

「ないですよ。なんでそんなこと訊くんですか?」

「最近、休みすぎじゃないか」

一之瀬は「うーん」と悩む素振りを見せた後、僕の膝に頭を乗せた。

「相葉さんと少しでも長く一緒にいたいだけですよ」

「学校の友達と遊んだ方がいいだろ」

僕の膝の上で一之瀬はつまらなそうな顔をする。

「学校にいると、以前よりも孤独に感じることが多いんです。私が不登校だったことを知っている人は誰もいませんし、家族と仲が悪いことも知りません。だから、友達ができても、本当の私を知っている人は学校にいないんですよ」

彼女の口から学校の不満を聞いたのは、これが初めてだった。僕も似たような人生を送っていたから、そういう悩みもあるだろうな、と予想はしていた。

けれど、僕が心配していたのは、そういう問題ではない。

大きなあくびをした彼女は「少し眠くなってきました」と呟き、瞼を閉じる。風で彼女の前髪が揺れる。穏やかな寝顔を眺めているうちに、つい頭を撫でてしまう。

まだ起きていた彼女は瞼を閉じたまま頬を緩めた。


寿命を手放してから三回目の十月十日。日曜日。曇り。

この日、一之瀬のバイト先であるファミレスに来ていた。彼女が働いているところを見に来たわけではない。ここへ来た理由は人と会って、あることを確かめるためだ。

ウェイトレス姿の一之瀬が恥ずかしそうにこちらをチラチラ見てくる。そんな彼女を目で追っていると、女子高生二人組に声をかけられた。

「あ、月美《つきみ》の彼氏だ」

「相葉さんだっけ。こんなところでなにしているの？」

声をかけてきた二人組は、前に学校の前で会ったことがある一之瀬の友達だ。

「なにしているのって月美を見に来たに決まっているじゃん」「それしかないか」と笑い合っている二人に「彼氏じゃない」とツッコみを入れる。

僕はこの二人に聞きたいことがあった。

彼女達とは待ち合わせをしていたわけではない。一之瀬の話によれば、二人はこのファミレスによく来ているようで、休日はウェイトレス姿で働く一之瀬の写真を撮りに来るらしい。一之瀬本人は恥ずかしいからやめてほしい、と言っていたが。

「二人に訊きたいことがあるんだけど」と口にすると、二人は食いついてくる。

「なになに？」

「月美のスリーサイズ？」

僕は「気になるけど違う」と答えて、彼女達に質問をする。


寿命を手放してから三回目の十月十二日。火曜日。晴れ。

この日は別れを記した手紙をテーブルの上に置き、日が昇る前に部屋を出ていくと決めていた。手紙には、始発の電車に乗ることをほのめかす文章も書いておいた。

深夜三時。一之瀬が部屋に来るような時間ではない。

いつもは財布とスマホを持っていくが、今日はなにも持たずに玄関へ歩いていく。

靴を履いてドアを開けると、

――目の前に三角座りしたまま眠っている一之瀬がいた。

マンションの通路に寝ている女子高生がいたら、誰だって驚くだろう。

でも、僕は驚かなかった。

こうなることがわかっていたから、なにも持たずに出た。

僕は寝ている彼女を揺さぶって起こす。

「相葉さん……？」

目を擦《こす》りながらキョロキョロと見回し、すぐに状況を理解したようだ。

「これは……えーっとですね」と必死に釈明しようとする彼女の冷たい手を握って、僕達は夜の散歩に出かけた。

歩いて向かったのは、いつもの橋だ。ここならなんでも話せそうな気がした。

川のせせらぎ、虫の鳴き声が聞こえてくる。深夜なこともあって、橋の上は普段より静寂に包まれていた。風で一之瀬の長い黒髪がなびく。

欄干《らんかん》に手を乗せて、彼女の方を向かずに遠くの景色を眺める。

「家出……そう、家出してきたんです！」

思いついたかのように釈明をする一之瀬。それは無理がある。

「だったら部屋に入れればいいだろ」

「寝ているところを起こしたら、悪いかなー……って」

ぎこちない笑い方をする一之瀬に、僕は質問する。

「花火大会のとき、なんであんなところにいたんだ」

「……どういうことですか？」

一之瀬は訊き返しつつも、質問の意図に気づいている様子だった。

「お前の友達から聞いた。あの日、ファミレスで集まる約束をしていたらしいな」

元々、一之瀬は友達と花火大会に行く約束をしていた。しかし、天気予報がずっと雨マークだったことから、花火大会前日に行かないことを決めたそうだ。

代わりにファミレスに集まることにした三人だったが、当日一之瀬は来なかった。集合時間は僕達が公園で鉢合わせする少し前で、一之瀬は「急用ができて行けなかった」と彼女達に謝ったらしい。

一之瀬がファミレスに来なかったのは当然だ。

その時間は僕を傘に入れて、部屋までついてきていたのだから、行けるはずがない。

何故《なぜ》、一之瀬は待ち合わせ場所から離れた公園にいたのか。

そんなの簡単だ。

僕があそこを通ることを事前に知っていたからだ。

それも一之瀬が僕の行動を読んでいたのは、あのときだけではない。

僕が部屋から出ていこうとしていたことも知っていた。おそらく今日のようにずっとドアの前に座っていて、深夜のうちに僕が出ていかないか見張っていたのだろう。

朝になると部屋に入ってきて、こう言う。

『今日は学校に行きたくないです』

そして、僕の手を引いて、どこか遊びにつれていく。

つまり一之瀬は——僕の行動を事前に知っていて、意図的に自殺を邪魔していた。

僕は黙り込んでいる一之瀬に問いかける。

「いつ死神と取引したんだ？」

それ以外考えられなかった。いくら長い間、一緒にいたからって連続で邪魔するのは無理がある。心を読んだり、時間を巻き戻さない限り、不可能だ。

一之瀬は「流石にバレちゃいますよね」と開き直るように笑いながら、ポケットから懐中時計を取り出す。その懐中時計はウロボロスの銀時計と瓜二つで、蓋に刻まれたウロボロスの向いている方向が逆なところしか違いが見当たらなかった。僕の銀時計は右を向いていて、一之瀬の銀時計は左を向いている。

銀時計を二つ並べれば相食《あいは》んでいるように見える。その相食む姿は前にネットで見たことがある。まさにウロボロス、そのものだった。

僕の推測していた通りだった。ウロボロスの銀時計は二つ存在していた。

「花火大会の日ですよ。本当だったらあの日、相葉さんは自殺していたんです」

自殺したとしてもすぐに見つかるはずがない、と思っていた。けれど、一人だけ通報できる奴がいる。どこで自殺するかなんて心を読めるのなら簡単にわかるだろうし、自殺する前から通報することだってできる。

最初から死神はこれを狙っていたのだろう。今になって考えればアイツが協力するなんてありえない話だ。一之瀬と取引するためにあんな恋人のフリをして、僕達の関係を断ち切ったのだろう。彼女が死にたがりな少女に戻るように。

手に持った銀時計を見つめながら、一之瀬は話す。

「死神さんにこの時計を見せてもらったとき、全て理解しました。相葉さんの持っていた懐中時計とそっくりですからね。なんで私の行動を先回りできていたのか、なんで私の前から姿を消そうとしたのか。ようやくわかりました」

「そこまでわかっていたなら、なんで取引した。僕の寿命が残り僅かなことだって、知っているんだろ」

僕がそう言うと、一之瀬は「決まっているじゃないですか」と言って微笑んだ。

「相葉さんにもう一度会いたかったからですよ。今度は私が相葉さんの自殺を邪魔して、またいろんなところに行きたかったんです」

寿命を手放した人間とは思えないほど明るく誇らしげに話す一之瀬からは、後悔の念がまったく見えない。

「だからって……寿命と引き換えに取引することないだろ！」

「そう言われると思ったから黙っていたんですよ。本当は相葉さんの寿命が尽きるまで黙っていようと思っていたんですけどね」

開き直った態度で口にする一之瀬を見て、僕は静かに怒った。

「もうすぐ死ぬ人間のために寿命を手放すなんてどうかしている」

「もうすぐ死ぬ人間はそんなこと気にする必要ないんですよ」

そう言い返した一之瀬は勝ち誇ったようにピースをする。

「大体、相葉さんがいけないんですよ。人の自殺を邪魔しておいて、自分だけ死のうなんて！　私を置いていくなんてずるいです！」

逆に怒ってくる彼女に、僕はため息をつく。

「……お前は寿命を手放したことを後悔していないのか」

僕の質問に彼女は満面の笑みで答える。

「全然後悔してませんよ。前にも言いましたけど、相葉さんが傍にいてくれないのなら生きている意味ないんです。だから後悔なんて絶対にしません」

そう言い張る一之瀬を前に「馬鹿なやつだな……」と小さく呟いた。

「なんとでも言ってください。私はもうすぐ死ぬ人間なので、なにを言われても、どれだけ相葉さんに嫌われても気にしません。自分のやりたいことをやります」

そう言って、一之瀬は僕の肩を指で突《つっ》く。

「だからね、相葉さん」

一之瀬の方を向くと、勢いよく抱きついてきて倒れそうになった。
僕の顔を見上げながら、
「私はもうすぐ死ぬ人間なので……」と囁き、
顔を寄せてくる。
そして、

僕達の唇は重なり合った。


たった数秒間の出来事だった。

それだけで全身が熱くなってくる。僕達の間にあった壁が崩れていくのを感じる。ダムが決壊したように、彼女への気持ちが溢れ出てくる。心が満たされていく。

唇が離れていくと、一之瀬は「こういうことしても全然恥ずかしくないんです」と言って笑みを作る。あっという間に頬は赤く染まり、耳も真っ赤になっている。

「顔を真っ赤にさせておいて、それは無理があるだろ」

一之瀬の手を引いて、抱き寄せる。

「きゃっ！」

なにが起きたのか理解できていなかったようだが、すぐに抱き返してきた。

「僕なんかのために……寿命を手放したことを後悔しても知らないからな」

彼女の頭を撫でながら、僕は震えた声で言った。

「後悔するわけないじゃないですか」

僕の背中をさすりながら、一之瀬は優しい声で言う。

「なぁ、一之瀬」

「なんですか？」

僕と一之瀬の体温が溶けるように交じり合う。

「僕が死ぬまで、傍にいてくれる？」

「最初からそのつもりですよ」

ずっと僕は憧れていた。

こんな僕でも一番に想ってくれる人を。

無償の愛を。

今、抱きしめている彼女はそれ以上のものを僕に与えてくれた。

この溢れ出てくる気持ちが、ずっと僕が夢見てきたものなのだろう。


その日、ベッドの上で今までのことを包み隠さず、全て話した。

生い立ちから今日に至るまでの出来事を話し終えるまで、一之瀬は僕を優しく抱きしめてくれた。話を聞き終えた一之瀬は一年前の僕と同じように「相槌を打つくらいしかできませんでしたけど……」と口にする。でも、僕はそれで充分だった。

年下の彼女の胸元で泣くなんて、本当にかっこ悪かった。

だけど、一之瀬はそんな僕を見た後でも、

「やっぱり相葉さんはかっこ悪い大人じゃなかったね」と言ってくれた。


翌日から自分を偽《いつわ》ることをやめて、正直に生きるようになった。

僕達の間にはもう遮《さえぎ》る壁はなく、ただ望むままに彼女との時間を過ごす。

ウロボロスの銀時計は時間を戻すとき、持ち主と触れていた人間の記憶も引き継がれる。一之瀬は何度も時間を戻して、可能な限り一緒にいる時間を増やした。

手を繋いでいろんなところに出掛けたり、一之瀬に甘えたり、甘えられたり、人前でキスをしたり。今まで無縁だと思っていたことを我慢していた分、好き放題やった。


その日々は僕が生きてきた中で、最も穏やかで幸せな時間だった。

3

寿命を手放してから三回目の十二月二十五日。土曜日。晴れ。

僕達に残された最期の一日は、何の変哲もない一日だった。

いつもと変わらない光景。大きな事件が起きるわけでも、雪が降るわけでもない。

冬晴れと呼ぶに相応《ふさわ》しいほど穏やかな青空。世界で一秒間に何人死んでいるとか、そういうことを忘れさせる。だから、自分が死ぬことにも実感が湧かない。

公園の原っぱを訪れた僕達は、日差しが当たっている場所にレジャーシートを敷いた。

僕はシートの上に寝っ転がりながら、すぐ横でシャボン玉を吹いている一之瀬を眺めている。空気が冷たい分、降り注ぐ日差しがぽかぽかと暖かい。

だんだん眠くなってきて、大きなあくびが出た。

「あれだけ寝ていたのにまだ眠いんですか？」

優しく微笑みかけてくる一之瀬は、子供を寝かしつけるように僕の頭を撫でる。

「余計に眠くなるだろ」

体を起こして、両手を上げながら体を伸ばす。

僕達が今過ごしているのは、二度目の十二月二十五日。

要するに一之瀬の銀時計を使って、最初の十二月二十五日から時間を戻した後だ。

午後十一時半から二十四時間巻き戻したことで、明日の午前十一時半まで時間を戻せない。つまり銀時計の力が復活する頃には、僕は死んでいることになる。

現時刻は午後三時過ぎ。寿命が尽きるまで、あと数時間しか残されていない。

一応、明日の午前十一時半から、今日の午前十一時半に戻ることは可能である。

しかし、死体に触れながら時間を戻したところで、死者の記憶まで引き継げるとは考えにくいし、死んだ記憶がないにしても二回死ぬのはご免だ。

そのことを一之瀬と話し合い、これ以上の延命はしないことにした。

「起きているなら相葉さんも飛ばしましょうよ」

ストローとシャボン液が入ったピンク色の容器を渡され、シャボン玉を吹く。

彼女が飛ばしたシャボン玉と交わって、虹色の泡がふわふわと飛んでいく。

最期の日をどう過ごすかは、以前から何度も話し合っていた。けれど、なにか特別なことをするわけでもなく、普段通りに過ごしている。

どこか遠くに行って遊ぶプランも考えていたが、前日の疲れが取れていなかった。

クリスマスイブだった前日は、二人で遊園地に行った。

お互い羽目を外しすぎたことで、体力がない僕達はフラフラな状態で帰宅。風呂に入って、ベッドの上でじゃれ合っているうちに寝てしまった。

二人とも起きたのは午後一時過ぎで、何時に寝たのか覚えていない。

時間的に遠出する余裕はなく、疲れも取れていない状況。ベッドから抜け出すのも億劫になり、甘えてくる一之瀬の相手をして、最初の十二月二十五日を過ごした。

午後十一時半に時間を戻せるだけ巻き戻したのだが、思っていたよりも早く寝ていたようで、二人とも起きていない時間に戻ってしまった。

その結果、二度目の十二月二十五日も午後一時過ぎまで夢の中にいた。

人生最期の日を、半日以上寝て過ごすことになるとは思わなかった。

こんな過ごし方をするのは、僕しかいないような気がする。巨大な隕石が地球に衝突するとわかっていながら、学校や会社に行く奴はいないだろう。

大半の人間は思い残すことがないように、普段とは違う行動をとるはずだ。

けれど僕は、普段通りの一日に満足していた。呑気《のんき》にシャボン玉を吹いていようが、一之瀬といられるだけで充分だった。素直に生きるようになったあの日から話したいことは全て話し、行きたい場所には行き、二人で好き勝手に過ごしてきた。だから、思い残していることはないし、今更なにかしたいわけでもない。

もう死ぬことは怖くない。実感が湧かないほど恐怖が和《やわ》らいでいる。

ただ、一之瀬を置き去りにしてしまうことには不安を感じていた。

彼女の寿命はまだ二年半も残っているのに一人にして大丈夫なのか。いつか僕のように寿命を手放したことを後悔してしまわないか。

もし彼女が死神と取引していなかったら、僕は惨めに死んでいた。

彼女を巻き込んでしまったことに負い目を感じているが、当の本人は後悔していないどころか気にもしていない。その証拠に彼女の銀時計は力を失っていない。健気というかなんというか……。そんな彼女だからこそ、最期まで笑っていてほしいんだ。

無邪気にシャボン玉を吹いている一之瀬を見ていると、胸が締め付けられる。

彼女の頭を雑に撫でると、サラサラの髪がくしゃくしゃになっていく。嫌がる様子はなく、照れ笑いするだけだった。

「急にどうしたんですか?」

「今のうちに思う存分撫でておかないとな」

「思う存分撫でてください」

寄りかかってくる一之瀬はシャボン玉を置いて、空いている方の手を握る。

「ねぇ、相葉さん」

「うん？」

「実は相葉さんに内緒で、未来から時間を戻してきたんですよ。そして驚くことに明日になっても相葉さんは死ななかったんです、と言ったら信じてもらえますか？」

「信じない。ありえない」

そう返すと、一之瀬は「信じてくださいよ」と不満げに言う。

死ぬ実感はまだないが、生き続けられるとも思っていない。一之瀬とキスをしたあの日から夢のような日々が続いていて、今も夢なんじゃないかと少し疑っている。

こんな幸せな日々を送っていたら、罰が当たるのも仕方ない気がするんだ。

「もしもの話です。もし明日になっても生きていたら、したいことはありますか？」

遠くでボール遊びしている親子連れを見ながら考える。

「また二人でどこか遊びに行きたいな」

「いいですね。もし死なかったら、またどこかに行きましょう」

僕の肩に寄りかかりながら、興味津々に「他には？」と訊いてくる。

「特にないな。お前と一緒にいられるのなら、それでいい」

「……それはそれで嬉しいんですけど、もっと他にないんですか？」

「逆に一之瀬はやりたいことがあるのか？」

「もちろんありますよ。高校を卒業したら……相葉さんと同居したい！」

ちょっと恥ずかしがっているものの、生き生きとした表情をしている。

「死ななかったらな」と返すと、笑みを零《こぼ》しながら「やった」と喜んだ。

「せっかくなので、ペットも飼いましょうよ」

「ペットを飼うにしても、マンションだから犬とか猫は飼えないぞ」

「犬や猫じゃなくてもハムスターとか……ウーパールーパーとか！」

「ウーパールーパーは生臭そうだから嫌だな」

「えー」と残念がる一之瀬を、僕は笑いながら「冗談だよ」と宥めた。

「それでまたどこかに出掛けたり、家の中で遊びましょう」

「結局、二人ともやりたいことは一緒じゃないか」

「一緒じゃないですよ。いつか私達は結婚するんです。そして……」

そのまま黙り込んだ一之瀬の顔はどんどん赤くなっていく。

「そして？」

続きを促すと、一之瀬はモジモジしながら恥ずかしそうに口を開く。

「……子供を作ったり」

僕も恥ずかしくなって目線を逸らすが、逸《そ》らした先には親子連れがいて自滅した。

「わ、私達ってあまり家族に恵まれていないじゃないですか！　だから、ちゃんとした家庭を築けるんじゃないかなーって」

もし本当に一之瀬と家庭を築けたら、と想像する。

「幸せな家庭になるだろうな」

気づいたときには言葉にしていた。

「きっと世界で一番幸せな家庭ですよ」

「世界一か」

「世界一です」

一之瀬は優しく微笑んだ。

その後も僕達は訪れることのない日々の話を続けた。

空が暗くなるまで、ずっと。

公園を出る頃には冷え込んできて、手を繋いで帰った。

帰り道に「夕飯どうします？」と訊かれ、僕は「手料理が食べたい」と答える。「任せてください」と自信満々な返事が返ってきた。

スーパーで食材を買い、部屋に帰宅したのが午後七時頃。

それから一之瀬が作ってくれたハヤシライスを食べて、風呂に入って、ベッドの縁に寄りかかりながら、ずっと手を握り合っていた。

静寂に包まれた部屋の中で、僕達が出会った日から今日までのことを話す。

話したいことは全て話したつもりだったが、最期だから出てくる言葉も沢山あった。

お互いに褒め合って、感謝の言葉を交わしているうちに時間が過ぎ去っていく。

午後十一時を過ぎても、時間は進んでいく。

いつもよりも早く時間が進んでいる気がする。

終わりが近づくにつれて、僕達は何度もキスをした。

午後十一時五十分。二人でスマホの画面を見つめる。

「……あと十分ですね」

一之瀬が物寂しげな顔で言った。

「相葉さん、怖くないですか？」

「怖くない」

死ぬことは怖くない。

「本当に？　強がっていません？」

「強がっていない」

彼女をまた一人にさせてしまうことだけが怖かった。

「なぁ、一之瀬」

「なんですか？」

「ごめんな」

彼女を抱き寄せて、頭を撫でる。

「ちゃんと救ってやれなくて」

一之瀬に見守られながら最期を迎えられることに安心感を抱きつつも、やっぱり彼女には生きていてほしかったな、と今になって後悔が湧いてくる。

それでも一之瀬は「謝らないでくださいよ」と優しく微笑んで、僕の背中をさする。

「ずっと一人で怖かったんです。一人じゃどうしようもできなかった私に、相葉さんは居場所を作ってくれました。何度も私のことを救ってくれていたんです」

一之瀬の体温が伝わってくる。

この温もりも、たった二年半で消えてしまうのか。

「それでもだ。一之瀬にはもっと幸せになってほしかった。寿命を手放さずに違う人生を歩んでほしかったな、って思ってしまうんだ」

僕の両頬を引っ張りながら、一之瀬は「なに言っているんですか」と笑う。

「充分幸せですよ。もう一度、相葉さんに会えるのなら命なんて安いと思ったんです。それに私がこうしていなかったら、相葉さんが一人ぼっちじゃないですか」

僕のために寿命を手放して、『安い』と言えるのは彼女だけだろう。

死にたがりな彼女と出会えたからこそ、僕は救われた。

「一之瀬は強いな。後悔しないでいられるなんて」

「前にも言いましたよね。『後悔なんかしませんよ』って」

「あぁ、動物園の帰り道に言っていたな」

彼女の銀時計は、今日まで何度も時間を戻した。針が消えることなく、僕の生きられる時間を伸ばしてくれた。それが嬉しくもあり、悲しくもある。

わずかの間をおいて、一之瀬が打ち明けるように話し出す。

「私、ずっと自分の人生が嫌いだったんです。辛いことばかりで、どうしてこんな目に遭《あ》わなきゃいけないんだろう、って。一生自分の人生を呪いながら生きていくものだと思っていました。でも、こんな人生でなければ、相葉さんと出会えなかったんですよね。そう考えるようにしてから、自分の人生を好きになれました」

その瞬間、すぅーっと呪いのようなものが消えていった。

「そう……だよな。こんな人生じゃなければ、お前と出会えなかったんだよな」

「そうですよ。相葉さんだって、前に言っていたじゃないですか。私が学校に通っていて、家族とも仲が良かったら、出会えなかったって」

一之瀬は、僕の頭を優しく撫でてくれる。

「相葉さんが今まで生きてくれたから、私も生きてこれたんです」

彼女の言葉で、ようやく自分の人生を赦《ゆる》せた気がする。

無価値だと思っていた過去にも、ちゃんと意味があったんだな。

なにより僕の人生に意味を与えてくれたのは、目の前にいる彼女だ。

「一之瀬、ありがとう。愛している」

僕は呟くように言った。

「どういたしまして、私も愛していますよ」

一之瀬は囁くように言った。

顔を寄せ合い、唇が触れ合う。

僕達がしてきた中で、一番長いキスだった。

キスをしている間、僕はもう一度想像する。

寿命を手放さずに普通の人生を送っていたらどうなっていたのか、を。

何十年生きようと、一之瀬と出会うことはなかった。

理想の生活を送れていたとしても、僕の隣に一之瀬はいない。

奇跡的に一之瀬と出会えていたとしても、自殺を止められなかっただろう。

この出会い方じゃなければいけなかった。

寿命を手放した者同士だからこそ、僕達は唯一無二の関係になれた。

これが最善の人生に違いない。

寿命を手放して後悔する、しないの話ではない。

僕の人生は、彼女と出会わなければ救われることはなかった。

唇が離れる頃には、そう確信していた。

時計の針が五十五分を指す前に、一之瀬の瞳からポロポロと涙が零れはじめた。彼女は涙を見せようとはせず、僕の胸元に顔を埋める。

僕は右手で優しく頭を撫で続ける。

泣き止む気配がないまま、時間は過ぎていく。僕に残された時間はもう五分もない。死ぬ前に涙ぐらい拭いてやろうと思い、ティッシュを取りに立ち上がろうとする。

左手を後ろについて立ち上がろうとした瞬間、指先からなにか冷たいものに触れた感触が伝わった。とても冷たい。驚いた僕は振り返って左手を見る。指がベッドの下に隠れていて、指先にある冷たい物体が見えない。

恐る恐る掴んでベッドの下から出すが、掴んだときにそれがなんなのかわかった。

埃をかぶったウロボロスの銀時計だった。蓋に刻まれたウロボロスの向きから一之瀬のではなく、僕が持っていた方なのは間違いなかった。

何故、ベッドの下に落ちていたのか。

時間を戻せなくなってから持ち歩かなくなり、部屋に放置していた。

しかし、最後に見た記憶を掘り起こそうとしても思い出せず、ベッドの下に落とすような出来事もなかった。不思議に思いながら、ウロボロスの銀時計を眺める。

そのときだった。

僕の手からウロボロスの銀時計が転がり落ちた。

気づいたときには全身から力が抜けて、横に倒れかけていた。

一之瀬が慌てて僕を支えようとするが、そのまま横に倒れ込んでしまった。

「相葉さん！　大丈夫ですか！」と必死に呼びかけてくる。

僕は返事をしようとするが、声が出せない。

次第に彼女の声が遠くなっていく。

僕の左手を握りしめながら、なにか呼びかけているようだが、なにも聞こえない。

握られた手の温もりも伝わってこない。

雨のように一之瀬の涙がぽつぽつと落ちてくるのが見える。

これが死ぬということなのか。

瞼が重くなってくる。

泣きじゃくる彼女の姿が霞んでいく。

これまでの思い出が蘇《よみがえ》ってくる。

走馬灯ってやつだろう。僕が見る走馬灯なんて悲惨なものになるだろうと思っていたが、一之瀬との思い出ばかりだ。

僕は最後の力を振り絞り、彼女の涙を拭こうと右手を伸ばす。

しかし、僕の手が届くことはなかった。

力尽きた右手はウロボロスの銀時計の上に落ち、もう動くことはなかった。

薄れゆく意識の中、どうやったら彼女が泣き止んでくれるか考え続ける。

せめて彼女を慰めるだけの時間があれば……。

彼女が泣き止むまで、どのくらい時間が必要だろうか。

一時間や二時間では足りそうにない。

そうだな……あと一日あれば……。

瞼がゆっくりと、閉じていく。

4

声が聞こえる。

僕の名前を呼ぶ声が。

「相葉さん！　相葉さん！」

聞き慣れた声に起こされ、目を開ける。

僕の上に一之瀬が乗っていた。

彼女の瞳から零れ落ちた涙が、僕の頬に落ちてくる。

状況が理解できないまま起き上がろうとしたが、一之瀬が泣きついてきて思いっきり後ろの壁に頭をぶつける。頭を押さえながら、泣きじゃくる一之瀬を見ているうちに、自分の最期を思い出した。

しかし、僕達がいるのは天国でもなければ地獄でもなく、見慣れたベッドの上。

枕元に置いてあったスマホで日時を確認する。

十二月二十五日の午後一時過ぎ。

あれが夢だったとは思えないし、そもそも夢なら一之瀬は何故泣いている。

「時間を戻したのか？」

一之瀬に尋ねるが、僕の胸元で首を横に振るだけだった。

彼女の背中をさすり続けながら、時間が戻った原因を考える。

いつまで経っても一之瀬は泣き止まないし、原因もわからない。

そういえば、最期に彼女を慰めようとして、あと一日欲しいと願った気がする。

……だとすれば。

ベッドの下に手を伸ばして手探りで、ウロボロスの銀時計を探す。

ウロボロスの銀時計を掴み取り、蓋を開けてみると思った通りだった。

時間を戻せなくなってから消えていた針が、元に戻っていた。

針は十一時五十九分五十七秒で止まっている。

この銀時計の力で、時間が戻ったのは間違いなさそうだ。泣きつく一之瀬の様子を見る限り、最期まで僕の手を握っていたことで、彼女も記憶が引き継がれたのだろう。

何故、ウロボロスの銀時計は力を取り戻したのか。

一之瀬の言葉で寿命を手放したことへの後悔を払拭《ふっしょく》できたから、なのか？

考えたところで答えは出てこないし、一之瀬は僕の胸元で泣き続けている。

今度こそ悔いが残らないように、僕はひたすら一之瀬を慰める。彼女が泣き止むまで三時間以上かかり、泣き止んだ後も僕の腕をぎゅっと掴んだまま離れようとしなかった。

あんな最期を体験してしまった後だ。二人で過ごせる、この時間が、この一秒一秒が、尊くて離れられない。ずっとこのままでいたかった。

しばらく言葉を交わさずに抱き合っていた。部屋の中は物静かで、時計の秒針音が聞こえてくる。しかし、この部屋には時計がない。

聞き慣れた秒針音は一之瀬の鞄から聞こえてくる。

鞄の中からウロボロスの銀時計を取り出した一之瀬は、慌てながら駆け寄ってきた。

「相葉さん、私の時計……針が動いているんですけど」

確かに針が動いている。

一之瀬の銀時計は、明日の午前十一時半まで使えないはずなのに。

どうして針が動いているのだろうか。僕達は首を傾《かし》げながら考える。

「針が動いているのなら、時間を戻せるってことですよね？」

「試さなきゃわからないだろ」

「……じゃあ、試してみます？」

一之瀬の手を握ると、一瞬にして風景が変わった。

僕達はジェットコースターに乗っていて、隣に座る一之瀬の手がぎゅっと僕の手を掴んでいる。「カタカタ」と音を立てながら登っていくジェットコースターは、前日のクリスマスイブに乗ったものと同じだ。

僕達は顔を見交わす。

「時間が戻──」

次の瞬間、ジェットコースターが急降下し、一之瀬は悲鳴を上げた。

「どうして時間を戻せたんだ」

ジェットコースターから降りて、真っ先に呟いた。

「もしかして、持ち主と一緒に時計の記憶も引き継がれているんじゃないですか？」

手に持ったウロボロスの銀時計を見ながら、一之瀬が言った。

「時計の記憶も引き継がれる？」

一之瀬は「前から気になっていたんですけど」と前置きしてから話し出す。

「時間を戻してから三十六時間後に二十四時間戻したら、また三十六時間後まで使えなくなりますよね」

「そうだな」と僕は肯く。

「でも、それって矛盾していませんか。そのまま二十四時間前の状態に戻るのなら、二十四時間後に時間を戻せてもいいはずですよね。時間を戻せる状態になるまで、戻す前の時刻で針が止まっていますし、私達の記憶と同じように時計に関する情報……つまり、力を取り戻すまでの経過時間も引き継がれているんじゃないですかね」

考えてみれば、取引した人間しか使えなかったり、後悔したら使えなくなるなど、持ち主と紐付けされているような部分は多い。最後に巻き戻してから経過した時間も記憶と一緒に引き継がれているのかもしれない。

「これなら相葉さんの時計で一緒に記憶を引き継いだ私の時計も、最後に使用してから二十四時間経過した状態のまま戻ったことになりますよね」

僕が死にかけたとき、彼女の銀時計は最後に時間を戻してから二十四時間以上経過していた。そこから僕の銀時計で時間が戻り、そのまま経過時間が引き継がれていたのなら、彼女の銀時計は合計で三十六時間経過していたことになる。

「もし仮説が合っているとしたら、僕と一之瀬の時計を使えば……」

「永遠に時間を戻せますね！」

飛びついてくる一之瀬を、しっかり受け止める。

一之瀬は今にも泣き出しそうなほど喜んでいるが、僕は信じられずにいた。

「……そんな都合のいい話があるのか」

助かるかもしれない希望を信じられずにいたのは、この銀時計を渡してきた人物を思い浮かべたからだ。あいつが、このことに気づかないはずがない。

里親と初めて顔を合わせたときに覚えた恐怖心を思い出させる。今ここで喜んでも、ぬか喜びに終わってしまうんじゃないのか。また現実に裏切られてしまうんじゃないのか。そしたら、今喜んでいる彼女を悲しませることに……、
とか考えていたら、一之瀬に両頰を思いっきり引っ張られた。

「相葉さん？　また変なこと考えているでしょ！」

「お、おい！　やめ……」

「そんなの試してみなきゃわかりませんよ！」

頬を引っ張るのをやめた一之瀬は、僕の手を包むように両手で握る。

「私達が生き延びるにはこれしかないんですから、最後くらい信じてみましょうよ」

優しく微笑んだ一之瀬はどこか自信に満ち溢れていて、安心感を与えてくれる。

これでは、どっちが大人なのかわからないな。

彼女に背中を押してもらって、一歩踏み出すかのように口を開く。

「信じてみなきゃ始まらないもんな」

僕がそう言うと、一之瀬は「そうですよ」と笑った。


結果から言えば、彼女の仮説通りだった。

僕の銀時計で二十四時間戻した直後に、一之瀬の銀時計で二十四時間戻す。

合計四十八時間戻しても、三十六時間後にどちらの銀時計も力を取り戻した。

つまり、二つの銀時計があれば十二時間ずつ、永遠に巻き戻ることができる。

ウロボロスの銀時計は、僕達のように二つ揃って、初めて一つになれる時計であり、名前負けなどしていなかった。

それから僕達は二つの銀時計を使って、時間を戻し続ける日々が始まった。

何度も時間を戻しては、二人でいろんな場所に出掛けた。

何十回繰り返しても、色褪《いろあ》せることのない日々が続く。

一之瀬が死神と取引した日から十二月二十五日までの四ヵ月間を何度も繰り返していくうちに、僕達は季節を一つ忘れた。延々と繰り返される四ヵ月間は傍から見れば抜け出せない迷宮みたいなものに映るかもしれない。けれど、僕達は一緒に過ごせるのならなんだってよかった。何千、何万回と繰り返すつもりで、時間を戻し続けた。

——僕達の前に死神が現れるまでは。


ある日の昼。二人で橋の上を歩いていたとき、後ろから声が聞こえた。

「貴方《あなた》達は何回……時間を戻したら気が済むんですかね」

振り返った先に、死神が立っていた。今まで夜だったり、台風だったり、外が暗いときにしか見ていなかったから、昼間に見る死神は新鮮に見えた……ような気もする。

ただ、それ以上に新鮮に思えたのが、死神の表情だった。

死神は今まで見せたことのないような呆れた表情で、僕達を見ている。

この頃には、僕達も何回時間を戻したのか覚えていなかった。僕も一之瀬も好き勝手に過ごしていたから毎日が楽しかったが、観察している死神からすれば、堪《たま》ったものではないだろう。いつもよりも吐きそうな顔色だったし。

「ずっと時間を戻し続けますよ」

一之瀬は満足気な顔で、死神に向かってピースする。

「それはどうでしょうね」

ムッとした顔の死神は、あの日を再現するかのように言った。

「今日は忠告しにきました」

僕達を見据えながら、死神は続ける。

「貴方達はこのままだと後悔しますよ」

「僕か一之瀬が後悔するとでも？」

「ええ、今はお互いのために時間を戻しあっていますが、生きるのを放棄したくなったとき、貴方達はどうなるのでしょうか？」

想像してみたが、いくらやっても生きるのを放棄した自分が想像できなかった。

もし、そんな日が訪れるのだとしたら、一之瀬がいなくなったときぐらいだろう。

「ウロボロスの銀時計を二つ使わないとループは成立しません。片方でも使えなくなったら、それでおしまいです。片方を生かすためにしぶしぶ時間を戻して延命するなんて責任感だけで生きるようなものです。いずれ面倒に感じてくるんじゃないですかね。その銀時計を手にしなければ、あなた方は出会わずに一人で気軽に死ねたのですから。寿命さえ手放さなければ、ね」

それを聞いて、僕達は鼻で笑った。

「ありえないな」

「ありえませんね」

彼女と出会えたことを後悔するなんて、絶対にありえない。

二人の反応を見て、死神が問いかけてくる。

「どうして貴方達はそう言い切れるのですか？　お二人はずっと死にたがっていたじゃないですか。この先も死にたくならないなんて、何故言い切れるんですか？」

死神の問いかけに、一之瀬が答えた。

「死にたくなったとしても相葉さんが邪魔してくれるので、大丈夫なんですよ」

笑顔でそう答えた一之瀬は僕の腕に抱きつき、「それに慰めてくれますしね」と付け足した。一之瀬に向けられていた死神の視線が、僕に向けられる。

「なぁ、死神。もうわかっているだろ」

もう寿命を手放したときの僕ではない。

今の僕には生きなければいけない理由がある。

確かに死神の言う通り、この先もまた死にたくなるようなことがあるかもしれない。

それでも隣に彼女がいてくれるのなら、僕は自分の命を粗末に扱ったりしない。

「後悔するかどうかは心を読めばわかる……そうだろ？」

交わした視線を逸らすことなく、僕は死神の目をジッと見続けた。

川のせせらぎが、心地よく聞こえる。

僕達から視線を逸らした死神は、残念そうに口を開く。

「なにを言っても無駄のようですね」

一之瀬は僕の顔を見て、にっこり微笑んだ。僕は彼女に微笑み返す。

「ただし、このまま時間を戻し続けるのを見過ごすわけにはいきません」

橋の上に風が吹き、一之瀬の長い黒髪がなびく。

「ウロボロスの銀時計は返してもらいます」

死神の発言に、二人とも反射的に言葉が出た。

「返してもらう?」

「それってつまり……」

僕達は手を握り合いながら、死神が次に発する言葉を待った。

死神は明後日の方を向いたまま、確かにこう言った。

「寿命をお返しするってことです」

エピローグ

ある少女の自殺を邪魔している。

その少女は、いつも僕の隣にいる。

その少女は、よく甘えてくる。

その少女は、どこか儚《はかな》げで放っておけない。

自殺を邪魔するのは非常に簡単だ。

彼女の傍《そば》にいてあげて、休日になったら遊びにつれていくだけだ。


その日はよく晴れていて、穏やかな青空が広がっていた。「晴れてよかったな」「そうですね」と隣にいる彼女と話し合う。

四月某日。駅のホームで電車が来るのを待っていた。

僕達が立っている場所はホームの端……ではなく、ホームの真ん中より少し前寄りの乗車列。休日なこともあって、周りには親子連れやカップルが電車を待っていた。

目の前で親子連れが些細《ささい》な会話をしている。父親に抱っこされた女の子が手を振ってきて、僕達も手を振ってあげた。後ろでは小学生が元気よくふざけあっている。横の列ではカップルがいちゃいちゃして、周りの視線を集めていた。

僕は、彼らから視線を逸《そ》らして隣にいる彼女を見た。

彼女の名前は、一之瀬月美《いちのせつきみ》。

高校二年生になった彼女は、今も「一緒にいられないのなら死んだ方がマシです」などと口にしている。背中までストレートに伸びた黒髪はサラサラで頭を撫でやすい。華奢《きゃしゃ》な体だが、相変わらずよく食べる。少しだけ身長が伸びて、キスしやすくなった。大人びているが、二人でいるときは結構わがままで、ものすごく甘えてくる。

月美の横顔を眺めていると、電車が通過することを知らせるアナウンスが流れた。

『電車が通過します。ご注意下さい。』と発車標にも文字が流れる。

僕は月美の手をしっかり握り、月美は握り返してくる。

これなら飛び込み自殺する心配はない。そもそも彼女は僕の肩に寄りかかっていて、飛び込む気もなさそうだ。

轟音を響かせながら電車が猛スピードで、目の前を通過する。

何事もなく、電車が通過していくと、月美が僕の手をぐいぐいと引っ張る。

「そういえば、前に行った動物園に新しいコアラが加わるらしいですよ」

「一頭だけで寂しそうだったからな。そのうちまた行ってみるか」

僕達は毎週、いろんなところに出掛けている。

少し遠出してテーマパークに行ったり、山登りしたり、イベントに参加したり、水族館に行ってクラゲを眺めたり、休日は必ずと言っていいほど外に出掛けている。

今日も月美が「海に行きたいです」と突然言い出した。彼女の願いを叶《かな》えるために、朝からこうして電車を待っている。

遅れてやってきた電車に乗り込み、七人掛けのシートに並んで座る。

僕の肩に月美が寄りかかってきて、つい頭を撫でてしまう。

時間をループしていたときは、人目を気にしないで過ごしていたから、すっかり慣れてしまった。傍《はた》から見ればバカップルに映っているだろう。実際そうなのだが。

一度は死を覚悟した二人だ。

今更《いまさら》、他人にどう思われようと気にならない。むしろ今まで気にしすぎていた。

僕達は今、本当の意味で生きている。

寿命が戻ってきたとか、ループから抜け出したとか、そういうことではない。

もっと前から止まっていた針が動き出したのだ。

針が動き出すまでの道のりは、険しく、長かった。

しかし、振り返ってみると、違和感がある。

月美の自殺を二十回邪魔して、死ぬ直前で時間が戻り、死神が寿命を返した。

これまでなにも上手《うま》くいかなかったのに、寿命を手放してからは上手くいきすぎだったんじゃないか、と考えてしまう。

上手くいったのだから気にする必要もないのだが、それでも気にしてしまうのは、重要な分岐点に必ず死神がいたからだ。

死神が月美にウロボロスの銀時計を渡さなければ、時間をループできずに、僕は死んでいた。二十回目の自殺を止めようとしたときだって、ホームに月美がいないことを教えてくれた。

死神は苦しんでいる姿を観察したかっただけで、僕の命を狙っていたわけではない。

そもそも死神と名乗っていただけで、あいつが何者なのかはわからないままだ。

死神の言動から考えれば、月美に銀時計を渡したのは、僕の努力を台無しにしたかったからで、寿命を手放すきっかけを作るために三文芝居をしたとも考えられる。

だが、結果的に僕達は縒《よ》りを戻し、二つの銀時計で時間をループした。

二十回目の自殺を止めたときはどうだろうか。

僕が橋に辿《たど》り着いた頃には月美の足は限界を迎えていた。

もし死神の助言がなかったら、駅のホームを探し続けていただろうし、おそらく間に合わなかっただろう。あのときに月美を救えてなかったら、僕はどれだけ自分を責めていただろうか。それこそ死神が好む展開になっていたんじゃないだろうか。

死神の思惑が外れただけなのか。

なにか別の思惑があったのか。

それとも彼女を助けられるように——僕を誘導していたのか。

このことは月美と何度か話したことがあった。月美は「もしかしたら、縁結びの神様だったんじゃないですか」と言い出し、反射的に「それはない」と否定した。

しかし、もしかしたら……とたまに考えてしまうときがある。

そう考えてしまうのは、寿命を返すときに見せた死神の顔が、似合わないほど清らかな表情をしていたからだ。

あれから死神が僕達の前に姿を現すことはなかった。

「海だー！」

砂浜に辿り着いた月美は、両手を上げて小さな子供みたいなリアクションをした。

白い波が砂浜へ押し寄せてくる。春になったばかりで、まだ風が少し冷たい。

僕達は砂浜の上を歩いていく。歩いたあとには足跡がくっきり残っていた。月美は「全然大きさ違いますね」と言って足跡の大きさを見比べる。

「夏になったら、泳ぎたいな」

「いいですね。また来ましょう」

こうやって予定を作るのも月美と出会う前までは考えられなかった。

でも、住んでいる世界は変わらないままだし、僕達も大きく変わったわけではない。

つい先日も月美を怒らせてしまった。「もうループしなくていいわけだし、僕と一緒にいる必要もない。もし隣にいるのが嫌になったら、いつでも言ってくれ」みたいなことを口にしたら、めちゃくちゃ怒られた。

「寿命を手放しても後悔しなかったんだから、嫌になるわけないでしょ！」

月美はそう言い切って、僕の頬《ほお》を思いっきり引っ張った。ごめん。

彼女は彼女で「学校に行きたくない～」と月曜日から金曜日まで毎朝言っている。

頭を撫でながら「無理して行かなくてもいいんだぞ」と言ってやると、なんだかんだで支度を始めて学校に行く。なので、今のところ問題なく通い続けている。

今はまだお金が残っているからいいが、僕もいつか働かなくてはいけない。月美と同じように「会社に行きたくない～」と駄々をこねる……かもしれない。

今も僕達は世の中が生きづらいものだと思っているし、出来ることなら他人と関わりたくない。月美がいない世界なら死んでもいいと思っているし、月美も僕がいないのなら死んでもいいと思っているようだ。

裏を返せば、こうやってどこか遊びにいけるうちは生きていたい。

お互い自殺しないように邪魔しあって、生きているようなものだ。

僕達の恋は共依存ってやつなのかもしれない。

たまに依存しあう関係はよくないとか聞くが、僕はなにが悪いのか理解していない。

そう言える奴は周りに沢山の人間がいるか、本当の意味で誰かを愛したことがない人間だと思っている。僕達のように一緒に生きていたいと思える人間がいなきゃ、生きていけない人間だって、世の中には沢山いるはずだ。

これでいいと思っている。

そういう生き方しか僕達は知らない。

「月美、愛している」

僕は彼女を一人にさせないために言葉を贈る。

「なっ、いきなりどうしたんですか」

「急に言いたくなった」

「不意打ちはよくないですよ」

月美は照れながら、僕に言葉を贈る。

「私も純《じゅん》さんのことが大好きですよ」

行く先も決めず、ただ砂浜を歩いていく。

このくすぐったい幸せに慣れる日は来るのだろうか。

今はまだわからない。

でも、隣に彼女がいてくれる間は、僕もこうして歩き続けようと思う。

だから僕は――これからも、ずっと、

死にたがりな彼女の自殺を邪魔して、遊びにつれていく。

あとがき

「このまま死ねたらいいのにな」

それは数年前、知り合いの女性が呟《つぶや》いた言葉でした。

僕はそのとき、お茶を濁《にご》すようなことしか言えず、酷《ひど》く後悔しました。

気の利いた言葉を言えなかったのも原因の一つですが、なによりも彼女と似たような気持ちでいたからです。その日が命日でも、特に困ることはありませんでした。

僕は高校を卒業してから大学に行かず、働かず、好き勝手に生きていました。このあとがきを書いている今も状況は変わっていません。

「死神に寿命を譲《ゆず》ったわけでもないのに、なんて馬鹿な生き方をしているんだ」と思われるかもしれませんが、これが僕なりに考え抜いた最善の生き方でした。

この自暴自棄な生き方に変えてから、初めて自分の人生が楽しいと思えたのです。

そんなある日、一人の女性と出会います。その女性は努力家だけど生きづらそうで、以前の自分と似ている部分がありました。だから、気が緩《ゆる》んでしまったのでしょう。

二人で出掛けたとき、つい「以前の自分の話」をしてしまいました。気が緩んでいたとはいえ、自分の中では軽い方の話で、断片的なことしか言いませんでした。

ですが、僕の話を聞いた彼女は今にも泣き出しそうな顔をしていました。別に「死にたい」なんて言っていないのに「死んじゃ駄目《だめ》だよ」と言ってくれたのです。

それなのに僕は、彼女の「このまま死ねたらいいのにな」という言葉に、お茶を濁すようなことしか言えませんでした。本当は彼女を励《はげ》ます言葉をかけたかったのですが、人生に見切りをつけた人間の言葉に説得力なんてないよな、と諦《あきら》めてしまったのです。

そこで僕はなにかできないかと思い、小説を書き始めました。物語を通して、彼女を元気づけたかったのです。説得力のない言葉よりはマシだろう、と。

もちろん、「小説を書いたから読んでほしい」なんて、彼女に直接言えるわけもなく、「受賞して本になったら読んでもらおう」みたいな妄想をしていました。

今になって振り返れば、あのときはどうかしていたと思います。でも、僕は大真面目でした。一から小説の書き方を学んで、必死に手探りで書きました。

でも結局、彼女に読んでもらう夢は、受賞する前に潰《つい》えてしまいました。

それから僕の方でも生活が大きく変わり、ヤケクソになって散財しているうちに、貯金が尽きかけてしまいます。流石《さすが》に「そろそろ潮時《しおどき》かな」と思うようになりました。

本作の受賞の連絡をいただいたのは、そんなときでした。

「生きていればなんとかなる」みたいな言葉は昔から大っ嫌いでしたが、首の皮一枚繋《つな》がってしまった以上、少しぐらい信じてやらないといけないのかもしれません。

この本は、そんな死にかけな人間が書いた物語でした。

説得力はないかもしれませんが、それでも元気づけることができたのなら幸いです。

この物語はフィクションです。
作中に同一の名称があった場合も、
実在する人物・団体等とは一切関係ありません。

本書は「小説家になろう」(https://syosetu.com/)に
掲載されていたものを、改稿のうえ書籍化したものです。

宝島社
文庫

死にたがりな少女の自殺を邪魔して、遊びにつれていく話。

(しにたがりなしょうじょのじさつをじゃまして、あそびにつれていくはなし。)

2021年 3 月18日　第1刷発行
2024年10月 4 日　第3刷発行

著　者　星火燎原
発行人　関川 誠
発行所　株式会社 宝島社
〒102-8388　東京都千代田区一番町25番地
電話：営業 03(3234)4621／編集 03(3239)0599
https://tkj.jp

印刷・製本　株式会社広済堂ネクスト

ISBN 978-4-299-01486-3